FRIEDERIKE SCHMÖE
Wasdunkelbleibt

ANGRIFF AUS DEM CYBERSPACE Ghostwriterin Kea Laverde vergnügt sich an Halloween mit der Muppetshow auf DVD, als Bastian Hut vor ihrer Tür aufschlägt: Der 18-jährige outet sich als verurteilter Hacker. Er überreicht Kea einen Packen Notizen und bittet sie, die Geschichte seiner Erlebnisse als Cyberkrimineller niederzuschreiben.

Kea nimmt den Auftrag an; doch kurz darauf ist Bastian tot und ein Hacker namens x03 in das Intranet des Münchner Landeskriminalamtes eingedrungen. Schnell wird klar, dass ein Insider dem mysteriösen x03 die Türen geöffnet haben muss. Doch die interne LKA-Ermittlungsgruppe ist heillos zerstritten. Also macht sich Kea Laverde daran, die Gullyratten des Internets aufzuspüren …

Friederike Schmöe wurde 1967 in Coburg geboren. Nach dem Studium der Germanistik und Romanistik promovierte sie und habilitierte sich. Neben ihrer Tätigkeit als Dozentin für Linguistik schreibt sie Kriminalromane und Krimikurzgeschichten. Außerdem gibt sie Kreativitäts-Kurse im In- und Ausland und veranstaltet Literaturevents, auf denen sie in Begleitung von Musikern aus ihren Werken liest. Sie arbeitet an zwei Krimiserien: Katinka Palfy, Privatdetektivin, ermittelt in Schmöes unmittelbarer fränkischer Umgebung. Die Ghostwriterin Kea Laverde löst ihre Fälle in und um München.

Bisherige Veröffentlichungen im Gmeiner-Verlag:

Schaurige Weihnacht überall (2013)
Du bist fort und ich lebe (2013)
Still und starr ruht der Tod (2012)
Rosenfolter (2012)
Lasst uns froh und grausig sein (2011)
Wasdunkelbleibt (2011)
Wernievergibt (2011)
Süßer der Punsch nie tötet (2010)
Wieweitdugehst (2010)
Bisduvergisst (2010)
Schweigfeinstill (2009)
Spinnefeind (2008)
Pfeilgift (2008)
Januskopf (2007)
Schockstarre (2007)
Käfersterben (2006)
Fratzenmond (2006)
Kirchweihmord (2005)
Maskenspiel (2005)

FRIEDERIKE SCHMÖE
Wasdunkelbleibt

Kea Laverdes sechster Fall

GMEINER *Original*

Die automatisierte Analyse des Werkes, um daraus
Informationen insbesondere über Muster, Trends und
Korrelationen gemäß § 44b UrhG (»Text und Data Mining«)
zu gewinnen, ist untersagt.

Bei Fragen zur Produktsicherheit gemäß der Verordnung
über die allgemeine Produktsicherheit (GPSR) wenden Sie
sich bitte an den Verlag.

Personen und Handlung sind frei erfunden.
Ähnlichkeiten mit lebenden oder toten Personen
sind rein zufällig und nicht beabsichtigt.

Besuchen Sie uns im Internet:
www.gmeiner-verlag.de

© 2011 – Gmeiner-Verlag GmbH
Im Ehnried 5, 88605 Meßkirch
Telefon 07575/2095-0
info@gmeiner-verlag.de
Alle Rechte vorbehalten

Lektorat: Claudia Senghaas, Kirchardt
Herstellung: Julia Franze
Umschlaggestaltung: U.O.R.G. Lutz Eberle, Stuttgart
unter Verwendung eines Fotos von: © romantiche / Fotolia.com
Druck: Libri Plureos GmbH, Friedensallee 273, 22763 Hamburg
Printed in Germany
ISBN 978-3-8392-1199-1

It is our light
not our darkness
that most frightens us.

Marianne Williamson

PROLOG

21.10.2010

Er übernahm mitunter Arbeiten wie diese. Hielt den Wagen auf der Donnersberger Brücke an, morgens um halb acht, zog alle Beschimpfungen dieser Welt auf sich, stellte die Warnblinkanlage an und öffnete die Motorhaube. Kurz darauf sprang hinter ihm einer aus einem Auto, krakeelte wie wild herum, um anschließend mit ihm das Innenleben seines alten Peugeots zu betrachten. Debatte! Sein Puls dröhnte so laut in seinen Ohren, dass er das Bumbumbum sogar durch den Verkehr hören konnte. Unter ihnen rauschten die S-Bahnen durch. Nach ein paar Minuten schlug er die Motorhaube zu und klemmte sich hinters Steuer. Er war rot im Gesicht, was ihm nicht gut stand, er war eher von der blassen Sorte. Ein kurzer Blick in den Rückspiegel: Der andere war bereits fort. Auf dem Beifahrersitz lag ein Umschlag, unter dem ›Merkur‹ von heute.

Er gab Gas und fuhr an, ruckelnd, unsicher, weil Situationen wie diese ihn nervös machten. Erst als sie hinter ihm aufhörten zu hupen, bemerkte er, dass er immer noch die Warnblinkanlage eingeschaltet hatte.

1

rekinom trieb sich seit einigen Monaten in Chatrooms herum. Er schwirrte durchs Internet auf der Suche nach Dv0ttny. Fragte hier und da und verwischte anschließend seine Spuren. Von Dv0ttnys Genialität und Unabhängigkeit fasziniert, glitt er umher. Er war vorsichtig. Man könnte ihn auch fantasielos nennen.

Dv0ttny öffnete sich nur sehr wenigen. Das stellte rekinom schnell fest. Nur wenigen gab Dv0ttny preis, womit er sich beschäftigte. Das war einer der Gründe, warum rekinom ihn gewählt hatte. Diese Unnahbarkeit, verbunden mit einem gewissen Talent. rekinom neidete ihm beides.

Es lag nur an *ihr*. *Sie* trieb ihn so weit. rekinom hatte Zeit seines Lebens nicht nach Glück gestrebt. Eher nach Gemütlichkeit. Nach Ruhe und einem friedlichen Leben. Er kam mit dem Job klar, wenngleich er kein großes Licht war. Eigentlich kam er mit den meisten Menschen und Ereignissen klar. Man nannte ihn einen verträglichen Typen. Er war nicht kompliziert. Er machte sich einfach nicht so viel aus den Dingen. Nichts ging ihm wirklich nah.

Das Internet hatte ihn nie fasziniert. Obwohl er gut programmierte und eine Ahnung von der Technologie besaß, die ausreichte, um ihn zu ernähren, fand er die Cyberwelt nicht interessant. Die Technik schon. Alles andere, Social Media und der ganze Quark, diese Vernetzung von Leuten, die meinten, sie kämen einander auf diese Weise nah, sagten ihm nichts. Datennetze stellten für ihn einfach ein Wissensgebiet dar, auf dem er tätig war.

Von seiner Zukunft hatte er bis vor einem Jahr im Prinzip nichts weiter erwartet. Alles könnte seiner Meinung nach so weitergehen wie immer. Die Befriedigung, die sein Job ihm brachte, hatte ihm genügt. Dann war die Frau aufgetaucht.

Sex wurde zur Sucht. Das war ihm neu. Frauen fanden ihn für gewöhnlich nicht attraktiv. Er war nur ein Mann mit einem Schwanz. Ansonsten einer, den man schnell wieder vergaß.

Sie war anders. Mit ihr war alles neu. Aufregend. Zum ersten Mal in seinem Leben hatte er den Eindruck, etwas Besonderes würde vielleicht auch für ihn bereitstehen.

Glück?

rekinom wusste es nicht. Alles, was er wusste, war, dass er bislang keine Frau kennengelernt hatte, die sexuell dermaßen aktiv war. Selbstverständlich durfte er dem in nichts nachstehen. Zunächst war das kein Problem. In den ersten Monaten war er genauso unersättlich wie sie. Er hatte fast zwanzig Jahre ohne Beziehung gelebt. Plötzlich geriet er an eine Frau, die Sexpartys gab! Klar, dass sein Körper sich überschlug.

Dass sie kein Gesicht besaß, bemerkte er erst später. Zu spät womöglich. Deswegen hatte er seinen Plan geschmiedet. Die Ghostwriterin und ein paar andere Leute spielten eine Rolle. Nero zum Beispiel.

Der blendende Ermittler! Der Überflieger unter den Polizisten!

rekinom verzog das Gesicht. *Sie* hatte ihn angestiftet.

Ihre ständigen Forderungen, die Einladungen und Besuche im Swingerclub, überforderten ihn. Sie schenkte ihm Aftershave in rauen Mengen. Stank er?

Sie hatte Geld. Sie konnte das alles bezahlen. Nicht nur das Rasierwasser, sondern auch die Sonderwünsche. Anfangs fand er Swingerclubs bescheuert. Sein Appetit konzentrierte sich allein auf *sie*, aber dann stellte er fest, dass es andere Frauen gab, die er betören konnte, wenn es darauf ankam. Aus Trotz, das mochte schon sein, wenn er *sie* mit einem anderen in einer Hängematte verschwinden sah. Welcher Mann wollte das auf sich sitzen lassen?

Er nahm Tabletten. So war das heutzutage. Er musste die Frauen nicht rumkriegen. Sie wollten ihn. Von *ihr* hatte er ein paar Tricks gelernt. Sie hatte ihm beigebracht, warum er einer Frau das Haar kraulen und die Stirn küssen musste, ehe er sie unterwarf. Es gab ein paar ganz einfache Griffe, die bei allen funktionierten. Das hätte er sich nie so vorgestellt.

Letztlich ging es nicht um Sex. Es ging darum, dass er zu seinem alten Leben zurückwollte. Was er sich nicht so richtig eingestand. Und was sie ihm nicht gestattete.

Sie hatte geerbt. Sie kaufte Champagner. Mit Prosecco gab sie sich nicht ab. Wenn er abends heimkam und nach einem Bier lechzte, mixte sie ihm komplizierte Drinks in unanständigen Farben.

In seiner Wohnung türmten sich Kataloge. Blöde Uhren, beknackte Möbel. Anders konnte er es nicht sagen. Sie fand sein Zuhause spießig. Er kam aus einer beige-braunen, cordsamtenen Beamtenfamilie. Er hatte eine wie sie nicht verdient. Das war es, was sie ihm zu verstehen gab. In genau bemessenen Dosen. Die wurden mehr und mehr.

Er konnte manchmal nicht mehr atmen. Fühlte Beklemmungen in der Brust. Der Sex löste die Ketten, die ihn nach und nach erdrückten, nur für kurze Zeit. Wenn er auf ihr lag und in ihre rastlosen Augen blickte, sah er nichts als Leere.

Seit einem halben Jahr gab er vor, mehr als sonst arbeiten zu müssen. Sie verstand von nichts etwas. Das war sein Vorteil.

Dv0ttny war jung, vielversprechend und frei. So wie rekinom einmal gewesen war. Aber das führte in eine ganz andere Zeit zurück. Kein Vergleich mit heute. Er war im Kalten Krieg jung gewesen. Er war nicht zu den Anti-Atomdemos gegangen. Er hatte die Stationierung der Missiles befürwortet und erleichtert das Ende der Regierung Schmidt kommentiert. In der Oberstufe, kurz vor dem Abitur. Auf seiner Schultasche klebte seinerzeit ein Sticker: ›Atomkraft, ja bitte‹.

Dv0ttny konnte nicht wissen, was der Kalte Krieg war. Während rekinom quasi ein paar Meter neben dem Eisernen Vorhang aufgewachsen war, chattete

Dv0ttny mit Leuten in Usbekistan, Vietnam und Chile. Staatsgrenzen gab es für seine Generation nicht mehr, nur die Unannehmlichkeiten, die sich aus der allgegenwärtigen terroristischen Bedrohung ergaben. Die Generation Dv0ttny war unpolitisch und undankbar. Gerne hätte rekinom ihr Lebensgefühl geteilt. Er hatte mit dem Commodore 64 angefangen. Der Rechner war mittlerweile so antiquiert wie ein Abakus.

Er gewöhnte sich an, sich aus dem Bett zu wälzen, während *sie* nach dem Sex mit einem Mai Tai im Bett lag und sich später ein Bad einließ. Während sie, sich im heißen Wasser aalend, einen Möbelkatalog wälzte, hing rekinom in Chatrooms ab.

Und eines Tages spürte er Dv0ttny auf.

2

16.11.2010

Sein Leben schillerte wie der Körper einer Schmeißfliege. Allein deshalb war es der beste Auftrag seit langem gewesen. Schreibe einem Verrückten die Autobiografie, und du hast mächtig was zu lachen.

Claude-Yves hatte vor einem halben Jahr das ›Piranha‹ in Ohlkirchen übernommen und aus dem stinkenden Pub ein Restaurant mit dem vielsagenden Namen ›La Méditerranée‹ gemacht. Er war Kanadier mit französischem Pass und einer bulgarischen Großmutter, hatte sich angeblich in Benin zum Voodoopriester ausbilden lassen, war Koch im Steigenberger in Berlin und Frankfurt gewesen und führte nun ein Lokal, in dem er Spezialitäten aus allen Ländern rund ums Mittelmeer anbot. Außerdem hatte er Ähnlichkeit mit Mario Adorf. Nur mit weniger Bart, etwas mehr Bauch. Und er war kleiner.

Zwei Gläser und eine Flasche Rakija landeten auf der Tischplatte. »Auf dich, Kea! Auf meine Ghostwriterin!« Claude-Yves klemmte sich auf die Sitzbank. »Wenn der Laden weiterhin gut läuft, kriegst du mehr Aufträge von mir. Ein Kochbuch zum Beispiel. ›Claude-Yves' Spezialitäten‹. Oder so. Na denn. Auf uns!«

Er schluckte seinen Rakija hinunter. Ich tat es ihm nach. Das Bücherpaket stand, eben frisch aus der Druckerei eingetroffen, zerfleddert neben der

Theke. Claude-Yves hatte sich für eine Publikation im Eigenverlag entschieden, den er, ganz frankophil, ›éditions méditerranée‹ genannt hatte.

»Gut, so ein Schnäpschen.« Ich nahm zum wiederholten Mal ein Buch in die Hand. ›Kochen mit Claude‹ schien mir nicht allzu vielsagend, aber Claude-Yves war von dem Titel begeistert. Schließlich war er dabei, sich selbst als Marke zu etablieren.

»Ist ein Muss. Wie sagen wir heute? Ein Must-do.« Claude-Yves schüttelte den Kopf. Sein dichtes, graues Haar geriet dabei ins Flattern, was ihm sichtlich gefiel. »Dabei frage ich dich: Was haben uns die Amerikaner eigentlich gebracht außer ihrer ulkigen Sprache und McDonald's?«

»Du bist selber Amerikaner.«

»Quatsch! Ich bin Kanadier. Aus Québec. Ein echter Québecois. Das ist ganz was anderes, Kea, ganz was anderes.«

Ich zuckte die Achseln. »Habe keinen Nerv für Spitzfindigkeiten!«

Claude-Yves musterte mich aufmerksam. Sein Silberblick irritierte mich. All die Interviewstunden hindurch hatte ich mich auf seine Hände konzentriert, die so schön gestikulieren konnten, weil mich der Blick aus seinen jeansblauen Augen ablenkte. Er schenkte mir nach.

»Lass das.«

»Hast du heute noch zu tun?«

»Ja. Arbeit.«

Claude-Yves nickte. Es war Dienstag, und dienstags hatte er Ruhetag. Dennoch saß er in seinem Restaurant und kümmerte sich um dies und das. Am allermeisten um die Ausstattung seines Selbstbildes.

»Ich verkaufe das Buch hier im Restaurant. Das wird *der* Brüller.«

Ich lächelte, weil das Wort ›Brüller‹ sich bei Claudes Akzent drollig anhörte. ›Brühlähr‹.

Claude-Yves' Autobiografie war bestückt mit Rezepten aus seiner langen Karriere als Koch. Seine ureigenen Kreationen schlossen jedes Kapitel ab, und da er viele Plätze dieser Welt in seinem Leben bereist hatte, waren die Gerichte inspiriert von lukullischen Traditionen Afrikas, Kanadas und Europas. Mir schien das ein bisschen viel an Selbstbeweihräucherung, aber der Kunde war König. Claude-Yves war überzeugt, dass die Restaurantgäste ihm das Werk aus den Händen reißen würden. Er hatte eine Anzahlung geleistet und ging nun zu seinem Laptop, um den Restbetrag online zu überweisen. »Wir Geschäftsleute wissen, wie das ist, wenn man auf seine Kohle warten muss, was?«, rief er zu mir hinüber.

Ich nickte trübsinnig und leckte mein Glas aus. Auf meinen neuen Auftrag hatte ich nicht die Bohne Lust. Etwas Unbestimmtes schwebte über mir, wenn ich an den vergangenen Sonntag dachte.

»So, und ›Klick‹«, verkündete Claude-Yves. Er setzte sich wieder zu mir. »Probleme?«

»Nicht direkt«, sagte ich. »Nur ein ungutes Gefühl. Der neue Kunde.«

»Warte, warte!« Claude-Yves hob die Hand und stürmte zur Küche. »Ich bin gleich zurück!«

Verzeihen Sie, Leser, nun habe ich mehr über Claude-Yves gesprochen als über mich. Mein Name ist Kea Laverde, ich bin Ghostwriterin, stehe kurz vor meinem 42. Geburtstag, und mein Sternzeichen ist Steinbock. Ich lebe südwestlich von München, nahe des Ortes Ohlkirchen, den keiner kennt, weil er zu klein und zu unbedeutend ist, aber das wird Claude-Yves natürlich ändern; zweifellos wird das ›Méditerranée‹ Furore machen, denn sein Chef hat überall Furore gemacht, wo er kochte, sei es in Québec, Cotonou oder Frankfurt. Ich genieße das Leben in meinem Haus am Ende der Welt, am Hang gelegen, umgeben von sanften Hügeln, mit dem Blick ins Fünfseenland, bei meinen zwei betagten, treuen Graugänsen Waterloo und Austerlitz. Mein Job macht mir Spaß, denn ich bin mein eigener Herr und habe ausreichend Aufträge, um gut zu verdienen. Ich könnte mir zwei Urlaube im Jahr leisten, bin aber nicht scharf aufs Verreisen, da ich früher als Reisejournalistin tätig war und erst im vergangenen Frühjahr eine absurde Fahrt nach Georgien angetreten habe. Die Reise hatte Spaß gemacht, das Land ist wirklich ein Traum, aber ich bin halt lieber zu Hause und miste den Gänsestall aus. Kurzum, aus der Bohémienne, die ich mal war, ist eine ziemliche Spießerin geworden.

Claude-Yves kam mit einem dampfenden Teller und einer Karaffe mit Wein zurück.

»Du, ich muss noch fahren«, hörte ich mich sagen, aber Claude-Yves lachte nur.

»Das ist es, was euch Deutschen fehlt. Den Augenblick nicht leben zu können, weil ihr immer irgendwas tun müsst. Fahren, arbeiten, telefonieren – tut eurem Aufschwung gut, aber dem Volk an sich würde etwas mehr Laisser-faire stehen. Nun erzähl.« Er stellte den Teller vor mir ab. »Ratatouille mit Bulgur, du kennst das Rezept aus dem Buch.«

Er gab ja doch keine Ruhe. Also lieferte ich einen möglichst detailgetreuen Bericht. Von meinem einsamen, gemütlichen Halloweenabend. Nicht, dass Sie meinen, ich würde jammern. ›Einsam‹ bedeutet für mich eigentlich nur, dass ich meinen eigenen Stiefel machen kann und niemand stört. Manchmal nervt sogar die große Liebe. An Halloween saß ich in Ruhe und Frieden in meiner Klause und guckte die Muppetshow auf DVD, als es klingelte. Bei mir draußen kommen keine Kinderlein vorbei und verlangen ›Süßes oder Saures‹. Erstens, weil ich zu weit von aller Zivilisation entfernt bin, zweitens, weil die besorgten Eltern eine alleinlebende Frau in der Einöde, die als Geist arbeitet, zu unsolide finden, und drittens, weil jeder weiß, dass ich mit derlei Späßen nicht zu erheitern bin. Also ignorierte ich das erste Klingeln und starrte weiter auf den Bildschirm. Als der Mensch vor meiner Tür nicht locker ließ, stand ich auf und spähte aus dem Fenster. Ich sah einen Roller neben meiner Tür parken und einen Knilch, der sich mit dem Kopf gegen die Tür lehnte, als könne er nicht mehr gerade stehen.

»Wer ist da?«

»Bastian!«

Ich riss die Tür auf. Ein Youngster stand vor mir, ein Knäblein, dünn wie ein Strich, mit leuchtenden Augen. Er kam mir irgendwie bekannt vor, ohne dass ich sagen konnte, woher.

»Ich störe wahrscheinlich«, er sah sich um, als erwarte er eine Flutwelle über meine Auffahrt schwappen, »aber …«

Ich trat beiseite und bat ihn mit einer Kopfbewegung ins Haus. »Setz dich!« Ich schaltete den Fernseher aus und wies auf mein Küchensofa. Ich lebe quasi in der Küche: Fernseher, Musikanlage, Sofa, Zeitschriften, Bücher – alles vorhanden.

»Ich wollte Sie fragen – ähm – ob Sie ein Buch für mich schreiben würden.«

Er öffnete seine Fleecejacke und zog einen Stapel Papiere hervor. Handbeschrieben. Wachsam wanderten meine Augenbrauen in die Höhe. Halt, Kea, ermahnte ich mich, er könnte ein guter Kunde sein, selbst wenn er jung ist. Gute Kunden waren solche, die möglichst viel zahlten und äußerst selten anriefen, keine Umarbeitungen einforderten und dankbar ihre fertig geghosteten Texte annahmen.

»Sie kennen mich nicht, oder?«

»Habe ich ein Schlagersternchen vor mir? Ich schaue mir die einschlägigen Sendungen nicht an, sorry.«

Er lachte. So ein breites, freakiges Lachen, das viel tiefer klang als erwartet.

»Mein Name ist Bastian Hut. Ich bin vor 4 Jahren mal kurz in den Schlagzeilen gewesen. Weil ich eine Firma gehackt habe.«

»Das war vor meiner Ohlkirchener Zeit!«

»Ja, kann sein.«

»Welches Unternehmen hast du gehackt?« Ich goss Bastian ein Glas Wasser ein und mir einen Chianti.

»Das spielt ja keine Rolle mehr.« Er zuckte die Achseln. Wie ein Hacker sah er nicht aus. Nicht, wie ich mir einen Hacker vorstellte. Er war zwar schmal, fast zierlich, wirkte aber dennoch sportlich. Kein Typ, der 24 Stunden am Stück vor einem Bildschirm saß und das Internet leersaugte. »Ich bin angeworben worden. Von so einem Typen. Auf einer offenen Plattform im Netz. Wo sich die Geeks rumtreiben und austauschen.«

»Wer hat dich angeworben?«

»Das weiß ich nicht. Er nannte sich nbn6. Da loggt sich keiner mit seinem echten Namen ein!«

»Und dann?«

»Dann habe ich weitere Aufgaben bekommen. Steht alles da drin.« Er schüttelte den Papierpacken. »Musste die Daten eines Fitnessstudios knacken und Infos über die Kunden weitergeben.«

Abgründe!

»Und das hast du gemacht?«

Bastian nickte und sah sich im Zimmer um. Sein Blick blieb an den Haikus hängen, mit denen ich die Wand über dem Sofa tapeziert hatte. Häufig kam eins hinzu. »Dichten Sie selbst?«

»Nein. Die Haikus stammen von berühmten japanischen Poeten.«

»Das mit dem Fitnesscenter war harmlos. Sie haben mich erst später erwischt. Bis zu dem Tag, an dem die Polizei meinen Rechner und meine Sachen aus dem Haus geschleppt hat, habe ich 3000 Euro verdient.«

»Du bist verurteilt worden?«

»Steht alles hier drin. Ich habe meine Erlebnisse aufgeschrieben. Um den Leuten klar zu machen, wie das alles enden kann.«

»Eine Warnung?«

»Das ist so ein Spiel, manchmal. Unter Hackern, meine ich. Du probierst, wie weit du gehen kannst. Du checkst einfach die Grenzen, die dir gesetzt sind, und schiebst sie ein bisschen weiter von dir weg. Und weiter. Und noch weiter. Und dann kannst du nicht mehr aufhören.«

»Sucht?«

»So ähnlich. Aber du handelst dir nichts als Ärger ein.«

Ich streckte die Hand nach seinen Unterlagen aus. Gute 100 Seiten mussten das sein, beschrieben in schnörkeligen Buchstaben.

»Du schreibst mit der Hand?«

Er errötete leicht. »Ich kann so besser nachdenken. Am PC bin ich abgelenkt.«

»Das zu entziffern, wird nicht einfach sein.« Ich hatte keine große Lust auf den Auftrag, aber ich hatte nichts Besseres zu tun. In meinem Arbeitszimmer wartete ein Stapel Korrekturfahnen zu einer anderen

Autobiografie. Die konnte ich innerhalb von zwei Tagen abarbeiten. Erst für Ende des Jahres war ich zu einer Frau eingeladen, die auf einer Hallig in der Nordsee lebte und ihr Leben aufgeschrieben haben wollte. Ich freute mich auf die Reise. Bis dahin hatte ich Zeit.

»Geld ist kein Thema«, bemerkte Bastian.

»Bist du Großverdiener?«

Er schüttelte lachend den Kopf. »Mache nächstes Jahr endlich mein Abi.«

»Und dann? IT-Branche?«

Er hob die Schultern. »Kann sein. Weiß nicht.«

Ich nippte an meinem Chianti. Seine Geschichte behagte mir nicht. Wahrscheinlich, weil ich einem Milchbart nicht abkaufen wollte, dass er mal eben 3000 Euro gemacht hatte.

Bastian stand auf. Er hatte sein Wasser nicht angerührt.

»Willst du nicht wissen, was ich koste?«, fragte ich grinsend.

»Wieviel wollen Sie?«

Ich nannte ihm mein Grundhonorar und den zusätzlichen Preis pro Seite. »40 Prozent Anzahlung.«

Er griff in die Hosentasche und zog ein Bündel 200-Euro-Scheine heraus.

»Brauchen Sie sonst noch was?«

»Ich sage dir Bescheid, wenn ich das hier durchgeschaut habe.« Ich warf die Blätter auf den Tisch.

3

Er hatte das Strophantin von einem befreundeten Arzt verschrieben bekommen. Ging mit dem Döschen aufs Klo und schluckte die beiden Pillen. Dreimal am Tag. Noch nie hatte er im Beisein seiner Kollegen Medikamente genommen. Das Büro war eine Natterngrube. Man konnte nie wissen, woraus einem ein Strick gedreht würde.

Polizeihauptkommissar Nero Keller betätigte die Spülung und verließ die Kabine. Eine Weile starrte er sein Gesicht in dem Spiegel über dem Waschbecken an. Der Bart: zu kurz geraten beim letzten Rasieren. Er wirkte nicht mehr stilsicher italienisch, sondern verpennt. Die Augen: irgendwie tot. Obwohl, soweit würde er nicht gehen. Nur leer. Ausgesaugt. Nichts mehr zu erwarten.

Verdammt. Er war wirklich ausgebrannt. Die Kämpfe, die er mit Polizeioberrat Woncka führte, um seine Pläne in die Tat umzusetzen, zehrten ihn aus. Die Klugscheißer im Team ebenso. Eigentlich brannten sie alle vor Neid, bis auf Markus Freiflug, mit dem er am engsten zusammenarbeitete. Vermutlich verhielt sich Markus nur deshalb wohlwollender, weil auch er eine Sonderaufgabe erfüllte. Er leitete eine Schnittstelle mit dem Zweck, die bayerischen Kriminalisten, die in Sachen Cyberkriminalität ermittelten, untereinander zu vernetzen.

Soweit bin ich schon, dachte Nero und leckte über seine rissigen Mundwinkel. Ich traue niemandem mehr etwas Gutes zu. Selbst meinem besten Kollegen nicht.

In fünf Minuten würde das Gespräch mit Woncka anfangen. Eine letzte Chance, sich freistellen zu lassen, um für ein halbes Jahr oder länger weiterzuforschen, neue Workshops und Fortbildungen zu planen. Das war es, was er wollte: Mal raus aus allem, um ungestört nachdenken zu können. Die Zeit anhalten. Projekte erarbeiten, die nicht nur einfach ihren Lauf nahmen, sondern Sinn machten. Steuergeld, nützlich angelegt, das wollte er Woncka sagen.

Zugegeben, es ging ihm auch um sich selbst. Er verabscheute die Hektik des Arbeitsalltags in einer unterbesetzten Ermittlungsgruppe. Da blieben eine ganze Menge Fragen unbeantwortet. Pfade, die für spätere Ermittlungen wichtig sein konnten, wurden nie begangen. Einfach aus Zeitmangel. In naher Zukunft würde diese Ignoranz ihre Arbeit lahmlegen. Ganz allmählich, fast unbemerkt würde die Polizei bei der Bekämpfung neuer Formen der Kriminalität passen müssen. Ihnen fehlten Zeit und Personal, um in die Tiefe zu gehen.

Nero spritzte sich Wasser ins Gesicht. Ein Schauer lief über seinen Rücken. Er fröstelte. Könnte eine Grippe sein, dachte er und verließ den Waschraum. Draußen lief er seinem Kollegen Ulf Kröger über den Weg.

»Ach, Nero! Ich habe dir gerade was auf den Schreibtisch gelegt. Staatliche Hacker in China und

Reaktionen auf Wikileaks. Schau es dir in aller Ruhe an! Könnte dich interessieren, was?«

»Danke.« Nero nickte.

»Alles okay bei dir?« Ulf Kröger war ein gedrungener Typ mit Stiernacken und Schuppen auf dem Pullover. Aber einer, der auf dem Korridor nicht nur kurz nickte, sondern das Gespräch suchte.

»Klar, danke.« Nero wollte nicht mit Kröger reden. Nicht jetzt. Nicht, weil er Kröger nicht mochte oder weil er sich gestört fühlte, sondern einfach, weil er manchmal am liebsten mit niemandem mehr reden wollte. Und wenn er es recht bedachte, mutierte das ›manchmal‹ allmählich zum ›immer‹.

4

Bastian war 14, als er sich den Namen Dv0ttny gab. Er fand das witzig. Die 0 statt des O. Es fühlte sich cool an, die eigene Identität hinter einem selbstgewählten Spitznamen zu verstecken.

Sein Vater war Apotheker, seine Mutter Lehrerin. Sein Elternhaus war spießig, an dieser Erkenntnis führte kein Weg vorbei. Anders als bei Joss, dessen Eltern freiberuflich als Grafiker arbeiteten, in ihrem Haus ein Atelier hatten und ständig umschwirrt waren von schrägen Vögeln aus der Münchner Grafikszene. Joss war schon zweimal umgezogen. Aus Fulda nach München und dann hier raus nach Ohlkirchen. Der hatte was gesehen von der Welt. Wenigstens ein bisschen. Während Bastian immer nur im Schwedenweg in Ohlkirchen saß und seinen Vater zum Mittagessen und Abendbrot über die Probleme in der Apotheke dozieren hörte.

Bastian langweilte sich oft. Deswegen taugte ihm der neue Rechner, den er zu seinem 14. Geburtstag bekam, besonders. Sein Patenonkel hatte was draufgelegt, damit er das Neueste vom Neuen bekam. Kein Problem für Bastian, Windows und Linux gleichzeitig auf der Maschine laufen zu lassen. Er hatte ein knappes Jahr vorher angefangen, Schließmechanismen zu umgehen. Soweit er wusste, hatte er dabei keine Gesetze verletzt. Er war in Systeme eingebrochen, hatte sich umgesehen, seine Spuren verwischt und war wieder verschwunden.

Mit Joss unternahm er hin und wieder ausgedehnte Erkundungsgänge in München. Joss hatte zweimal die Woche Therapie bei einem Logopäden in Pasing. Bastian begleitete ihn ab und zu. Danach zogen sie mit der S-Bahn weiter, stiegen irgendwo aus, erkundeten die Gegend und kamen am Abend mit dem letzten Bus nach Ohlkirchen heim. Auf dem Land fuhren die letzten Busse ohnehin ziemlich früh.

Eine Zeitlang war es ein Spiel, in Videoläden DVDs mitgehen zu lassen, zu Hause zu kopieren und sie beim nächsten Mal zurückzustellen. Eigentlich kein

Diebstahl. Zumindest kein richtiger, fand Bastian. Sie brachten das Zeug ja wieder in den Laden. Erwischt wurden sie nie. Nach ein paar Monaten war der Kick weg, und sie hörten damit auf.

Für ungefähr genauso gefährlich oder anstößig hielt Bastian seine Erkundungsgänge im World Wide Web. Bis er diesen neuen Rechner besaß und sich einen eigenen Namen gab. Dv0ttny. Das klang nach einem Erwachsenen mit Erfahrung. Einem, dem keiner am Zeug flicken konnte. Kein Teenager mit einem rausgewachsenen Topfschnitt und dem Appetit von drei Personen, der um Mitternacht noch zwei Salamibrote mit Spiegeleiern verschlang.

Bastian begann, sich mit anderen Hackern zu vernetzen. Da geisterten schillernde Identitäten durch die Chatrooms, und er fand es berauschend und gruselig zugleich, dass er nicht wusste, wer diese Leute wirklich waren. Sie hatten eigenartige Namen wie O_thello oder farfalla23. Nach ein paar Monaten hatte sich eine Art Clique herausgebildet, der Bastian angehörte. Er schulte seine Intuition, versuchte, sich die Menschen hinter den Decknamen vorzustellen. Gleichzeitig saugte er wie ein Schwamm die Tipps auf, die in der Hackerszene umherschwirrten. Sein allererster Coup war, ein Computerspiel zu knacken und mit Hilfe des Quellcodes die einzelnen Leistungsschritte nachzubilden, um das Spiel in jedem Fall zu gewinnen. Wenig später stellte er fest, dass andere auf die gleiche Weise zum Hacken gekommen waren: Sie gewannen einfach gern, und alles war ein Spiel.

Bastian begann, die Fahrten mit Joss nach München zu nutzen, um in Cafés mit ungeschützten W-LAN-Anschlüssen seinen Interessen nachzugehen. Von dort fiel es ihm leicht, seinen Standort zu verschleiern. Als erstes stellte er fest, dass reihenweise Proxy-Server falsch konfiguriert waren. Irgendwo steckten Fehler oder verbockte Programmbestandteile. Ohne große Mühe war Bastian etliche Male über einen offenen Proxy hinter der Firewall eines Unternehmens gelandet, wo eigentlich nur berechtigte Mitarbeiter etwas zu suchen hatten. Jedes Mal bekam er Schiss und zog sich zurück. Aber er hatte Blut geleckt. Es juckte ihn weiterzumachen, Chaos zu stiften, sich als zugriffsberechtigt zu authentifizieren, Kennwörter abzufragen. Nur wenige Wochen, nachdem er mit der Hackerei ernsthaft angefangen hatte, gelang es ihm, ein Mobiltelefonsystem zu knacken. Er geriet an die Telefonnummern und elektronischen Seriennummern von Hunderten Handys. Lange dauerte es nicht, bis er herausfand, dass er mit diesen Testnummern, die die Techniker zum Überprüfen der Signalstärke benötigten, unbegrenzt und kostenlos telefonieren konnte. Er kaufte sich ein billiges Handy ohne Vertragsbindung. Eine Weile telefonierte er umsonst, aber dann bekam er in einem Chat mit, dass ein paar Jungs in den USA den gleichen Trick angewandt hatten und dafür ins Gefängnis gewandert waren. Bastian bekam Muffensausen. Er warf das Handy in die Isar und ging drei Tage nicht ins Netz. Aber dann war die Neugier stärker. Welche Türen würden sich noch öffnen lassen?

5

19.11.2010

»Ich finde einfach nicht den richtigen Ton.« Zu Hause war mir die Decke auf den Kopf gefallen. Claude-Yves' Nebenraum, bisher weitgehend unberührt von der alljährlichen Adventsdekorationshysterie, wurde zu meinem Büro. Wenigstens für ein paar Stunden. Mein Laptop und Bastians Notizen beobachteten mich stumm. Ich starrte mutlos auf das Durcheinander vor mir.

Mit ernstem Gesicht stellte Claude-Yves einen Latte Macchiato vor mir ab. »Hier. Mit Kahlúa. Das macht warm und lustig. Ist mit Vanillezucker gesüßt.«

»Danke.«

Er setzte sich neben mich. Zuweilen kam er mir wie ein guter Onkel vor, der sich vorgenommen hatte, der Menschheit das Leiden auszutreiben. »Wie läuft's?«

»Ich komme mit der Fachterminologie nicht zurecht. Bastian beschreibt akribisch, was er wann wie gemacht hat. Mir schwirrt der Kopf von dem ganzen Geschwafel.«

»Frag deinen Liebsten! Der kennt sich mit Computern aus!«

»Wenn wir annehmen, dass jugendliche Hacker die Zielgruppe dieses Buches sind, brauche ich keine Erläuterung. Was nervt, ist: Ich schreibe einen Text, den ich selbst nicht verstehe. Und Nero – der ist dermaßen im Stress!« Kurz dachte ich an Nero. An seine Schlaflosigkeit und Unruhe, an die Art, wie er in jeder stillen Minute nach seinem Handy griff, vor sich hin murmelnd SMS abarbeitete oder an den Einstellungen herumklickte. Wenn ich ihm eines Tages das Handy einfach aus der Hand nahm, würde er in den kalten Entzug stürzen.

»Weißt du, Claude, ich habe einfach ein dummes Gefühl. Welche Jugendlichen, denen eine Warnung vor den Untiefen des Hackens gut täte, lesen schon ein Buch? Die schnorcheln im Netz und kratzen dort zusammen, was sie interessiert. Aber ein gedrucktes Buch – das ist für diese Typen vollkommen antiquiert!« Ich schleckte meinen Löffel ab. So simpel und dabei so wirkungsvoll: den Kaffee mit Vanillezucker zu süßen.

»Dann stellt das Zeug ins Internet!«

»Davon war nicht die Rede.«

»Ich sehe ja ein, dass dir unser gemeinsames Projekt mehr Spaß gemacht hat«, grinste mein kanadischer Meisterkoch. »Mittelmeerküche – damit kann jeder was anfangen. Du kannst zur Not ohne Rechner leben. Aber ohne Essen? Das endet tödlich.«

»Niemand kann ohne Computer leben, und genau das ist das Problem, Claude. Der Strom, der dein Restaurant funktionsfähig macht, wurde nicht von Hand in die Leitungen gespeist. Deine Steuererklärung, das Wasserwerk, selbst Ampelschaltungen und der Notruf bei der Feuerwehr: Alles läuft über Netzwerke, und die sind anscheinend so unsicher, dass jeder halbwegs begabte Teenager sie lahmlegen kann.«

»Sachte! Magst du von meinem Steinpilz-Moussaka probieren?«

»Sehe ich so aus, als wenn ich Einladungen zum Essen ablehnen würde?«

»Du siehst wunderbar aus, Kea! Nero steht auf runde Frauen. Vergiss die Hungerhaken da draußen. Eine Mistgabel bietet einen besseren Anblick als die Damen, die sich von ihren Verehrern zum Dinner einladen lassen und dann drei Salatblätter ohne Öl bestellen.«

»Kann mir nicht passieren«, grinste ich. Ich war eben der Vollweib-Typ. Mit zunehmendem Alter versöhnte ich mich mit meiner Veranlagung. »Ist ohnehin alles genetisch festgelegt.«

»Korrekt.«

»Wie geht's dir eigentlich in Sachen Liebe?« Ich wusste, dass Claude-Yves seit einiger Zeit wieder mit einer Frau zusammen war. Eine vorsichtige Annäherung, nachdem er einen selbstmörderischen Rosenkrieg hinter sich hatte. Die Biografin Kea kannte die Einzelheiten, obwohl sie im Buch keine Erwähnung gefunden hatten.

»Lydia!« Claude lächelte. »Sie ist manchmal etwas anstrengend, aber genau mein Typ.«

»Vielleicht hätte ich mir einen Koch an Land ziehen sollen und keinen Polizisten.«

»Unsinn. Nero ist ein wunderbarer Mann. Nur sein Job ist unerträglich. Ich habe übrigens kürzlich im Internet gelesen, dass eine neue und heimtückische Hackertechnik fast alle bisherigen Sicherheitsschranken im Internet überwindet. Sogar Kriege werden im Netz geführt!«

Ich dachte an meine Georgienreise im vergangenen Frühjahr. Knapp zwei Jahre nach dem Augustkrieg von 2008 hatte ich lernen müssen, dass sich die Schlachtfelder ins Cyberspace ausdehnten. Nach dem Ausbruch der Kämpfe damals war das georgische Internet lahmgelegt worden. Im Verdacht standen Hacker aus Russland. Die Situation hatte sich verschärft, weil die Georgier nicht mehr auf technische Kommunikationsmittel zurückgreifen konnten, um überhaupt herauszufinden, was los war. Und jetzt kam Dv0ttny daher. Ein junger Mann mit Ambitionen. Ich fand ihn sympathisch und hatte auch nicht von Haus aus ein Problem mit Hackern, nur weil ihr Tun als kriminell galt. Aber irgendetwas an diesem Projekt behagte mir nicht. Vermutlich, weil ich Bastians Motivation, sich eine Ghostwriterin anzuheuern, unglaubwürdig fand.

»Ich muss tatsächlich mit Nero sprechen«, sagte ich.

»Wie geht's ihm?«

»Schwer zu sagen. Der klassische Workaholic. Er hat nie frei und legt sich krumm, um bei seinem Chef endlich die Idee von einer Forschungstätigkeit durchzusetzen.« Nero hatte die Kriminellen über. Die Konfrontation mit dem Bösen, dem Schlechten, dem ewig Negativen machte ihn kaputt.

»Da lobe ich mir die Freiheit des privaten Unternehmertums«, grinste Claude-Yves. »Ich bin mein eigener Herr.«

»Und deine Gäste sind die Könige!«
»Eure Hochzeit feiert ihr hier. Kein Widerspruch.«
»Hör schon auf. Das mit dem Heiraten ist längst nicht beschlossen«, wehrte ich ab.
»Irgendwann wird es ja soweit sein. Ob in diesem oder im nächsten Jahr – egal. Ihr seid willkommen!«
»Lieb von dir.«
»Worüber brütest du?«
»So weit weg vom Leben bin ich nicht, Claude! Klar passieren im Netz tausend Dinge, von denen wir einfach nichts wissen wollen. Was ich bloß gar nicht kapiere: Warum will er von seinem sauer verdienten Hackerlohn eine Ghostwriterin bezahlen?«
»Sein Vater ist Eigentümer der Europa-Apotheke. Und der hat richtig Kohle, Kea.«
»Söhnchen schnorrt von Väterchen Geld? Das Bürschchen hat seine eigenen Einkünfte.« An die Möglichkeit, dass ich Blutgeld verdiente, mochte ich nicht denken. 3000 Euro: War das viel oder wenig in der Branche? Und wieviel war davon überhaupt übrig? Konnte man als Hacker mit ein paar Aktionen reich werden? Für mich war das nichts mehr. Es war wie beim Fremdsprachenlernen: Ich hatte zu spät angefangen.

6

Bastian ließ sich bald in eine neue Geschichte hineinziehen. Er hackte sich in die Rechner einer kleinen hessischen Gemeinde in der Rhön und installierte einen Sniffer; die kleine Computerwanze griff sämtliche ein- und ausgehenden Daten ab. Bastian hätte zu allem Zugang bekommen, wenn er gewollt hätte. Er hätte Bewohner aus dem Register löschen und neue eintragen können. Aus Jux registrierte er einen fiktiven Einwohner namens Karlsson vom Dach. Aber dann schlug erneut die Angst zu, er verwischte seine Spuren und verschwand so lautlos aus dem kommunalen Netz, wie er gekommen war.

Bastian spürte, dass in ihm ein Rebell verborgen lag, der sich anschickte, Mauern einzureißen und Licht ins Dunkel zu bringen, und diese innere Kraft ängstigte ihn. Obwohl Dv0ttny sich in der digitalen Welt als abgeklärter Streber gab und Stück für Stück begann, sich eine virtuelle Identität auszutüfteln – er schreckte vor den Konsequenzen zurück. Einige Wochen lang tat er nur das im Netz, was Millionen anderer Nutzer machten: Er schrieb Mails, lud Musik runter, stöberte auf Facebook herum, schaute sich Filme an und recherchierte für ein Geschichtsreferat.

Zwei Ereignisse rissen ihn aus seiner lethargischen Vorsicht. Zum einen besuchte seine Mutter mit ihren Lehrerkollegen eine Fortbildung zum Thema ›Jugendliche Hacker‹. Sie stellte fest, dass eine Reihe von dort erläuterten Eigenschaften genau auf ihren Sohn zutrafen. Eines Abends verwickelte sie Bastian in ein Gespräch. Sie wollte vorfühlen, wie weit er zu gehen bereit war. Bastian kam sich ausgehorcht vor, bemühte sich aber, arglos zu tun, um sich nicht verdächtig zu machen. Er war im Hacking viel zu fortgeschritten, als dass seine Familie ihn aufhalten konnte. Der Argwohn seiner Mutter gab ihm den Kick. Ihm dämmerte, dass er direkt unter den Augen seiner Eltern die größten und bestbewachten Unternehmen der Welt ärgern konnte. Die Bandbreite seiner Möglichkeiten versetzte ihn in einen permanenten Rausch.

Der zweite Wendepunkt in jener Zeit war Joss. Sein Kumpel verliebte sich in ein Mädchen aus der Parallelklasse. Ira, die ihre rote Mähne ziemlich theatralisch herumschleuderte und jeden Morgen vor der ersten Stunde unter großem Tamtam den knalllila Lippenstift wegwischte, um ihn mittags an der Bushaltestelle wieder aufzutragen. Sie war der Star der Schule. Alle Jungs träumten von ihr. Joss hatte das Rennen gemacht, vorläufig jedenfalls, und die gemeinsamen Erkundungstouren durch München wurden Vergangenheit. Bastian langweilte sich. Weil er ziemlich gut in der Schule war, hatten seine Eltern keinen Grund zu motzen, wenn er stundenlang vor dem Rechner hockte. Er vernachlässigte keine Hausaufgaben, keine Referate. Aber sobald alles erledigt war, klinkte er sich in seinen früheren Chatroom ein.

Dort wurde er keineswegs mit großem Hallo begrüßt. Seine lange Abwesenheit gab eher Anlass zu Misstrauen. Nur ein Typ mit dem Akronym nbn6 tauschte sich mit Dv0ttny aus. Ein paar Tage später fragte nbn6:

Bereit, einen Hack zu machen, Dvottny?
Worum geht's?
Ich will die Daten von den Kunden eines Fitnessunternehmens. Wie sieht's aus?
Was meinst du?
Ich lasse es mich etwas kosten. Willst du Kohle?
Wie viele Datensätze?
3000.

Bastian loggte sich aus und dachte nach. Für Geld hatte er noch nie irgendwas im Netz gemacht. Es fühlte sich an, als würde er damit endgültig in die Illegalität abdriften. Andererseits verspürte er unbändige Lust, es zu probieren. Irgendwo hatte er mal gelesen, dass der Schlüssel zur Veränderung darin liege, die Angst aufzugeben. Der Rebell in ihm drängte mit Macht ans Ruder.

7

»Nun, bis jetzt haben Sie so hervorragende Leistungen gebracht, Herr Keller.« Woncka senkte den Kopf und blickte über seine Lesebrille hinweg.

Darin lag nur eine einzige Feststellung: Dass seine Leistungen dabei waren, in den Keller zu kippen. Nero verfluchte seinen Nachnamen, obwohl der nichts dafür konnte.

»Sehen Sie«, begann er und zog ernsthaft in Erwägung, einen Coach zu engagieren, der mit ihm das Verhandeln probte, »wir haben von neuartigen Bedrohungen Kenntnis, und mit der Technologie müssen wir uns jetzt vertraut machen. Nicht erst dann, wenn die andere Seite zuschlägt!«

»Schon wahr, aber Sie wissen, wir haben eine dünne Personaldecke, durchsichtig beinahe, da wird jeder benötigt. Ich kann niemanden davonschlüpfen lassen, um sich ein halbes Jahr zu bilden. Unmöglich.«

»Wikileaks sollte uns Sorgen machen.«

»Die Affäre ist heiß, aber damit hat unsere Abteilung nichts zu schaffen.«

Nero lehnte sich zurück. Vermutlich gab Woncka ihm nur zu verstehen, was er längst ahnte: Dass jene Spezialisten, die mit den neuesten Bedrohungen fertig zu werden hatten, nicht bei der Polizei eingesetzt wurden. Sein Herz raste, der Schweiß lief ihm den Rücken hinunter. Er könnte noch so ausgebuffte rhetorische Ticks anwenden – sein Vorgesetzter hatte die Entscheidung längst getroffen.

»Wir haben eine andere Aufgabe für Sie, Herr Hauptkommissar. Nur, damit Sie nicht meinen, wir, das ganze Team, schätzten Ihr Wissen und Ihre Wissbegierde nicht. Nein, das ist nicht der Punkt. Der Punkt ist, wir müssen unseren Webauftritt verbessern.«

Das fehlte ihm noch. Dass er als Designer tätig wurde!

»Die letzten ernstzunehmenden Angriffe auf unsere Webseiten und unser Intranet sind zwar eine Weile her«, erläuterte Woncka, und er sprach dabei immer schneller, »aber gerade deshalb sehe ich genau hier Handlungsbedarf. Wir brauchen einen wirkungsvolleren Schutz. Was sage ich: Den besten Schutz, den es geben kann, und den werden Sie kreieren, beschaffen, ausbauen.« Woncka atmete hektisch, als hätte ihn die vergangene Viertelstunde ausgepowert wie eine Runde Rock 'n Roll. Seit er mit einer viel jüngeren Frau zusammen war, gingen Gerüchte, er meistere die privaten Strapazen kaum. Im vergangenen Jahr war das Haupthaar des Polizeioberrats von einem Tag auf den anderen frostig grau geworden. Böse Zungen kolportierten, es sei gefärbt. Merkwürdigerweise gingen ihm die Haare nicht aus. Das hätte Nero ihm gewünscht.

Nun sah er ein, dass er verloren hatte. Mit tauben Gliedern verabschiedete er sich von Woncka und schlich zurück zu seinem Büro. Die Erschöpfung schlug so brutal zu, dass er sich auf dem Korridor für einen Augenblick an ein Fenster lehnte und auf den Parkplatz hinuntersah, nur so. Seine Wangen brannten. Er hatte höllischen Durst. Sein Mund war staubtrocken. Das Forschungshalbjahr war sein größter beruflicher Wunsch gewesen. Der größte Wunsch seines Privatlebens sah ganz anders aus. Da spielte Kea die tragende Rolle. Aber professionell gesehen war ihm die Sache wichtig: sich selbst endlich ohne den Druck der alltäglichen Routine mit den neuen Bosheiten der Internetwelt zu befassen, herauszufinden, worum es wirklich ging. Er hatte den Verdacht, dass an anderen Stellen im Land die Brisanz des Themas mehr Kausalketten in Gang gesetzt hatte als bei der Polizei. Die US-Armee hatte längst ein Cyber-Command aufgebaut, sogar die Bundeswehr setzte auf Internetexperten, und was der militärische Abschirmdienst anleitete, wusste ohnehin keiner. In diesen Kreisen bereitete man sich auf die zukünftigen Schlachtfelder vor. Es hatte bereits digitale Angriffe auf die Großindustrie gegeben. Bislang gingen nur Gerüchte um, aber man munkelte, eine atomare Anlage in Iran sei das Ziel des Wurmes Stuxnet gewesen. Womöglich konnte bald ein Überraschungsangriff aus dem Cyberspace den NATO-Bündnisfall auslösen.

Nero war außerordentlich gut vorbereitet in das Gespräch mit seinem Vorgesetzten gegangen. Er hatte seine Argumente fein aufeinander abgestimmt vorgetragen. Woncka fehlte vermutlich das Geld. Schlimmer sogar: Er war ein Bürokrat. Einer, dem außer den dringend benötigten finanziellen Mitteln vor allem die Vorstellungskraft fehlte. Die Attacken auf das Internet in Estland 2007 und ein Jahr später in Georgien tat er ab als hitzköpfige Strohfeuer, die in unkultivierten Staaten jenseits der Oder vorkamen.

»Hätte noch gefehlt, dass er ›Ostfront‹ sagt«, murmelte Nero. Er schleppte sich einen Stock tiefer zum Getränkeautomaten und zog eine Flasche Adelholzener. Durstig trank er die Hälfte in einem Zug aus. Wir können die Sache nicht dem Militär überlassen. Das hätte er zu Woncka sagen sollen. Und den Diensten auch nicht. Wir müssen selbst ganz vorne mitmischen, um Bescheid zu wissen, wenn es hart auf hart kommt. Sonst degradiert sich die Polizei selbst zum Hilfssheriff. Damit hätte er wenigstens eine Kerbe in Wonckas Hirn hinterlassen. Der reagierte schnell eifersüchtig, wenn die Kompetenzen der Polizei in Frage gestellt wurden. Dabei sah es mittlerweile so aus, als würden einflussreiche Schnittstellen im Land das Schicksal der Polizei in eine Richtung lenken, die niemandem, der aus Idealismus Polizist geworden war, gleichgültig sein konnte. Irgendwann würden sie allenfalls noch den Verkehr regeln dürfen. Auf den Radwegen.

Sinnlos, dachte Nero, und ging in sein Büro zurück. Er teilte es mit Freiflug und zur Zeit fünf Rechnern.

»Wie war's?« Neugierig hob Markus Freiflug den Kopf. Er sah aus wie ein Linker, mit dem Pferdeschwanz und der Nickelbrille, war aber im Herzen ein echter Bajuware mit konservativen Auffassungen.

»Mist war's.« Nero stemmte die Ellenbogen auf seinen Tisch und verbarg den Kopf in den Händen.

»Er hat abgelehnt«, stellte Freiflug fest. »Schade. Tut mir echt leid, Nero.«

Nero hatte sein Leben lang trainiert, der Schwäche nicht nachzugeben. Wahrscheinlich waren seine Kräfte seit jenem Tag am Schwinden, als Leonor in seinen Armen gestorben war. Den Schock, seine eigene Frau nicht vor wild um sich feuernden Kriminellen beschützen zu können, hatte er nie verwunden. Die Therapie und schließlich seine Freunde hatten dafür gesorgt, dass er wieder normal leben konnte. Arbeiten. Lieben. Kea.

Nero trank die Wasserflasche leer.

»Da liegen ein paar Ausdrucke für dich«, sagte Freiflug. »Kröger hat sie vorhin hier abgelegt.«

Nero fühlte nichts als eine bleierne Gleichgültigkeit. Er blätterte in den Seiten. Las Stichwörter wie ›Cyberkrieg‹ und ›fehlende Rechtsgrundlagen‹. Ihm war alles egal.

»Ich geh pinkeln.« Er musste raus. Im Waschraum zog er den Pullover aus und ließ kaltes Wasser über seine Arme laufen. Er bekam Angst, der Kreislauf würde ihm wegbrechen. Er wollte hier raus. Wollte nach Hause. Doch da gab es bloß eine Wohnung, die kein Zuhause war, weil er sie alleine bewohnte, was kein Leben bedeutete. Es war nur eine vorübergehende Bleibe. Kea lebte draußen bei Ohlkirchen, da war er zur Stoßzeit fast eine Stunde unterwegs, um hinzukommen, aber er sehnte sich jetzt nach ihr und wollte sie anrufen. Er könnte einfach aus dem Haus gehen, den Tag sausen lassen. Morgen war Samstag. Sein Überstundenkonto war prall gefüllt.

Nero hatte immer noch Durst. Er trank Wasser vom Hahn. Es schmeckte nach Chlor. Sein Gesicht glühte.

Er hatte keine Ahnung, ob er eine einstündige Autofahrt schaffen würde.

8

Mit Feuereifer vertiefte sich Dv0ttny in den Auftrag von nbn6. Zunächst beschaffte er sich öffentlich zugängliche Informationen über das Fitnessstudio und seine Betreiber. Es handelte sich um eine Kette, eine Art Discounter mit Ablegern in Deutschland, der Schweiz, Österreich und Luxemburg. Wer Mitglied wurde, konnte in sämtlichen Studios trainieren. Dv0ttny fand bald heraus, dass die Website des Fitnessstudios ausgelagert war und von einem externen ISP gehostet wurde. Eine kluge Vorgehensweise, um zu verhindern, dass ungebetene Besucher, die es schaffen würden, die Website zu knacken, zugleich einen Zugriff auf das Firmennetz insgesamt bekamen.

Zunächst arbeitete er knappe zwei Wochen lang daran, eine Möglichkeit zu eruieren, von dem Netzwerk als vertrauenswürdig eingestuft zu werden. Mit jedem Schritt, den er in die feinen Stränge der Netzwerkkonstruktion machte, legte er die Gedanken derjenigen frei, die es gebaut hatten. Dv0ttny fühlte sich mächtig. Er agierte im Verborgenen. Eine Art Phantomas. Einer, dem keiner am Zeug zu flicken imstande war. Einer, der so vorsichtig vorging, dass er sich jederzeit zurückziehen konnte. Einer, der die Gedanken der anderen las, ohne dass sie es auch nur ahnten.

Er fragte alle Informationen über andere Quellen ab. Nie aktivierte er die Website des Studios über seinen eigenen Rechner. Die Spur hätte zu ihm zurückführen können.

Bei der Suche nach einem offenen Port hatte er am ersten Tag der dritten Woche Erfolg. Es war ein warmer Sommertag, aber er war keine Minute ins Freie gekommen. Seine Eltern waren für ein paar Tage weg und er nutzte die Zeit, um weiterzukommen. Er entdeckte, dass einige Systeme, die zum Fitnessstudio führten, mit falsch konfigurierten offenen Proxys liefen. Daraufhin tat er eine Möglichkeit auf, um sich mit den Computern des Firmennetzes zu verbinden. Dv0ttny entdeckte eine Website, wo das Studio etwaigen Interessenten anbot, Informationen per Mail anzufordern. Dv0ttny schickte eine harmlose Anfrage nach den Preisen. Zwei Tage später kam eine Antwort per Mail, und als er deren Header genauer untersuchte, stellte er fest, dass diese vom internen Netzwerk der Firma kam; sie wies eine nicht öffentliche IP-Adresse auf. Er machte sich daran, diese Adresse mit denen innerhalb des Netzwerkes abzugleichen. Dabei stieß er auf einen internen Webserver, wo ein paar alte, stillgelegte Intranetseiten des Studios abgelegt waren. Geduldig bohrte er weiter. Es gelang ihm innerhalb weniger Tage, zur Datenbank der gesamten Studiokette vorzustoßen. Nun war Dv0ttny in der Lage, nach Belieben Informationen abzufragen oder zu ändern.

Er kopierte die Namen, Mailadressen, Anschriften und andere Kontaktdaten von knapp 3 500 Kunden der Fitnesskette. Auch Angaben zu ihren sportlichen Fortschritten und zum Körpergewicht waren dabei. Bei gut der Hälfte kamen ärztliche Daten hinzu. Bandscheibenvorfälle, Operationen, Schwangerschaften, Bluthochdruck. Dv0ttny speicherte alles, verwischte seine Spuren, schaltete den Rechner ab und trat hinaus in den Garten. Es war vier Uhr morgens. Seine Eltern waren am Abend zuvor von ihrer Reise heimgekommen und schliefen tief und fest. Er legte sich in die taufeuchte Wiese, ausgestreckt wie ein Andreaskreuz, und blinzelte in einen pastellfarbenen Himmel. Die Sonne würde bald aufgehen. Sie hatten Pfingstferien. Er hatte soeben 3000 Euro verdient. Die Welt war groß und unglaublich verrückt.

Er musste lachen. Er, Dv0ttny, hatte seine eigenen Maßstäbe. Für eine Weile würde er aufhören. Um dann mal zu sehen, wohin es gehen konnte. Seine Skills führten ihn hinaus ins Weite, davon war er überzeugt, als er zwei Reiher mit gemächlichem Flügelschlag über den Himmel ziehen sah. Er würde kein so langweiliges und angepasstes Leben führen wie seine Eltern. Er hatte die Macht, ganz andere Wege zu gehen. Nach seinen Regeln zu leben. Herauszufinden, wohin er auf den Schwingen seiner Kunst reiten konnte.

Um sechs Uhr informierte er nbn6. Zwei Tage später fand die Übergabe der CD statt. Dv0ttny hatte sie morgens um drei in den Briefkasten vor dem Haus seiner Eltern gelegt. Ein Motorrad bog wenig später um die Ecke. Dreckverspritzt, mit unleserlichem Nummernschild. Ein hagerer Mann in schwarzer Bikermontur und Helm mit abgedunkeltem Visier ging zum Kasten. Dv0ttny lauerte hinter dem Wohnzimmerfenster. Er hatte wunschgemäß den Schlüssel am Postkasten stecken lassen. Der Mann brauchte keine Minute, um sich wieder auf sein Bike zu schwingen und zu verschwinden. Ein Spuk an einem Sommertag, der versprach, warm und sonnig zu werden.

Kurz darauf ging Bastian hinaus und nahm den Umschlag mit den 3000 Euro aus dem Briefkasten.

9

Er huschte durchs Netz wie ein Waschbär. Ein nachtaktiver, cleverer Räuber, der auf leisen Pfoten unerkannt seine Kreise zog. Keiner rechnete mit ihm. Keiner mutmaßte, dass es rekinom gab, dass er überhaupt existierte. Und schon gar nicht, dass er Pfade beging, die ihm niemand zutraute.

Wenn *sie* nach dem Sex eingeschlafen war, setzte er sich an seinen Rechner.

Er legte komplizierte Schlingen aus. Der Ghostwriterin auf ihren Wegen durchs Netz zu folgen, war einfach. Er ließ absichtlich eine Mail an sie als unzustellbar zurückkehren, und schon hatte er Informationen. Ihr Rechner war zwar ganz gut geschützt, aber er kannte die Strickmuster. Wäre ja auch ein Witz gewesen, wenn nicht. Sie arbeitete mit Windows. Das Betriebssystem bestand aus einer schier unübersehbaren Menge an Programmzeilen. Dort schlichen sich logischerweise Schwachstellen ein. rekinom hatte gewartet, bis sie das System neu installierte. In der Zeit, in der sich alles auf den Standardeinstellungen befand, schlug er zu. Dass Kea Laverde mehr als 14 Tage ihre Settings nicht individualisierte, machte es ihm leicht. Er hackte ihr E-Mail-Konto, indem er als Passwort einfach ihr Geburtsdatum eintrug. Er hatte es über eine simple Suchanfrage an ihrer ehemaligen Uni entdeckt. Sie erwähnte in ihrem Webauftritt, dass sie an der LMU studiert hatte. Im dortigen Studentensekretariat stand irgendwo ein alter Rechner unbemerkt herum, der immer noch eine Netzwerkverbindung hatte, aber längst nicht mehr aktualisiert wurde.

rekinom blieb auf Keas System: Er war ihr Administrator-Double. Stets konnte er ihr über die Schulter schauen, wenn sie am Rechner arbeitete. Er las ihre Texte, ihre Mails und verfolgte, welche Musik sie kopierte und welche Bücher sie im Internet bestellte. Er hätte auf ihre Kosten einkaufen können. Darum ging es ihm natürlich nicht. Er wollte die volle Kontrolle. Als sie ihr Mail-Passwort endlich änderte, war er fast erleichtert, doch er hatte Vorkehrungen getroffen.

Ganz so leicht ging es bei Dv0ttny nicht.

Dv0ttny war sehr wachsam. Seine Tatzen hinterließen nicht den feinsten Abdruck im Netz. Irgendwie schaffte rekinom es, einen Trojaner in Dv0ttnys Rechner zu schmuggeln, der unter dem Radar der Antivirensoftware arbeitete. Er besorgte sich einfach ein legales Tool, wie Netzwerkadministratoren es verwenden, veränderte es und schleuste es in Dv0ttnys Rechner. Die Rechnung ging auf. Bastian Hut war zwar umsichtig im Verschleiern seiner Wege im Cyberspace, aber er verließ sich auf eine ganz normale, kommerzielle Anti-Viren-Software. Er ist eben noch jung, dachte rekinom, und spürte, wie ihn eine ungeheure Befriedigung erfüllte. Eine, die Sex ihm nicht geben konnte. Er, rekinom, hatte den Beweis erbracht, dass Jugend allein kein Abo auf Klugheit darstellte. Dv0ttny mochte genial sein, aber er war noch ein richtiges Kind.

Der Trojaner verriet rekinom, welche Verbindungen zu anderen Netzwerken Dv0ttny aufbaute und welche Computersysteme er gerade benutzte. Und vor allem: Dv0ttny fand den Trojaner nicht. Was er sah, befriedigte rekinom. Er hatte alles richtig eingefädelt.

10

Dv0ttny systematisierte seine Erkenntnisse, die er beim Hacking gewann, nicht bewusst. Meistens ging er einfach so vor, dass er sich in das Gehirn eines Netzwerkarchitekten hineindachte. Er versuchte sich vorzustellen, womit die Gegenseite rechnete. Programmierer zogen ihre Netzwerke immer in der gleichen Weise auf. Was einmal funktionierte hatte, galt als sicher und praktikabel. Warum sollte man sich neue Strategien ausdenken? Der Hacker musste also nur selbst andere Pfade einschlagen.

Dv0ttny fühlte sich unerwartet mies mit seinen 3000 Euro. Es kam ihm vor, als habe er seine Seele verkauft. Was nbn6 mit den Daten aus dem Fitnessstudio anfing, verdrängte er. Vermutlich ging es darum, Leute für Werbeaktionen auszugucken und gezielt mit Mails zu bombardieren. Ihm war es egal. Er beschloss, künftig ausschließlich in seinem eigenen Auftrag zu handeln.

Den Chatroom, wo nbn6 ihm über den Weg gelaufen war, suchte er nicht mehr auf. Er fing an, über andere Wege mit Hackern zusammenzukommen. Leuten, die das Internet als faszinierenden Kosmos betrachteten und sich daran maßen, wie weit sie dieses Universum mit ihrem Verstand durchdringen konnten. Wie für Dv0ttny bedeutete diesen Hackern ein Rechner mehr als nur ein High-Tech-Gerät. Der Computer führte sie in ihr Inneres. Er zeigte ihnen Möglichkeiten, ein paralleles Leben zu führen und mehr über die unsichtbaren Dinge um sie herum herauszufinden. Dv0ttny erkannte, dass viel auf die Perspektive ankam: Je nach dem, welche Sichtweise man einnahm, entging einem der Kern der Dinge oder man stieß in wenigen Schritten zum Eigentlichen vor. Nicht nur Netzwerke waren programmiert, sondern auch Menschen. Manche, und zu ihnen zählten IT-Freaks genauso wie Bastians Eltern, betrachteten sich und ihr Leben immer nur aus einem Blickwinkel und schossen sich auf eine Denkweise ein, die neue Erkenntnisse von vornherein ausschloss. So kam es, dass die Mehrzahl der Leute Murphys Gesetz bemühten, um Dinge zu erklären, die ganz logische Konsequenzen aus vorherigen Entscheidungen waren. Nur war niemand auf die Idee gekommen, sie von einer anderen Warte zu betrachten.

Dv0ttny hängte sich für ein paar Monate an den Rockzipfel eines Hackers namens empate. Dieser hackte Firmen, um ihre Sicherheitslücken aufzuspüren. Anschließend gab er die Daten an die Medien weiter.

Dv0ttny wollte mehr über empates Vorgehen herausfinden. Er schrieb eine Mail:

›Hi, empate. You've inspired me.‹

Die Antwort kam postwendend: ›Fuck you!‹

Die folgenden Wochen ging empate Dv0ttny aus dem Weg. Aber Dv0ttny ließ nicht locker. Er meldete sich erneut:

›Ich weiß, dass du auf der guten Seite bist. Ich möchte mehr darüber wissen.‹

empate stellte sich zunächst stur, schickte Dv0ttny aber dann die Links zu den Medienberichten, die über ihn erschienen waren, und ein paar Insiderinfos über die Wege, die er gegangen war, um – wie er es ausdrückte – zu tun, was zu tun war. empates Opfer waren zwei Versicherungen, Global Players mit Subunternehmen in Rumänien, eine größere Zeitungsredaktion und der Bukarester Ableger eines internationalen IT-Konsortiums. Der Schaden für die Unternehmen war immens: Zwar gelang es ihnen in den meisten Fällen, die Sicherheitslecks rasch zu stopfen. Das öffentliche Image jedoch blieb angekratzt. Die Aktien der IT-Firma rutschten in den Keller. Auch die Versicherungen kämpften gegen Verluste.

Zunächst suchte die rumänische Polizei nach empate, dann Interpol. Erfolglos. Seine Spuren verliefen im Nichts. Aus den einschlägigen Chatrooms verschwand er, nachdem er Dv0ttny das Material gemailt hatte. Als hätten die Schatten des Internets empate verschluckt.

Dv0ttny aber hatte bekommen, was er wollte: Inspiration. Die Vorstellung, Sicherheitslecks offenzulegen, elektrisierte ihn. Sein erster Hack gelang ihm nach nur wenigen Wochen auf der Buchungsseite eines kleinen Reiseunternehmens in Haidhausen. Dv0ttny rief dort an und stellte sich der Dame am Telefon als Mitarbeiter einer Computerfirma vor, die das Netzwerk des Unternehmens betreute. Wer das war, hatte er leicht herausfinden können – es stand öffentlich für alle lesbar im Web. Er benannte eine Schwachstelle am Zusammenspiel der Computer, die er ein paar Tage zuvor den Fehlermeldungen der Rechner entnommen hatte; diese waren leicht zu hacken gewesen, als das System sich gerade hochfuhr. Gutgläubig stellte die Frau vom Reisebüro auf Dv0ttnys Anweisungen hin sämtliche Standardeinstellungen wieder her. Dv0ttny hatte Passwort und Kennung postwendend in Händen: ›travel‹ und ›mueller‹, den Namen der Dame, die sich am Telefon gemeldet hatte.

Dv0ttny gelangte an sämtliche Kundendaten, Kreditkartennummern, gebuchte Reisen, Anschriften und Mailadressen. Dann versuchte er es: Für 2700 Euro buchte er auf den Namen eines Mannes, der Kunde des Reisebüros war, einen Trip nach Singapur inklusive Flug und Hotelaufenthalt. Kurz bevor er die Buchung durch einen letzten Klick abschickte, stieß er sich vom Schreibtisch ab, sprang auf, ging zum Fenster und hüpfte auf und ab. Immer wieder. Sein Herz hämmerte wie verrückt.

Ein Gefühl von Macht. Dies hier war ein Kick, wie er ihn nie zuvor erlebt hatte. Seine Finger zitterten. Alles war möglich!

Dv0ttny verwischte seine Spuren, ohne die Reise gebucht zu haben. Dass er den letzten Klick nicht machte, bedeutete nichts mehr. Das Adrenalin jagte auch so durch seinen Körper.

Sicherheitslecks waren überall. Er würde sie finden. Eines nach dem anderen.

Am nächsten Tag nach der Schule fuhr Bastian nach München. Vom Ostbahnhof rief er im Reisebüro an und bat darum, mit Frau Müller sprechen zu dürfen. Er gab sich erneut als Computerfachmann aus und bat sie, die Standardeinstellungen so schnell wie möglich durch individuelle Passwörter zu ersetzen. Frau Müller war vollkommen arglos; sie bedankte sich sogar für seinen Anruf.

Während Bastian kreuz und quer durch München fuhr, auf seinem iPod Diana King hörte und seine Finger den Takt dazu auf seinen Oberschenkeln trommelten, dachte er an Robin Hood. Wie es sein würde, im Schatten zu stehen, unerkannt, und den Armen zu geben, während man den Reichen nahm. Er machte eine Liste von Unternehmen, die er hacken wollte.

11

»Diabetes fängt so an.« Freiflug blickte von seinem Bildschirm auf. »Geh mal zum Arzt!«

»Bist du verrückt?« Nero schüttelte entschieden den Kopf.

»Durst ohne Ende, Pinkeln bis zur Schmerzgrenze. Hast du mal in den Spiegel geschaut? Du hast abgenommen in den letzten Monaten.«

»Was willst du denn? Dass ich durch das Büro kugele oder was?«

»Verdammt, Nero. Dünnhäutigkeit ist keine große Hilfe in unserem Job.«

»Soll ich krank machen?«

Freiflug klappte das Notebook zu, an dem er herumgetippt hatte. »Nein. Ich will gar nichts. Ich mache mir nur so meine Gedanken. Dich stresst doch nicht nur Wonckas Unfähigkeit. Da müssen andere Sachen dahinterstecken.«

Nero hob die Hand. »Kein Grund zur Sorge. Ich bin voll funktionstüchtig und einsatzfähig.« Das stimmte absolut nicht. Beim Gedanken an das Seminar, das er in wenigen Tagen in Kempten halten sollte, wurde ihm ganz schwindelig.

Freiflug nahm die Brille ab und rieb die Gläser an seinem Sweatshirt sauber. »Wir sind nur fünf Leute im Team«, sagte er. »Du hast zusätzlich deine Kurse, ich meine Schnittstelle. Kröger ist kein großes Licht, aber ein harter Arbeiter. Der schafft was weg. Impulse kann er nicht setzen. Das ist nicht seins. Roderick kämpft mit, zuverlässig wie immer. Behält einen Teil seiner Energie seinem Privatleben vor, von dem wir nichts wissen. Sigrun ist überarbeitet. Sie ist eine Frau und sie ist frustriert. Steter Einsatz bei geringster Unterstützung. Das ist das Team, das Woncka zur Verfügung steht. Versetz dich zur Abwechslung mal in seine Lage.«

»Seine Aufgabe wäre es, an den entsprechenden Stellen nachzubohren!« Nero wedelte mit den Papieren, die Kröger ihm hingelegt hatte. »Hier. China und Russland haben Hacker in Staatsdiensten. Wikileaks stellt weitere Enthüllungen in Aussicht und meldet gleichzeitig Angriffe auf ihre Webseiten. Die USA arbeiten seit Jahren an der digitalen Absicherung ihrer Systeme. In Europa hat man das weitgehend verschlafen.«

»Der Fisch fängt vom Kopf zu stinken an. Hier ist das Bundesinnenministerium gefragt. Nicht München.«

»Unsere Netze bauen sich von unten auf, Markus!« Nero hatte über der Lektüre des Artikels, mit dem er jetzt Freiflug auf die Pelle rückte, seine eigene Misere kurzzeitig vergessen. Was sich da über ihnen zusammenbraute, war bisher nicht im Geringsten zu überblicken. Der weißhaarige Australier mit dem klingenden Namen hatte neue Maßstäbe gesetzt. Nero wusste nicht, ob es klug war, sämtliche Informationen für alle zugänglich zu machen. Aber immerhin war es Julian Assange und seinen Kumpanen gelungen, die Karten neu zu mischen. Eine neue Waffe war zum Einsatz gekommen. Behörden, Geheimdienste und Unternehmen mussten zurückschießen. Keiner war mehr sicher vor gefrusteten Denunzianten.

Er sah zum Fenster hinaus. Im Novembergrau verschwammen die Konturen der Nachbarhäuser. Er stand auf und kippte das Fenster. Hörte einen Jet ungewöhnlich laut über die Stadt fliegen.

»Die entscheidenden Behörden haben in Deutschland doch längst Hacker sitzen.« Freiflug nickte, als müsste er sich selbst bestätigen, was er sagte. »Die holen sich, wenn's brennt, ein paar geniale Jungs.«

»Ist das nicht abartig? Der Steuerzahler kommt 365 Tage im Jahr für uns auf, aber wenn Spezialisten gesucht werden, kommen andere zum Zug?« Nero wischte mit dem Handrücken den Schweiß von seiner Stirn. »Ich soll unsere Webseiten sicherer machen. Und unser Intranet schützen.« Seufzend ging er zu seinem Rechner und tippte ein paar Befehle in die Adresszeile. »Was haben wir über die letzten Angriffe auf unser Netz?« Ich bin ja bereit, dachte Nero, wie um sich selbst zu beruhigen. Ich bin bereit, Herr Polizeioberrat, diesen Auftrag zu erledigen. Ich habe mir bereits die ersten Schritte im Kopf zurechtgelegt. Nein, nicht ich, sondern mein Kopf hat das von selbst gemacht. Stringentes, gut organisiertes Denken – meine Stärke. Er sah sich verstohlen um, damit Freiflug von seiner plötzlichen Erregung nichts mitbekam. Seine Begabung, sein Fleiß hatten ihn in dieses kleine Büro gebracht, wo er enden würde. Den großen Sprung in eine andere Abteilung, zu neuen Ufern innerhalb des LKA, musste er bald machen. Bevor er 50 wurde. Danach war alles Essig. Er hatte schon wieder Durst.

12

Da war immer so ein eigenartiges Gefühl. Unerklärlich, unbeschreibbar.

Er traf sich seit einigen Wochen regelmäßig mit Sarah. Zuerst hatte er sie nur süß gefunden. Sie hatten sich in München in ein Starbucks gehockt, ein bisschen am PC rumgespielt, gechattet und dann geredet.

Bastian mochte Sarahs Warmherzigkeit und die immer gleichbleibend starke Freundlichkeit, die von ihr ausging. Zweimal war er bei ihr zu Hause gewesen. Wenn ihre Eltern nicht da waren. Sie hatten miteinander geschlafen. Seitdem träumte Bastian nachts von ihren Brüsten. Er kam nicht darüber hinweg, dass es etwas so Festes und gleichzeitig so Weiches geben konnte.

Die Präser hatte er von Joss. Der hatte ihm eine Packung abgegeben. Eine angebrochene. Geizhals.

Meistens aber redeten sie über Wikileaks, über

Computer, die Informationskriege und das Internet. Sarah wusste eine Menge Dinge über Diktaturen. Sie hatte in einem Staat gelebt, der Freiheit schnell abstellen konnte, wenn es darauf ankam. Blogger und Homosexuelle saßen im Gefängnis. Weil sie ihre Meinung, ihre Sicht der Welt geschildert hatten. Bastian war mit solchen Dingen bisher nicht konfrontiert worden.

Im Netz fühlte er sich auf vertrautem Terrain. Allerdings stimmte seit geraumer Zeit etwas nicht. Er hätte nicht sagen können, was genau ihm so ein dummes Gefühl bereitete. Er fühlte sich beobachtet. Das war es. Aber wenn er nachforschte, fand er keine Spuren. Als sei der andere immer dann, wenn er, Bastian, um die Ecke bog, um den nächsten Mauervorsprung geschlüpft.

13

22.11.2010

Auch ungeliebte Aufgaben musst du mit Hingabe erledigen. Dieser moralinsaure Spruch hatte Nero sein berufliches Leben lang begleitet. Zweifel schlichen sich sowieso ein. Sie infizierten Beziehungen, Jobs, Hobbys und Nachbarschaften. Man musste sich seiner anfänglichen Überzeugungen bewusst bleiben. Es war Montagmorgen. Nero lehnte am Kaffeeautomaten. Der Kaffee rann heiß und schwarz in den Becher.

»Na? Hat nicht geklappt bei Woncka?« Ulf Kröger trat neben Nero, die 1-Euro-Münze in der Faust.

»Nein.«

»Scheiße.«

»Allerdings!«

»Wahrscheinlich steht er unter dem Pantoffel von ganz oben. Du weißt ja: Die stehen alle Kopf wegen Stuxnet.«

Nero nahm behutsam den übervollen Becher und trank einen Schluck. Prompt verbrannte er sich die Lippen. Er war nicht besonders scharf auf eine längere Konversation mit Kröger, der neuerdings ein Goldkettchen um den Hals trug.

»Glaubst du an den Superwurm?«, fragte Nero. Er hatte keinen Bock auf sein enges, kleines Büro. Auf Freiflug und seine Hinweise auf Krankheiten und andere Mühsale. Am Wochenende hatte er sich kaum erholt. Nachts hatte er wach gelegen, unfähig einzuschlafen, trotz der bleiernen Müdigkeit. Wenn er dann für wenige Stunden Schlaf gefunden hatte, schreckten ihn absurde Träume auf. Völlig zerschlagen war er heute Morgen aus dem Bett gekrochen.

»Glauben?« Kröger warf seinen Euro in den Automaten und drückte auf ›Kaffee mit Kaffeeweißer‹. »Der Nachweis ist ja eindeutig erbracht. Den Wurm gibt es, und nach ihm wird es weitere geben. Die Frage ist, wie können wir Blockaden bauen, um Ungeziefer dieser Art ein für alle Mal abzuwehren?«

»Ein für alle Mal?«, hakte Nero erstaunt nach. Sie waren immer einen Schritt hinter den Bösewichten. Selbst wenn sie noch so schnell, noch so erfolgreich arbeiteten – sie hinkten dem Cyberverbrechen hinterher.

»Du weißt, was ich meine!« Ungeduldig trat Kröger von einem Bein aufs andere. »Wir sind fünf Leute in der Abteilung. Allein in München sitzen wahrscheinlich hundertmal so viele Hacker, die Spaß dran haben, uns einen Wurm reinzuwürgen.«

»Ich habe mir angeschaut, wie viele Angriffe es in letzter Zeit auf unsere Webseiten gab, inklusive Intranet.«

»Und?«

»Nicht besonders viele. Zehn ernstzunehmende im letzten Monat. Die Kollegen aus den anderen Bundesländern verzeichnen viel häufigere Attacken.«

Kröger zuckte die Achseln. »Ist auch eine Frage, was man als Attacke zählt. Jedes falsch eingegebene Passwort?«

Nero leerte seinen Becher, drückte ihn zusammen und warf ihn in den Papierkorb. »Unerheblich. Warum ist Woncka gerade im Augenblick so darauf aus, unsere interne Cybersicherheit zu stärken?«

»Er weiß einfach nicht, wo er Prioritäten setzen soll.« Kröger versuchte, tröstend zu klingen. »Außerdem hat er, glaub ich, Schiss vor einem abtrünnigen Insider.«

»Was meinst du?«

»Wikileaks hinterlässt Duftmarken.«

Nero bekam Seitenstechen. Er bewegte sich nicht und bekam Seitenstechen! Panisch mahnte er sich, tief und ruhig zu atmen. Ein, aus. Ein, aus.

»Irgendwann wird er schnallen, dass es drauf ankommt, möglichst viel über die heutige Hackerszene herauszufinden. Wenn das Innenministerium sein Plazet gibt, werden wir Ende des Jahres eine zweite Abteilung aufmachen. Halte durch. Vielleicht darfst du ab Januar schon forschen!« Kröger nickte und balancierte seinen Kaffee über den Korridor davon zu seinem Büro. Nero fühlte den fast unbesiegbaren Wunsch, mit dem Fuß gegen den Kaffeeautomaten zu treten.

14

Auf einem seiner Streifzüge durch München saß Bastian im aran in der Theatinerstraße und starrte in seinen Cappuccino. Er kam nicht zurecht ohne die Trips durch die Stadt, hinaus in die wirkliche Welt. Nicht, um die Bodenhaftung zurückzugewinnen, sondern weil ihn sein eigenes Treiben mitunter erschreckte. Es schockierte ihn, wie leicht es ihm gelang, in Sicherheitslecks vorzustoßen und Profit daraus zu schlagen. Er beutete niemanden aus und nahm kein Geld. Er entdeckte die Lecks, gab sie der Firma bekannt, indem er dort anrief und seine Geschichten abspulte. Entweder formulierte er klare Anweisungen, was getan werden konnte, um das Problem zu beheben, oder er teilte mit, wo sich der Einstieg befand. Wenn er Tage später nachprüfte, stellte er fest, dass die Unternehmen das Loch gestopft hatten.

Soweit, so gut.

Neben ihm saß eine Frau. Sie biss hungrig in ihr Brot. Es war mit einer gelben Paste bestrichen.

»Das riecht verdächtig nach Curry«, sagte Bastian.

Sie lächelte. Sie kamen ins Gespräch. Pia Stein war Redakteurin beim Münchner Merkur. Aus irgendeinem Grund gab sie ihm ihre Visitenkarte.

Einen Monat später, das war kurz nach seinem 16. Geburtstag, rief Bastian sie an.

»Ich habe ein Elektronikunternehmen gehackt.

Ich weiß alles über Preisabsprachen, Marktanteile. Echte Zahlen. Nicht öffentlich.«

Pia Stein schwieg kurz.

»Und jetzt?«, fragte sie schließlich.

»Das ist ein Global Player. Aus Asien.«

Pia Stein sagte nichts.

»Ich kann genau beschreiben, wie ich ins System gekommen bin. Sie bekommen eine Mail von mir. Aber veröffentlichen Sie noch nichts. Wir geben den Jungs 72 Stunden Zeit, das Sicherheitsleck in ihren Datenbanken zu schließen.«

Pia Stein wartete auf Dv0ttnys Mail. Anschließend rief sie bei dem Unternehmen an und schilderte, was sie hatte.

Der Artikel im Merkur erschien drei Tage später. Dick aufgetragen.

Bei seinen nächsten Angriffen ging Dv0ttny genauso vor. Er suchte die Schwachstelle, bohrte ein bisschen im System herum und trug seine Erkenntnisse zusammen. Mit einem 10-Minuten-Mailaccount schickte er alles an Pia Stein. Die Journalistin nahm Kontakt mit den Geschädigten auf. Üblicherweise war man Dv0ttny dankbar, dass er das Leck entdeckt und damit die Sicherheit der Firma aufgerüstet hatte.

Doch dann liefen die Dinge aus dem Ruder.

Dv0ttny drang in das Intranet einer großen Verlagsgruppe ein. Er überprüfte Datenbanken, kam an Mailadressen und Kontodaten von Autoren. Es waren Namen dabei, die er kannte. Große Namen. Politiker, die ihre Memoiren in der Verlagsgruppe veröffentlicht hatten und nun in Konsortien in der Energiewirtschaft oder Bauindustrie hockten. Sogar ausländische ehemalige Präsidenten und Premierminister. Dv0ttny kannte die Höhe der Tantiemen, die Auflagenstärke, die Garantiehonorare. Er spürte auf, wie viele der hochgehandelten Werke nach einem halben Jahr verramscht wurden, weil die Kunden sie nicht kauften. Fand heraus, dass dahinter Kalkül steckte. Er entdeckte sogar eine Datei, in der gute und schlechte Kritiken zu einzelnen Büchern verwaltet wurden. Er saß vor seinem Rechner und lachte sich einen Ast. Sein Fund bestätigte ihm, was er sich zuweilen beim Gang durch die Buchhandlungen gedacht hatte: Hier wurde mit Pfunden gewuchert, deren Halbwertszeit bei weniger als einem Jahr lag. Der Glanz prominenter Leben, der in einem Buch noch einmal aufscheinen sollte, verblasste schneller, als es die Millionen Euro und Dollar, die in der Glitzer- und Glamourwelt den Besitzer wechselten, glauben machten.

Dv0ttny blieb ein paar Wochen auf Achse und spielte mit seinem Fund. Mit Hilfe der abgegrabenen Geburtsdaten gelang es ihm, den Mailaccount eines ehemaligen Ministers zu hacken. Manche Menschen waren so fantasielos, dass sie ihren Geburtstag als voreingestelltes Passwort nie änderten. Dv0ttny kam an Informationen, dass ihm die Augen tränten. Er kriegte Panik. Wahrscheinlich hätte er seine Spuren verwischt und eine längere Pause eingelegt, wenn Pia Stein ihn nicht zufällig angerufen hätte.

»Lange nichts gehört. Gibt's was Neues?«

Bastian war absolut unerfahren im Umgang mit der Presse. Er vertraute der Journalistin, ohne sich um deren Beweggründe für ihr starkes Interesse an seinen Aktivitäten zu scheren. In wenigen Worten berichtete er, wo er dran war.

Pia Stein machte ihm den Mund wässrig. Sie bot an, nach bewährtem Muster vorzugehen. Er lieferte ihr Infos. Womöglich zu viele und sogar einige von seinen echten Trümpfen. Wenige Tage später erschien im Merkur ein Bericht über Dv0ttny, ein paar handverlesene schriftstellernde Ex-Politiker und einen Riesendeal. Die Holding schaltete das Landeskriminalamt ein. Pia Stein wurde unter Druck gesetzt. Sie berief sich auf Informantenschutz. Innerhalb von zwei Tagen ging das Gerücht durch die Presse, der Hacker sei im Münchner Umland angesiedelt. Bastian fand nie heraus, ob dies ein Köder war oder einfach nur ein Versuch, ihn aus der Reserve zu locken. Er war völlig unvorbereitet und hatte nicht die Nerven, um unterzutauchen. Er rief die Polizei an und stellte sich.

15

Ich war mir nicht sicher, ob ich verstanden hatte, worauf es im Einzelnen bei Dv0ttnys Hacks hinauslief. Ich nahm lediglich mit, dass die vermeintliche Sicherheit, mit der man rechnete, wenn man sogenannte ›normale‹ Sachen im Netz unternahm, nicht existierte. Diese Wahrheit war so einfach wie schauerlich. Während ich den Text überprüfte, den ich geschrieben hatte, fiel mir auf, dass der Duktus viel zu trocken und sachlich gehalten war. Wenn ich Interesse für das gefährliche Leben eines Hackers wecken wollte, musste ich zum Punkt kommen. Aber was war der Punkt? Was brachte die Youngsters zum Hacking? Die Rebellion? Das Außenseitertum? Oder schlicht Genialität, die ein Anwendungsgebiet suchte?

Warum hatte die Verlagsgruppe so abweisend reagiert? Vermutlich waren ein paar Egos angekratzt worden, weil Dv0ttny hinter die Firewalls gekrochen kam, die zuvor von überteuerten IT-Experten hochgezogen worden waren. Oder die betroffenen Ex-Politiker hatten Druck gemacht. Ich mochte mir gar nicht vorstellen, in welche Abgründe Dv0ttny zu schauen imstande gewesen wäre, wenn er einfach weiterspioniert hätte, ohne sich um die Publicity und sein Vorbild Robin Hood zu kümmern. Bastian hatte sich das Image eines Weltverbesserers gegeben; zumindest war das die Seite seines Charakters, die er mir offenbart hatte. Angetörnt von dem

Gefühl der Macht, die keiner ihm ansah, war er zu vertrauensselig gewesen und hatte eine Journalistin zu seiner Verbündeten gemacht, die von Rechnern nicht die Bohne Ahnung hatte.

Im Internet stieß ich auf die Zeitungsberichte zu Dv0ttnys Hacks. ›Münchner Superhacker schlägt wieder zu‹ – in dem Stil hatte Pia Stein über Dv0ttny berichtet. In verschiedenen Magazinen entdeckte ich Artikel, die schilderten, wie Dv0ttny aufflog und schließlich zu sozialen Trainingsmaßnahmen und einem dicken Batzen gemeinnütziger Arbeit verurteilt wurde. Der Richter war bei einem vergleichsweise milden Urteil geblieben. Er hielt Bastian zugute, dass er aus seinen Entdeckungen kein Kapital geschlagen hatte und in seinem jugendlichen Alter mit Begriffen wie ›Unternehmensreputation‹ und ›Kundenvertrauen‹ nichts anfangen konnte.

Die Verlagsholding hatte eine Schadenssumme von 25000 Euro geltend gemacht. Ich blätterte in Bastians Notizen; er hielt die Summe für völlig übertrieben. Entstanden sei ein Imageschaden, kein wirtschaftlicher Verlust; so schrieb es Pia Stein.

Mein Handy klingelte, und ich war versucht, den Anruf wegzuklicken. Wenn ich so richtig im Schreiben abgetaucht war, verkraftete ich keine Unterbrechungen. Neros Klingelton allerdings änderte alles. Er hatte mich seit Tagen nicht angerufen. Stattdessen darauf gewartet, dass ich mich melde. Ich nahm ab.

»Kea, können wir uns heute Abend sehen?«
»Klar. Möchtest du zu mir rauskommen?«

»Das wäre schön.«

Pause.

»Nero? Alles im Lot?«

»Jaja.«

Oje, der mies-fiese Ton, der signalisierte: Du weißt doch, dass ich im Stress bin.

Ich wurde unsicher. Hatte ich Lust, den heutigen Abend lang gegen ein unfrohes, griesgrämiges Gesicht anzuarbeiten? »Bis dann«, sagte ich und versuchte meiner Stimme einen fröhlichen Unterton mitzugeben.

Nero hatte schon aufgelegt.

Sein Anruf hatte mich aus dem Schreib- und Redigierfluss katapultiert. Ich wurde stinksauer. Er schätzte meine Arbeit nicht. Sah sie als Zeitvertreib. Während sein Job die Menschheit vor dem Bösen bewahrte. Das war seine Einstellung all die Jahre gewesen, die wir zusammen waren. Wenn man einen Zustand ›Zusammensein‹ nennen konnte, in dem man getrennte Wohnungen in zwei verschiedenen Welten besaß: Nero im Chaos Schwabings, zwischen Schickis und Mickis. Ich mit zwei Graugänsen in der Einsamkeit. Aber so lauteten nun mal meine Bedingungen.

Im Vorgriff auf den heutigen Abend musste ich planen. Außerdem brauchte ich etwas für meine eigene gute Laune. Ich rief Claude-Yves an.

Er jubilierte. »Was darf's sein? Eine scharfe Bouillabaisse? Überbackene Tomaten mit Speck als Starter? Oija aus Tunesien mit Würstchen? Und zum Abschluss Bananenpfannkuchen? Den Mokka müsst ihr euch selber brauen.«

»Pack mir das ganze Tagesmenü zusammen«, bat ich ihn. »Ich hole alles ab.«

Kurz nach 20 Uhr rauschte ich, bepackt mit Claude-Yves' Köstlichkeiten, zurück in meine Einsamkeit. Neros Volvo stand vor meiner Tür. Der Kombi aus sicherem Schwedenstahl erinnerte mich daran, dass ich immer noch keine Winterreifen hatte aufziehen lassen. Ich hielt vor dem Schuppen, der kein Carport geworden war, weil ich Carports für bescheuerte Erfindungen von übersättigten Wohlstandsbürgern hielt, die im 20. Jahrhundert stecken geblieben waren. Ich stieg aus, öffnete den Kofferraum und griff nach der Tüte mit den Essenscontainern.

»Nero?« Er musste schon im Haus sein. In der Küche hatte ich das Licht angelassen. Warm sah mein Zuhause aus. Ein perfekter Ort, um sich den Winter über einzumotten und nicht gesehen zu werden. Außer von ein paar Klienten, die ruhmsüchtig ihre Biografien schreiben ließen. Aber wer war ich, dass ich meine Kunden eines überzogenen Geltungsbedürfnisses bezichtigen durfte!

Merkwürdig, Waterloo und Austerlitz rührten sich nicht. Normalerweise stürmten sie schnatternd zur Begrüßung an den Zaun ihres Auslaufes. Ich stellte die Tüte vor der Haustür ab und steckte den Schlüssel ins Schloss. Ein Schatten trat aus der Dunkelheit.

»Hallo, Kea!«

»Um Gottes willen, hast du mich erschreckt!«

»Du bist aber empfindlich!« Nero sah vorwurfsvoll drein. »Ich habe deine Gänse ins Bett gebracht.«

Er trug einen zerknitterten Cordanzug, was nichts Gutes verhieß. Ich biss mir auf die Zunge. Bloß keine Kritik jetzt.

»Entschuldige«, brachte ich heraus. »Ich bin einfach erschrocken. Ich dachte, du wärst schon im Haus.« Rasch schob ich die Tür auf, schnitt wütende Grimassen ins Dunkel hinein, während ich versuchte, meine Stimme ruhig klingen zu lassen. »Ich war im Méditerranée und habe uns was zu essen geholt.« Schwungvoll setzte ich die Tüte auf die Küchenbar. »Wollen wir gleich essen?«

»Okay.«

»Sieh an! Claude-Yves hat mir sogar eine Flasche Chianti in die Tüte getan!«

»Der Maître de Cuisine scheint große Stücke auf dich zu halten.«

Ich lachte. »Am meisten auf sich selber, vermute ich. Er ist der Meinung, seine Rezepte-Biografie wird ihm von den Kunden aus der Hand gerissen.«

»Ist er eigentlich verheiratet?«

»Geschieden.«

»Ach.«

»Ja, das passiert ab und zu, dass Paare sich scheiden lassen.« Uups, das hatte etwas zu schnippisch geklungen. Ich verstand selbst nicht, warum ich plötzlich so gereizt war. Ein Abend allein mit Claudes Essen und der Chianti-Flasche würde mir mehr zusagen, ganz ehrlich. Irgendwas an Nero machte mich aggressiv. »Aber er ist wieder auf der Pirsch und hat was mit einer Frau laufen. Wie geht's dir?« Ich reichte Nero Teller und Besteck. Er deckte, suchte die Weingläser raus.

»Geht so.«

»Nervt Woncka dich?«

»Ach, Woncka!« Nero zuckte die Achseln. Plopp – der Korken rutschte aus der Weinflasche.

»Hm, das ist ein besonderer Stoff.« Er schnupperte am Chianti. Irgendetwas nagte an Nero, und es ging mir auf den Geist, dass er nicht einfach damit rausrücken konnte – gegen die Wände laufen, rumschreien, egal was. Ich wollte nur, dass er etwas tat, was ihn erleichterte. Und mich dazu.

Um meinen aufsteigenden Zorn abzuleiten, ging ich zur Stereoanlage und legte die ›17 Hippies‹ auf. Ich mochte diese schrille Musik. ›Und es wallet und siedet und brauset und zischt‹. Die ›17 Hippies‹ und Schiller. Irgendwie passten sie zusammen. Diese Intensität, der Spaß an wogenden, überschießenden Rhythmen. Ich bewunderte den alten Friedrich, den in meinen Augen einzigen echten Klassiker, mit der Wehmut einer Vierzigjährigen, die es verpasst hatte, Germanistik zu studieren. Vielleicht hätte ich es dann geschafft, alle seine Dramen zu lesen.

»Kea, muss es ausgerechnet diese CD sein?«

Ich drückte auf ›aus‹. »Was ist los, Nero?« Die ›17 Hippies‹ waren keine gute Idee gewesen.

»Entschuldige. Ich bin angespannt.«

Das bist du immer, wollte ich sagen, aber ich schluckte den Satz runter.

Wir aßen schweigend. Nero hatte die Bouillabaisse kurz aufgewärmt. Ich mochte Fischsuppe nicht besonders, aber diese war köstlich. Als wir beim Bananenpfannkuchen angekommen waren, konnte ich nicht mehr an mich halten.

»Was passiert mit dir, Nero?« Am liebsten hätte ich angefügt: Du bist zu 100 Prozent ungenießbar. Ganz anders als dieses Essen hier.

Nero drehte sein Weinglas und sah aus dem Fenster. Er wirkte abgearbeitet und verhärmt. Ein echter Miesnieselpriem in seinem Cordanzug.

»Stress sieht anders aus«, machte ich weiter, nur damit wenigstens einer von uns etwas sagte. »Man kann eine Weile Ärger in der Arbeit haben. Aber das, was dich quält, ist doch viel mehr als nur die Plackerei im Job!«

Er zuckte die Achseln.

»Du hast zu nichts mehr Zeit, Nero. Und wenn du mal einen Abend für dich hast, kannst du ihn nicht genießen.« Ganz so vorwurfsvoll hatte ich nicht klingen wollen.

»Für dich ist das leicht, Kea! Du kannst abschalten, wenn du willst. Ich kann das nicht.«

»Unsinn. Ich kann genauso wenig abschalten. Es sei denn, ich lehne einen Kunden ab. Zugegeben. Das kannst du nicht.«

»Mir ist alles zuviel.«

»Du solltest dich krankschreiben lassen.«

»Ach, wunderbar. Das ist es, was die ganze bescheuerte Gesellschaft tut. Sich krankschreiben lassen. Die rennen jahrelang zum Psychologen und machen auf depressiv, damit sie mit Mitte 50 glaubwürdig in die Frühpensionierung abtauchen können.«

»Das habe ich nicht gemeint.«

»Es läuft darauf hinaus, Kea. Weißt du, warum du so viele Steuern abdrückst? Als alleinstehende, kinderlose Freiberuflerin? Weil da draußen haufenweise Beamte dicke Pensionszahlungen abkassieren. Die haben keine Depressionen, die haben allenfalls einen Tennisarm. Aber sie haben glaubwürdig dargelegt, dass sie nicht mehr in die Schule gehen können, ins Amt, was weiß ich. Weil sie allergisch auf Schüler sind. Oder auf ...«

»Kriminelle?« Ehrlich gesagt, ich hätte Verständnis, wenn die Leute aus Neros Team früher in Pension gehen würden. Bei all dem Horror, der ihnen im Laufe eines Arbeitslebens zugemutet wurde!

»Ich will da nicht mitspielen, verstehst du?« Endlich löste er seinen Blick von der Finsternis draußen und drehte sich zu mir um. In der Scheibe spiegelte sich sein Profil. Blass, elend. Abgenutzt, irgendwie. »Ich will nicht so werden. Ich habe immer eine gewisse Ethik hochgehalten. Weißt du, wie manche Kollegen mit den Delinquenten umgehen? Die können nicht mehr anders. Die lassen den Frust, die Gängelung und die Machtlosigkeit an den Verdächtigen aus.« Er wandte sich wieder ab. »Machtlosigkeit. Wahrscheinlich ist es das. Du bist nur ein Rädchen im Getriebe. Im Getriebe der Welt, der Kriminellen, die du ausheben willst, wenigstens Ordnung an einer Stelle machen, auskehren, neu streichen und dich freuen an einem sauberen, hellen Raum in der Weltgeschichte. Aber dann grätschen dir die Vorgesetzten die Beine weg.«

Ich setzte mich aufs Sofa. Als müsste ich eine neutrale Zone zwischen uns etablieren, einen Abstand, der es Nero erlaubte, weiterzusprechen. Himmel, wie war ich dankbar, dass ich keinen Vorgesetzten hatte. Obwohl ich Polizeioberrat Woncka bislang nicht unbedingt für einen Drachen gehalten hatte.

»Du bist zu ehrlich«, sagte ich.

»Verdammt, wenn man nicht mehr ehrlich sein kann ... Wofür lohnt es dann?«

»Was – das Leben?«

»Das sind Psychosprüche. Ich mache meine Arbeit gern.«

»Aber du bist erschöpft. Du zweifelst. Du denkst, du machst sie schlecht.«

Nero drehte sich zu mir. Irgendein Teufelchen in mir wollte diese Leichenbittermiene nicht ansehen. Wie geht es mir eigentlich?, fragte ich mich im Stillen. Bin ich immer glücklich mit meinen Aufträgen? Wie oft quäle ich mich durch Seiten voller Lappalien, ändere ein ums andere Mal einen Text, weil der Kunde nicht zufrieden ist? Wie oft hätte ich einen von diesen eingebildeten Lehrertypen gerne zum Malochen aufs Spargelfeld geschickt und ohne Groll auf mein Honorar verzichtet?

»Ich mache sie schlecht, weil ich nicht die Voraussetzungen habe, die nötig sind. Woncka stellt mich auf ein Nebengleis. Einen Patch bauen, der unser Intranet sicherer macht. Weil ich so blöd bin, mir das Programmieren selbst beigebracht zu haben.«

»Wie Bastian.«

»Wer?«

»Ach, nichts.« Lieber Nero in seinem derzeitigen gramerfüllten, hypersensiblen Zustand nichts von meinem neuen Auftraggeber wissen lassen.

»Im Team belächeln sie mich!«

»Warum: Weil du Frongänger deines Polizeioberrates bist?«

»Nonsense!« Nero schenkte sich Wein nach. Mein leeres Glas vergaß er. Zu Beginn unserer Beziehung hätte er das nicht getan. In diesem Punkt musste ich Frau Laverde senior recht geben: Die Aufmerksamkeit eines Mannes für seine Frau nahm mit den Jahren ab. Und zwar umso schneller, je mehr Jahre vergingen. Das war ein Naturgesetz. Am Schluss sah der Mann nur noch, was er sowieso am liebsten betrachtete: sich selbst. Mich verband nicht viel mit meiner Mutter. Genau genommen nichts. Außer die Gene. Aber mittlerweile stellte ich fest, dass ich die ein oder andere ihrer Sentenzen bestätigen konnte.

Ich stand auf, nahm die Flasche und goss mein Glas voll.

»Entschuldige.«

»Vergiss es.« Ich war ja ein selbständiger Mensch. Umsorgt, verhätschelt werden, das kannte ich nicht. An den Wochenenden, die wir miteinander verbrachten, hatte Nero wenig Gelegenheit, so etwas wie ein

Nest für mich zu bauen. Er wusste ohnehin, dass ich das nicht wollte.

»Du bist frustriert, Nero, und das geht jedem ab und zu so. Andererseits musst du anerkennen, dass dein Team ziemlich solidarisch ist. Ich habe dich nie was gegen Freiflug sagen hören.«

»Markus ist in Ordnung. Kröger auch. Legt mir ab und zu Unterlagen hin, in denen es um aktuelle Entwicklungen geht. Neue Cyberverbrechen. Gemeinheiten, von denen wir heute noch gar nichts ahnen.«

»Dann nimm dir Urlaub. Nimm dir den ganzen Dezember frei. Erledige das mit deinem Patch und dann sagst du ›Feierabend‹ zu Woncka.«

Voller Überdruss musterte Nero den Boden. Na gut, ich hatte lange nicht geputzt. Die Pfannkuchenkrümel vereinigten sich mit den Bröseln und Staubmäusen von Wochen.

»Nero, du musst doch selbst sehen, dass du ausgebrannt bist.«

Er ging zur Spüle und trank Wasser aus dem Hahn. »Habe ich einen Durst.«

»Claude-Yves kocht würzig.« In meinem Bauch hatte sich irgendetwas Kämpferisches festgesetzt. Als wollte ich Nero triezen. Was war das: Wollte ich meinen eigenen Kummer einklagen? Meine Einsamkeit hier draußen, die ich zugegebenermaßen selbst gewählt hatte? War *ich* eigentlich zufrieden?

»Ich kann mir jetzt keinen Urlaub leisten. Wenn ich diese Forschungstätigkeit durchsetzen will, muss ich mir Schritte überlegen, die Woncka überzeugen.«

Ich stellte meinen Wein ab und ging auf Nero zu. »Mensch, Nero, lass uns irgendwo hinfliegen. Lanzarote, La Gomera ... irgendwohin, wo wir dieser Trübsal entkommen.« Ich machte eine Kopfbewegung zum Fenster und meinte die lange Dunkelheit, die überfrierende Nässe und die kräuseligen, schwarzen Büsche im Garten. »In der Sonne, am Pool, mit einer Caipirinha in der Hand, kommen dir ganz neue Gedanken.«

Nero winkte ab.

»He, Nero, es ist bald Weihnachten. Da kommen ein paar Feiertage zusammen.«

»Einer von uns hat Dienst.«

»Wenn ich mich recht erinnere, warst du das im letzten Jahr.«

Er verdrehte die Augen. »Es geht nicht, okay? Wenn du unbedingt weg willst, lade halt Juliane ein!«

Krach peng, das saß. Dass ich im Frühling auf der Georgienreise die Begleitung meiner Freundin seiner vorgezogen hatte, nagte selbst ein halbes Jahr später an ihm.

»Klar. Mache ich.«

Er packte meine Schultern. »Kea, warum streiten wir?«

»Ich streite nicht. Ich sehe nur, dass es sinnlos ist, mit dir ernsthaft über deinen Zustand zu sprechen. Du schwankst auf deiner Karriereleiter über der Speiseröhre der Hölle, und die Leiter hat längst keine Sprossen mehr.«

»Hübsch gesagt, meine Sprachgewaltige.«

»Wenn du mit mir nicht sprechen willst, dann suche dir einen Freund, der dir zuhört. Einer, der deine Situation besser versteht. Aber hör auf mit deiner stummen Selbstzerfleischung.«

»Wer könnte das sein?«

»Markus Freiflug?«

»Zu nah!« Nero ließ mich los und sank aufs Sofa. »Außerdem bin ich Weihnachten noch nie weggefahren.«

»Ha! Tolle Begründung!« Er war stur wie ein Kutscher.

»Meine Schwestern ...«

»... warten natürlich zitternd darauf, dass ihr Bruder reinschneit und Geschenke abgibt. Mann, Nero, bist du festgefahren!« Das war unser Gespräch auch. Irgendwo im Matsch der Emotionen versackt, die zu lange verdrängt und zu plötzlich aufgetaucht waren. Der reinste Murenabgang. »Du bist nicht nur festgefahren, sondern auch blind. Und unwillig selbst gegenüber der winzigsten Veränderung!« Damit war der Abend wohl gelaufen. Was hatte ich mir für einen selbstzerstörerischen Mann an Land gezogen!

Nero presste die Hände an die Schläfen. Der Schnellkochtopf namens Nero Keller war am Explodieren. Demnächst würden die Fetzen fliegen, aber wie üblich würde er die ganze Aggression nach innen richten und sich selbst wehtun. Anstatt endlich auszusprechen, was in ihm vorging.

»Wir könnten Peter Jassmund anrufen«, schlug ich vor. »Wann habt ihr euch zuletzt gesehen?« Mit Hauptkommissar Jassmund hatte Nero in seiner Zeit bei der Mordkommission in Fürstenfeldbruck zusammengearbeitet. Die beiden waren Freunde. Dachte ich zumindest.

»Ist mindestens ein halbes Jahr her.«

»Dann wird es Zeit.« Ich hielt ihm das Telefon hin. »Frag ihn, wie es ihm geht. Ob er gelegentlich Zeit auf ein Bier hat.«

Gehorsam nahm Nero den Hörer. Seinen Unwillen sah ich ihm an. Doch er wollte unseren ersten gemeinsamen Abend seit geraumer Zeit wohl nicht ins Leere laufen lassen.

»Peter? Hier ist Nero.« Er brach ab und hörte eine Weile konzentriert zu. »Okay. Ruf mich an. Ich bin bei Kea.«

»Was war los?«

»Er ist an einem Tatort. Ein junger Mann ist im Wörthsee ertrunken.«

16

Man hatte ihm Geld in Aussicht gestellt. Weil er noch bei den Eltern wohnte, war es natürlich keine gute Idee, den Umschlag mit den Scheinen in den Briefkasten werfen zu lassen. Vor allem seine Mutter witterte seit der Sache damals an allen Ecken und Enden gefährliche Verschwörungen. Wehret den Anfängen, sagte sie mindestens einmal am Tag, und das bezog sich auf Ameisenplagen genauso wie auf die vermeintlichen Gefahren, denen ihr Sohn im Internet ausgesetzt war.

Er hatte ja den Roller und damit konnte er leicht irgendwo hinfahren und jemanden treffen. Verdammt, er war jetzt 18! Zeit, die Bevormundung abzuschütteln.

Der November war widerlich. Es hatte früh zu schneien begonnen. Die Nebensträßchen, die durch das Fünf-Seen-Land führten, waren überzogen von einer Schicht Matsch. Halb Schnee, halb Eis, das Ganze garniert mit Streusalz. Eine Art Gelee.

Er dachte an das Geld und daran, was er sich dafür kaufen würde. Zuviel auf einmal auszugeben, kam nicht infrage. Er würde ganz vorsichtig investieren. Erstmal einen neuen Rechner anschaffen. Und Zubehör. Nicht alles im gleichen Geschäft, sondern sauber über München verteilt. Das war das Positive an der Großstadt: Keiner kannte ihn da. Er brauchte bloß mit dem Roller zur S-Bahn-Station fahren, in den nächstbesten Zug springen, und schon verschwand er von der Bildfläche. Unsichtbar auf den verschlungenen Wegen von Hunderttausenden gleitend, die durch die Stadt eilten, zur Arbeit, nach Hause, zur Schule. Die sonstwohin unterwegs waren, und für die sich kein Aas interessierte. Auf dem Land guckten die Leute ihn bis heute schräg an. Er war ein Gezeichneter. Das störte ihn nicht besonders. Er hatte dieses Ding gedreht, damals, da war er jung und beeinflussbar gewesen. Verdammt, seines Erachtens war da nichts Falsches dran gewesen. Man hatte ihn über den Tisch gezogen. Das sollte jetzt nicht mehr passieren. Er war gewappnet, hatte dazugelernt. Eigentlich stellte er sich das Älterwerden nicht mehr so schlimm vor. Früher, da hatten er und Joss über die Erwachsenen gelästert. Sie wollten nie so werden, so fertig, so deprimiert, so durch und durch öde. Aber seit einigen Monaten fand er, dass es ein ziemlicher Vorteil war, 18 zu sein. Joss allerdings hatte nur noch Augen für Mädchen. Ira war längst weitergezogen, hatte den verblüfften Joss sitzen lassen. Daraufhin hatte der die Initiative ergriffen und sich eine nach der anderen an Land gezogen. Mal für drei Wochen, mal für drei Monate, mal für ein halbes Jahr. Nie länger.

Bastians Erfahrungen gingen in eine andere Richtung. Sarah war das erste Mädchen, das er wirklich große Klasse fand. Wenn er es recht bedachte, konnte er mit niemandem. Außer mit Sarah eben. Er genoss das Alleinsein. Er machte in seiner freien Zeit, was er wollte, ohne Rücksicht zu nehmen. Er überlistete

Systeme und fühlte sich stark dabei. Seine Hacks machten ihn stolz.

Er rollte durch die frühe Dämmerung. Die Übergabe würde am Wörthsee stattfinden. Im Winter, wenn der See zugefroren war, ging er gern zum Schlittschuhlaufen hin. Um eine Weile offline zu sein. Das fand seine Mutter dann okay. Er grinste. Das Visier seines Motorradhelms beschlug und er klappte es auf. Genoss die feuchte Kälte in seinem Gesicht.

Bastian lachte in sich hinein. Er würde die Schule zu Ende bringen und sich derweil ein bisschen Taschengeld mit Dingen verdienen, die er aus dem Ärmel schüttelte. Keine Regale im Supermarkt einräumen oder Dienst an der Tankstellenkasse schieben. Bei dem, was er tat, lernte er sogar etwas.

Er war früher an Ort und Stelle, als er geplant hatte. Bastian stellte den Roller an der Straße ab und rutschte die Böschung zum See hinunter. Schneematsch geriet in seine Boots und durchnässte seine Socken. »Verdammt, ist das kalt!« Sein Hochgefühl verflog.

Fröstelnd lungerte er am Seeufer herum. Lauschte den Autos, die vereinzelt über die Straße rauschten, bis das Motorengeräusch verklang. Unheimlich hier, mit den Büschen, die ihn stumm und reglos beobachteten. Als könnte jederzeit jemand dahinter hervorspringen. Wer, zum Teufel?, schalt Bastian sich. Kein Mensch war um diese Zeit in der Nähe. Alle hockten gemütlich im Warmen und guckten ›Heute‹. So wie seine Mutter. Die wollte die Nachrichten auf keinen Fall verpassen. Musste alles mitkriegen. Ihm fehlte das Verständnis dafür. Für ihn klangen die Nachrichten jeden Tag gleich, ein zäher Strom aus Langeweile. Man konnte sowieso nicht eingreifen. Vielleicht war es deswegen so erregend, Dv0ttny zu sein. Dv0ttny griff ein und veränderte die Welt, ohne dass es irgendjemand bemerkte.

Ein Wagen hielt oben an der Straße. Bastian spürte sein Herz rasen. Der Schweiß brach ihm aus, auf einmal war ihm heiß und kalt. Kurz flammte Neid auf. Auf die Leute, die vor dem Fernseher lümmelten. Das hier war was anderes. Ganz anders, als am Rechner Mauern zu umgehen oder sich als jemand auszugeben, der man nicht war. Hier stand er im Schneematsch, mit kalten Füßen, und fühlte seine Hände zittern. Er wich ein Stück zurück, geriet auf der Böschung ins Rutschen und verlor das Gleichgewicht.

Jetzt in den See plumpsen, das wäre die Krönung! Verdammt, ihm war nicht gut. Ihm war ganz und gar nicht gut. Sein Schädel brummte. Bastian spitzte die Ohren. Zusammenreißen! In einer Viertelstunde wäre alles vorüber, und er hätte das Geld. Eine Viertelstunde, das war weniger als die Heute-Nachrichten, also Zähne zusammenbeißen!

Jemand kam den Hang runter. Er hörte Zweige knacken und einen unterdrückten Fluch. Das Gras war dermaßen glitschig! Im See platschte es. Als käme ein Fisch nachsehen, was los war. Nicht lange, und eine dünne Eisschicht würde den See bedecken. Bastian stapfte die seifige Uferböschung hinauf. Verdammt, er war ziemlich weit auf die Wasseroberfläche zu gerutscht. Plötzlich hämmerte etwas auf seinen Kopf ein. Ein dumpfer, brutaler Schmerz. Ihm wurde schwindlig davon. Langsam und bewusst atmete er ein und aus. Er hatte keinen Schimmer, was er jetzt tun sollte. So ein blöder Spruch kam ihm in den Sinn, eine der Erziehungssentenzen seiner Mutter: Wer A sagt, muss auch B sagen. So ein Quatsch. Er wusste überhaupt nicht, was er sagen sollte. Hallo, grüß Gott, danke, dass Sie kommen konnten, her mit der Kohle? Wahnsinn, wie ihm der Kopf wehtat. Zum Zerspringen.

Er sah kurz den Schatten eines Mannes. Hörte etwas knallen wie eine Fehlzündung, dann glitt er auf den nassen Boden. Wütend suchte er Halt. Flog er jetzt schon auf die Fresse, wenn er einfach nur irgendwo stand? Wahrscheinlich aus Nervosität. Seine Hände tasteten über den Boden, er wollte sich aufstützen und aufstehen, aber irgendwie ging das nicht. Er hatte feuchte, kalte Erde im Mund. Blöder Mist. Sein Schädel drohte zu explodieren. Aber das Geld, das Geld wollte er haben. Wo war überhaupt der Typ? Er hatte doch jemanden gesehen! Bastian blickte angestrengt über den See, zwinkerte, es war verdammt dunkel, da konnte er nichts erkennen, und alles verschwamm, verschwamm so dämlich. Der See kam auf ihn zu. Wie ein gigantisches, schwarzes Auge starrte das Gewässer ihn an und schien ihn in seine Tiefe zu ziehen. Bastian wollte nach Luft schnappen, aber da waren nur Kälte, Düsternis, Wasser. Der See hatte ihn verschlungen.

17

Peter Jassmund stand kurz vor Mitternacht vor meiner Tür. Nero und ich hatten auf ihn gewartet.

»Nur auf ein Bier«, sagte Jassmund, während er seine schlammverkrusteten Mephistotreter wegkickte.

Nero holte das Bier. Ich drapierte die Reste von Claude-Yves' Menü auf dem Tisch vor dem Sofa.

»Das war eine Scheißnacht.«

»Mord?«, fragte Nero.

»Unklar. Der Junge ist wahrscheinlich ertrunken. Andere Spuren von Gewalteinwirkung haben wir nicht gefunden. Jetzt ist der Rechtsmediziner dran.« Jassmund setzte das Glas an die Lippen und trank das halbe Bier in einem Zug aus. »Tut gut. Tut sehr gut. Scheißkälte da draußen. Wann sind wir soweit, dass wir den Winter in einem warmen Land verbringen können?« Er wischte sich den Schaum aus dem Vollbart, der sich auf seinen Wangen kräuselte wie Putzwolle.

»Nie«, antwortete Nero lapidar. »Wir sind die ewigen Durchhalter. Gehaltsempfänger. Mietwohnungsbewohner.«

Er war unzufrieden. Ich könnte gehen und den Winter anderswo verbringen. Wenigstens zwei, drei Monate. Dann wäre das Schlimmste überstanden. Ich müsste einfach das Jahr über Aufträge auf Halde legen und dann im Süden abarbeiten. Jassmund war geschieden und zog seinen Sohn alleine auf. Ich dagegen hatte mich um niemanden zu kümmern. Es klang seltsam in meinen eigenen Ohren, unglaubwürdig beinahe, aber ich war frei.

Jassmund machte sich über die überbackenen Specktomaten her. »Lecker. Selbstgekocht?« Er sah mich keck an. Rund wie ein Baumkuchen. Genießertyp wie ich. Für Leute wie uns wurde das Leben erträglich, wenn wir was Anständiges in den Magen bekamen.

»La Méditerranée in Ohlkirchen.«

»Kea hat dem Maître de Cuisine die Biografie geghostet.«

»Gegen Essen? Lebenslänglich?« Jassmund sah mich neidisch an.

»Nicht ganz. Ich zahle, bekomme aber einen großzügigen Rabatt.«

»Traumhaft. Leider habe ich keinerlei Veranlagung zum Kochen. Wenigstens nicht so, dass ich mein Leben in einer Küche verbringen würde.«

»Claude-Yves sagt, Kochen sei ein Akt der Liebe. Er täte es nur für Freunde.« Von der Seite blickte ich Nero an.

»Also betrachtet er seine Gäste als seine Freunde. Tolle Einstellung!« Jassmund nahm sich vom Oija.
»Und was ist das?«
»Was Scharfes. Ein Rezept aus Tunesien. Mit Würstchen, Chilis, Eiern.«
»Super, ich mag Stilbrüche.«
Genau wie ich. Ich fragte mich, weshalb ich mir, die ich Peter Jassmund und Nero Keller zur selben Zeit kennengelernt hatte, den ehrgeizigen Misanthropen ausgesucht hatte und nicht dieses Leckermaul. Jassmund wirkte äußerlich wie ein Grizzly, kam im Innern aber mehr einem Teddybär gleich.

Nero nahm sich selbst ein Bier aus dem Kühlschrank. Er warf mir einen fragenden Blick zu. Ich schüttelte den Kopf. Bier auf Wein, das lass' sein.

»Der Junge ist erst 18«, berichtete Jassmund. »Ist mit seinem Roller zum Wörthsee gefahren. Der Roller stand am Straßenrand. Der Junge lag im Wasser.«

»Wie habt ihr ihn gefunden?«, fragte Nero.

»Jemand hat angerufen. Ein Mann, der mit seinem Husky unterwegs war.«

»Habt ihr die Eltern benachrichtigt?«

»Haben wir. Die sind aus Ohlkirchen. Von daher konnte ich jetzt ganz entspannt bei euch vorbeikommen.«

›Bei euch.‹ Ich musste schmunzeln. Während ich meine Gesichtszüge in Ordnung brachte, um Nero nicht zu reizen, tönte Jassmunds Stimme plötzlich ganz laut in meinem Kopf. Ein 18-jähriger aus Ohlkirchen, der auf einem Roller herumfuhr? Wie viele mochte es davon geben? Wenn ich nachmittags im Ort unterwegs war, um einzukaufen oder Juliane zu besuchen, sah ich reichlich Jugendliche auf Rollern. Sie machten die Bushaltestelle zu ihrem Headquarter, ein Pentagon aus verschmiertem Plexiglas, auf das die Gemeindeverwaltung schwarze Vogelaufkleber hatte pappen lassen, mit einem ständig überquellenden Mülleimer und einer Bank aus durchlöcherten Metallsitzen, die mehr an das Schutzgitter eines Kellereingangs erinnerte als an eine gemütliche Sitzgelegenheit. So sah die deutsche Provinz aus. Niemand störte sich an den Youngsters, die Colaflaschen zu ihren Meetings mitbrachten, und niemand fragte nach, was sie in ihr Coke mixten. Sie rauchten, und auch hier fragte niemand nach, denn die Bushaltestelle diente nur zweimal am Tag der Öffentlichkeit. Morgens um halb acht und nachmittags um vier. Zwei Busse pro Tag, das genügte, um das schmuddelige Häuschen zu rechtfertigen. Ärger gab es nur, wenn die Teenager ihre Roller aufheulen ließen wie Harleys und sich, aufgeputscht von berauschenden Substanzen, gegenseitig die wilde Jagd auf der Ohlkirchener Hauptstraße lieferten.

»Die Spurenlage gibt nicht viel her. Das Matschwetter macht es uns schwer. Wir haben grob die Fußspuren von drei Personen zur Auswahl. Der Junge, das können wir mit Sicherheit sagen, ist wohl eine Weile am Seeufer auf und ab gegangen. Seine Schuhe haben das Gras niedergedrückt. Dann gibt es noch zwei andere Abdrücke. Eines der Profile ist an der Böschung zu finden, die von der Straße runterführt. Der Mann mit dem Husky hat ebenfalls deutliche Spuren hinterlassen, kam aber von der anderen Seite. Sein Hund hat Alarm geschlagen. Sonst hätte er die Leiche im Wasser überhaupt nicht gesehen.«

»Geht ein Toter nicht unter?«, fragte ich interessiert.

»Die Leiche hat sich am Ufer verfangen. Da waren allerhand Treibholz und ein großer Plastiksack, der den Körper wie eine Rettungsweste an der Oberfläche gehalten hat.«

»Was macht ein Jugendlicher bei diesem verdammten Wetter am Wörthsee? Im Dunkeln? Vermutlich allein?«

»Gute Frage, Nero.« Jassmund hielt mir hilfesuchend sein leeres Bierglas hin. »Wahrscheinlich geht es um Drogen. Das Screening wird zeigen, ob er ein Junkie war.«

»Drogenübergabe am Wörthsee? Sonderbar.« Nero schüttelte den Kopf. »Wenn ich mich recht erinnere, haben die Jungs andere Möglichkeiten.«

»Die Supermarktparkplätze haben in den letzten Monaten fast alle eine Videoüberwachung gekriegt. Schlecht für die Junkies. Sie scheuen das Licht.«

»Hat sich der Junge mit jemandem getroffen?«

»Das können wir bislang nicht rekonstruieren. Stellt euch vor: Der Vater des Toten ist der Apotheker von Ohlkirchen.«

Meine Hand, die Jassmund das Bier einschenkte,

fing an zu zittern. Ich stellte die Flasche auf den Tisch und sagte: »Ich muss mal kurz für kleine Mädchen.«

18

Der Anruf kam auf rekinoms Handy an, und das war der erste große Fehler.

»Er ist tot!«

»Was heißt das, er ist tot!«

»Er ist in den See gefallen und ertrunken.«

rekinom hielt das Handy von sich weg. Das konnte nicht sein. So etwas gab es nicht. »Was hast du gemacht?«, fragte er schwach.

»Nichts.«

»Und das Geld?«

»Das habe ich ihm nicht geben können. Er hat mich nicht mal gesehen, glaub ich. Ist einfach in den See geplumpst wie ein Sack Müll.«

rekinom ahnte, dass dies der erste Akt einer Katastrophe war. Die Dinge, die er angestoßen hatte, liefen aus dem Ruder. Er hörte, wie *sie* in der Küche die Eiswürfel klirren ließ. »Ruf nicht mehr an!«

»Möchtest du einen Drink?« Sie kam zu ihm herüber.

»Jetzt nicht, Schatz. Es gibt ein Problem auf der Arbeit. Ich muss noch mal weg.«

Ihre Enttäuschung konnte ihm gefährlich werden, aber für den Moment musste er Ruhe zum Nachdenken haben. Er schnappte sich sein Notebook und stieg ins Auto. Die Nacht war kalt und unwirtlich. Es schneite leicht, zwischendurch regnete es. Die Straßen spiegelten die Scheinwerfer seines Wagens. Er kniff die Augen zusammen. Am liebsten fuhr er über die Autobahn. Richtig schnell. Er raste Richtung Deggendorf. Am Flughafen vorbei. Er könnte abhauen.

Doch dazu gab es keinen Grund. Niemand würde ihn in Verbindung bringen mit dem toten Bastian Hut. Verflucht, wie konnte der Junge sterben? Dass er tot war, ging rekinom weniger nahe als die Frage, warum er plötzlich gestorben war. Es gab nur eine wahrscheinliche Lösung: Die Geldübergabe war geplatzt, und sein Mann hatte irgendwas vermurkst. Nun versuchte er, seinen Kopf aus der Schlinge zu ziehen, indem er behauptete, der Junge sei gestorben. Verdammt, mit 18 starb man nicht einfach so!

Es hatte einer ausgebufften Strategie bedurft, das Geld bereitzustellen, ohne dass jemand es mit ihm in Verbindung brachte. Er hatte im letzten Sommer ziemlich viel Bargeld mit auf eine Reise nach Tunesien genommen. Allerdings hatte er nicht annähernd so viel benötigt und die Summe nach seiner Rückkehr einfach nicht mehr eingezahlt. Er hob in den vergangenen Wochen jeweils 100 Euro mehr vom

Konto ab als üblich; einfach mit seinen regelmäßigen Besuchen beim Geldautomaten. Niemand würde Verdacht schöpfen.

Nun musste er mit x03 zu Potte kommen.

rekinom nahm die Ausfahrt nach Landshut, bog ab und bretterte die gleiche Strecke zurück.

19

Ich hatte weder Nero noch Jassmund etwas gesagt. Bastian Hut, mein Auftraggeber, war im Wörthsee ertrunken. Ich saß im Arbeitszimmer, starrte auf meine Unterlagen, auf Bastians handgeschriebenes Kassiber. Drei Uhr nachts. Nero schlief den Schlaf des Gerechten. Sollte er. Ich musste nachdenken.

Nur hatte ich keine Ahnung, in welche Richtung ich meine Gedanken lenken sollte. Jassmund konnte das Screening vergessen. Bastian war kein Junkie. Entweder war er in den See gestürzt und einfach ertrunken. Unwahrscheinlich. Jemand hatte ihn gestoßen – eher vorstellbar. Dann musste es jemand sein, den er erwartete, den er treffen wollte. Warum sonst sollte er seinen Roller an der Straße abstellen und am Ufer auf und ab gehen? Um seinen nächsten Hack zu überdenken? Hatte er nicht aufgehört?

Selbst wenn er sich als Robin Hood verstand, der die verschlungenen Pfade des Cyberspace belagerte, um die Firewalls nach Schwachstellen abzusuchen – er bewegte sich in der Illegalität und musste damit rechnen, angeklagt und verurteilt zu werden, sobald man ihn aufspürte. Bei seiner Vorgeschichte konnte er nicht unbedingt mit Milde rechnen.

Ich ging seine Papiere zum x-ten Mal durch. Er hatte mit den Einbrüchen aufgehört. In seinen Notizen schrieb er, keinen Sinn mehr im Hacking zu sehen, weil es einen aus der Bahn warf. Ich schob die Blätter sorgsam zusammen. Die Anklage, der Prozess und schließlich die Verurteilung, die sozialen Trainingsmaßnahmen und die Stunden gemeinnütziger Arbeit hatten Bastian geschlaucht. Obwohl letztlich alles glimpflich abgelaufen war. Dennoch war Bastian Hut stigmatisiert. Erst recht in so einer kleinen Gemeinde, wo alle alles über alle wussten.

Hatte er etwas Neues laufen gehabt? Und war er dabei aufgespürt worden?

Sobald Jassmund und seine Kollegen morgen halbwegs ausgeschlafen die Akten durchgingen, würden sie entdecken: Bastian Hut war kein Unbekannter. Er war ein verurteilter Hacker.

Bastian. Dv0ttny. Bastian. Dv0ttny. Zwei Seelen, ach, in einer Brust. Ich legte den Kopf auf die Unterlagen und schloss die Augen. Sollte ich mich tot stellen? Ich hatte nie von Bastian Hut gehört, ihn nie gesehen. Ich wusste nichts über ihn.

Bastian und ich hatten nie Mailkontakt gehabt,

nie telefoniert. Elektronische Spuren von ihm zu mir oder mir zu ihm gab es keine. Einmal war er hier gewesen. Dafür konnte es keine Zeugen geben, dank meiner einsamen Klause. Ich hatte mit niemandem über das Projekt gesprochen. Doch. Hatte ich. Mit Claude-Yves. Egal. Ihm würde ich signalisieren, dass er nichts zu wissen hatte über Bastians Auftrag und die Seiten, die ich im Nebenraum des Méditerranée redigiert hatte.

Ob Bastian jemandem von seiner Ghostwriterin erzählt hatte? 18-jährige waren mitteilsam. Nicht den eigenen Eltern gegenüber. Ich dachte an seine Aktivitäten im Chatroom. Ich würde dort nie hinfinden, geschweige denn die Leute ausmachen, die Bastian kannten. Nein, nicht Bastian, Dv0ttny. Mein Kopf brannte. Es würde schwierig werden, Dv0ttnys Auftrag zu verheimlichen, ging mir auf, während die Novemberkälte mir langsam die Beine hochkroch. Sollte Bastian ermordet worden sein, würden die Beamten seinen Rechner filzen. Bei seiner Vergangenheit wäre genau das die erste Amtshandlung. Aber was konnte dabei ans Licht kommen? Eine Verbindung zu mir?

Langsam dämmerte mir, warum Bastian seine Notizen für mich mit der Hand geschrieben hatte.

Mein Geist war matt vom Rotwein, der Müdigkeit und all den widerstreitenden Gedanken. Morgen könnte ich Jassmund anrufen. Sagen, he, ich kenne den Typen, den Bastian. Ist mir nur gestern nicht eingefallen. Ich war so geschockt, so betrunken, so…

Nero würde mich umbringen. Natürlich nur metaphorisch. Unsere Beziehung würde sich weiter verkomplizieren.

Bastian. Ein netter Kerl, einer mit strahlenden Augen, einer, von dem man sich gar nicht vorstellen mochte, dass er viele Stunden seiner Freizeit an einem Rechner verbrachte, wo er verbotene Wege ging. Wege, von denen ich am liebsten nichts wissen wollte. Ich griff mir an den Bauch. Meine Narben schmerzten. Das kam oft vor im Winter. Die Kälte machte irgendetwas mit meinem Gewebe. Konnten Narben überhaupt wehtun? Oder kam der Schmerz von ganz woanders her und tat nur so, als hefte er sich an die Narben, die meinen Bauch und meinen Oberschenkel durchfurchten? Mein Körper sah an diesen Stellen aus wie ein gepflügter Acker. Die Verunstaltung ging auf einen Bombenanschlag zurück. War schon ein paar Jahre her. Zu lange, um sich noch groß einen Kopf darüber zu machen. Ich stand auf und trat ans Fenster. Die Dunkelheit klebte wie eingetrocknete Tinte über dem Land. Wie liebte ich in den langen Sommernächten den zarten Glanz über den Hügeln, den Wald oben am Hang hinter meinem Haus, die Pferdekoppeln auf der Südwestseite und den Blick zum Ohlkirchener Kirchturm. Ich dachte daran, was Jassmund über den Winter gesagt hatte. Wann war es so weit, dass man abhauen konnte, regelmäßig und geplant, jeden Winter? Der Jammer war: Es könnte jederzeit so weit sein. Was mich hielt, war meine eigene Unentschlossenheit. Dv0ttnys Anzahlung würde, wenn ich sparsam war, für einen Monat in einer günstigen Ferienwohnung auf den Kanaren reichen. Inklusive Flug. Was mich zur nächsten Frage führte: Woher hatte Bastian das Geld? Von seinem Vater? Würde das bedeuten, sein Vater wusste von mir? Obwohl Geister von Haus aus unsichtbar waren, kannten mich natürlich etliche Leute in Ohlkirchen. Insbesondere jene, die früher das Piranha unsicher gemacht hatten. Die Anmachkneipe, die nun einem Restaurant gewichen war. Dessen Eigentümer darauf bestand, meinen Namen mit auf das Cover seiner Autobiografie zu schreiben.

Verdammt.

Ich hatte wahrhaftig noch ein Glas Rotwein nötig.

20

23.11.2010

Nero parkte seinen Wagen. Er war spät dran. Das war nicht seine Art. Die kurze Nacht steckte ihm in den Gliedern und natürlich die Aufregung um den Toten am Wörthsee. Er konnte seine Gefühle nicht verleugnen, sein Entsetzen über ein dahingerafftes Leben einfach abtun. Nero rutschte auf einem Haufen nasser, faulender Blätter aus und fluchte. Seine Chipkarte öffnete ihm die Eingangstür. Er stürmte die Treppen hinauf zu seinem und Freiflugs Büro. Wenn er daran dachte, dass er sich vor drei Jahren hier voller Hoffnung beworben hatte! Ein neuer Schritt in seinem Leben sollte das LKA sein, weit weg von den Kriminellen der Kleinstadt, den Schulhofdealern, dem Hickhack um Gelder für die Streetworker. Stattdessen war er in einem Natternnest gelandet.

Warum empfinde ich so?, fragte er sich, als er die Hand an die Klinke legte und die Bürotür aufstieß.

»Nero! Endlich!« Freiflug stand am Fenster mit dem Rücken zur Straße und sah ihn an. »Woncka hat das Büro vorhin beinahe zu Kleinholz verarbeitet.«

»Warum das?« Nero atmete tief durch. Das Wichtigste im Leben war, einfach zu atmen. Irgendwo hatte er das gelesen. Vermutlich in einer Klatschzeitung beim Friseur.

Freiflug guckte ihn so überrascht an, dass Nero grinsen musste. Doch da mischte sich noch etwas anderes in den Blick seines Kollegen, als er ihn durch seine Nickelbrille ansah. Verachtung? Ungläubigkeit?

»Komm!« Freiflug winkte ihn an seinen Arbeitsplatz. Die altbekannte LKA-Homepage war geöffnet. »Schau dir das an! Woncka schäumt. Nicht nur er. Das geht nach ganz oben!«

»Verdammt.« Nero traute seinen Augen nicht. Der Bildschirm war in einem transparenten Grau gehalten. Er erkannte links oben das Emblem der bayerischen Polizei, rechts das bayerische Wappen, verdunkelt, als habe jemand Tinte darüber gegossen. Eingeschwärzte Löwen. In roten Lettern stand in der Mitte des Bildschirms:

›x03 hat ein paar Links gelöscht und bedankt sich für die Dateien zu einigen Ihrer aktuellen Fälle. Cheerio!‹

Nero setzte sich auf Freiflugs Stuhl. »Seit wann?«, fragte er tonlos und führte die Maus zu dem Link ›Erreichbarkeit‹. Normalerweise musste hier eine Anfahrtsskizze zum LKA kommen. Aber der Link war tot.

Das hier war nicht wahr. Nach dem Todesfall gestern war das nicht wahr. Nero verstand erst jetzt, was er nie einkalkuliert hatte: Die Leichen dort draußen gehörten der wirklichen Welt. Dies hier, auf dem Bildschirm, war ein Fenster zu einer Parallelwelt, die aus dunklen, klebrigen Fallen bestand. In der man noch weniger als in der sogenannten Realität wusste, wer gut und böse war. Man war sich nicht einmal sicher, mit wem man es zu tun hatte.

»Wer ist x03?«, fragte Nero schwach.

»Kröger und Sigrun sind dran.«

Neros Brust schnürte sich zusammen. Ganz langsam, aber so bedrohlich, als käme ein Tiger federnden Schrittes auf ihn zu. Er ließ die Schultern kreisen, um die Verspannungen abzuschütteln. Sein Gesicht begann zu glühen, und der Kaffee, den er vor einer guten Stunde in aller Eile getrunken hatte, gluckerte ätzend seine Speiseröhre hinauf.

»Wieso ausgerechnet die beiden? Macht nicht Roderick üblicherweise solche Geschichten?«

»Zufall. Kröger war einfach früher im Büro heute Morgen. Der gehört zu den senilen Bettflüchtern.« Freiflug versuchte ein Lachen. »Stand wohl schon kurz nach sechs Uhr auf der Matte. Kann sein, dass seine Lebensgefährtin ihn zu Hause zu arg beansprucht.«

»Welche Daten haben sie abgegraben?«

»Darum kümmert sich Roderick.«

»Das schafft er nicht allein.«

»Er kriegt Verstärkung von ein paar IT-Forensikern.«

»Wer hat die Schweinerei entdeckt?« Nero wies auf den Bildschirm.

»Die Telefonzentrale. Die manipulierte Webseite muss sich zwischen fünf und halb sechs hochgefahren haben.«

»Ist es nur unsere Seite?«, fragte Nero. »Oder

haben sie die Seiten der ganzen bayerischen Polizei ... ?« Er dachte an das Innenministerium. Probierte lieber nicht aus, ob der Link funktionierte. Das wäre der GAU. Der Supergau.

»Mach dich jetzt nicht verrückt. Das technisch hinzukriegen, stellt kein großes Problem dar. Wir haben die Webseite für die Öffentlichkeit längst abgeschaltet. Nur ein paar Arbeitsplätze innerhalb des LKA haben noch Zugang.«

»Scheiße!« Nero schlug mit den Fäusten hart auf den Schreibtisch. »Scheiße, verdammte!« Kaffee und Magensäure kamen ihm hoch. Gegen den Würgreiz ankämpfend, schluckte er.

»Woncka tobt. Du solltest an diesem Patch arbeiten. Wie weit bist du, Nero?«

»Du kennst den Zeitplan! Ihr alle kennt ihn! In drei Tagen hätte ich den Patch hochgeladen. Sämtliche Rechner wären innerhalb von weniger als dreißig Minuten aktualisiert und geschützt gewesen.«

Gewesen. Kea mit ihrem Feingefühl für Worte könnte zu einem einzigen Partizip eine Menge sagen.

»Das Defacing ist nicht unser größtes Problem. Unser Problem ist die Öffentlichkeit. Medien, Blogger und Co.« Freiflug griff nach seiner Thermoskanne. »Magst du Kaffee?«

»Bloß nicht.«

»Die Presse hatte natürlich sofort Wind von der Sache. Die Reporter hängen uns am Arsch. Ich bin dran, sämtliche Webseiten mit dem Status von gestern hochzuladen, damit die echte Version online ist. Vorher muss durchgecheckt werden, ob irgendwelche Würmer in den Dateien rumkriechen, die das ganze Schlamassel morgen früh zur selben Zeit neu auslösen könnten.«

»Dann mach das.« Nero stand auf. Seine Stimme zitterte. Ihm war übel. So übel wie nie zuvor in seinem Leben.

»Woncka will dich sehen.«

»Habe ich mir gedacht. Ich gehe sofort.« Er wischte sich den Schweiß von der Stirn. Freiflugs Blick ausweichend, ging er zur Tür.

»Nero?«

»Ja?« Er drehte sich um.

»Das hier ist nicht das ganze Leben.«

»Nein.« Er verließ das winzige Büro. Am Türrahmen hielt er sich kurz fest. Ihn schwindelte.

21

»Ich möchte nicht hier sprechen. Gehen wir in ein Café«, sagte Woncka beherrscht, als Nero bei ihm eintrat.

Sie verließen das Gebäude zum Parkplatz hin, ein Spießrutenlauf für Nero, der in den Gesichtern der

Kollegen, die ihm begegneten, eine Mischung aus Neugier, Verachtung, Ablehnung und Sensationslust ortete. Ihm schien es, als bliesen sich all diese Visagen zu verzerrten Fratzen auf. Er hielt sich gerade. Er war kein Delinquent.

»Steigen Sie ein. Ich fahre.« Woncka hielt Nero die Beifahrertür seines Mustang auf. »Sie müssen verstehen, der Wagen ist eine Seite meiner Persönlichkeit, die im Beruf nicht zur Geltung kommt.«

Nero nickte. Wonckas automobilistische Vorlieben waren ihm völlig gleichgültig. Er fühlte sein Herz pochen. Egal, was es tat, er war dankbar, dass es überhaupt schlug.

Vor dem Gebäude wartete eine Schar Reporter, die sich zum Schutz vor dem Nieselregen unter Plastikplanen verkrochen hatten und dem Wagen entgeistert nachsahen. Woncka kurvte schweigend herum, bis er über die Nymphenburger Straße fuhr, zu schnell, wie es Nero schien, und ein paarmal abbog. Sie hielten vor einer Bäckerei.

Nero roch das frische Brot, die Rosinenbrötchen. Sein Magen knurrte.

Auf dem Verkaufstresen stand ein Adventsgesteck mit dunkelblauen Kerzen. Eine Frau in Jeans und schwarzem Rollkragenpullover band sich gerade eine Schürze um.

»Schichtwechsel«, sagte sie freundlich. Das Lächeln stupste ihr Grübchen in die Wangen. »Was darf's denn sein?«

Ich bin dankbar, dass sie nett ist, durchfuhr es

Nero. Ich bin schon dankbar, wenn ich Gebäck kaufe und dabei freundlich angeschaut werde.

»Zwei Kaffee und zwei – was wollen Sie?«, fragte Woncka.

Nero nahm einen Amerikaner und bat um grünen Tee anstelle von Kaffee. Sie balancierten ihre Bestellung in eine Ecke der Bäckerei, die vom Verkaufsraum durch eine Vitrine voller Kaffeemühlen getrennt wurde.

»Drei Probleme, Keller.« Woncka begann, noch im Mantel, mit der Demontage. »Hier hört und sieht uns keiner. Sie stehen im Regen, und ich werde Sie da stehen lassen.«

Neros Herz raste. Es würde zerspringen und in heißen Splittern aus seinem Körper dringen, ihn als Zombie zurücklassen, als Untoten. Instinktiv spürte er, dass hier die Jetons auf ein Spiel gesetzt waren, das er nicht gewinnen konnte, von dem er bis vor einer halben Stunde gar nicht gewusst hatte, dass es gespielt wurde. Was meinte Woncka mit ›im Regen stehen lassen‹? Was hatte er getan? Ein dummer Zufall, dass sein Patch noch nicht so weit war. Mehr nicht.

»Die Kollegen sind dran, die Identität von x03 herauszufinden. Sie überprüfen, welche Datenlecks der Hacker geschlagen habt, und stopfen die Webseiten.«

Es kann nicht wegen dem Patch sein, dachte Nero, während er an seinem Tee nippte. Deswegen nicht. Woncka hat den Zeitplan für gut befunden. Er weiß, dass der Patch erst in drei Tagen zum Hochladen verfügbar ist. Er *weiß* das. Etwas anderes wäre es gewesen, wenn sich die manipulierte Webseite zeitgleich mit dem neuen Patch hochgeladen hätte.

»Sie sind raus, Keller. Morgen gebe ich eine Pressekonferenz. Freiflug sitzt neben mir. Nicht Sie.«

Gott sei Dank, schoss es Nero durch den Kopf. Er hasste Pressekonferenzen. Der Schwindel kam wieder. Der Tee schmeckte grässlich, aber er hatte entsetzlichen Durst. Etwas schnürte seine Kehle zu.

»Herr Polizeioberrat ...«

Woncka hob die Hand. »Sie hätten zu mir kommen müssen. Das hätten Sie nicht mit sich selbst ausmachen dürfen. Ich weiß, dass Sie sich mit Freiflug gut verstehen. Er hat entweder keinen Schimmer, weil Sie ihm nichts gesagt haben, oder er ist loyal. Das möchte ich jetzt gern von Ihnen hören.«

Nero verstand kein Wort. Er sah Wonckas Mund sich öffnen und schließen, die trockenen Lippen sich runden und spreizen. Ich habe einen Schlaganfall, dachte Nero und hielt sich den Kopf. Ich verstehe ihn nicht. Ich habe meine Sprache verloren.

»Ich begreife nicht«, begann er und wusste, dass er verloren hatte. Er würde diese Schlacht mit Woncka nicht gewinnen, wie er die meisten trotz allem für sich entschieden hatte. Weil er heute schwach war. Er war angezählt, er lag am Boden, sein Körper wollte, konnte nicht mehr. Ansonsten hätte er mit ein paar klugen Schachzügen Woncka um Geduld gebeten. Was meinte er damit, Freiflug sei loyal?

»Ich beurlaube Sie!« Woncka trank seinen Kaffee aus. »Wenn Sie bereit sind, mir eine Erklärung zu liefern und glaubwürdig signalisieren, dass Sie Beruf und Privatleben von nun an trennen, wenn der Schaden klein gehalten werden kann, dann lasse ich mit mir reden. Wir werden sehen müssen, Keller.«

»Privatleben?«, echote Nero. Was konnte sein Privatleben mit einer manipulierten Website zu tun haben?

Woncka verließ die Bäckerei. Der Wind schlug seinen Mantel zurück. Das dunkelrote Futter züngelte um seine Beine.

Nero fand aus der Erstarrung, weil seine Oberschenkel nass wurden. Er bemerkte, dass sein Becher umgekippt war und der Tee über die Tischplatte floss und auf seine Hosen tropfte. Um seine Brust schloss sich eine Schraubzwinge. Unfähig, Luft zu holen, den Mund zu öffnen und um Hilfe zu rufen, hob er die Hand. Immerhin, seine Hand funktionierte noch. Er warf seinen Teller auf den Boden, lauschte dem Klirren, warf Wonckas Teller hinterher, seinen Becher, seine Kuchengabel. Als er selbst auf den Boden rutschte, kamen ihm die weißen Scherben wie Federn vor, die um ihn herumschwebten, um es ihm bequem zu machen. Er sah das freundliche und etwas ratlose Gesicht der Verkäuferin, die sich über ihn beugte und etwas sagte, das er nicht verstand. Er verstand überhaupt nichts mehr.

22

In meinem ganzen Leben war ich nicht so erschreckt worden. Dass man mich überhaupt benachrichtigte, hatte ich Neros Pedanterie zu verdanken. In seiner Brieftasche steckte ein roter Zettel mit meiner Handynummer. ›Bitte im Notfall unbedingt verständigen‹. Danke, Herr Keller, dass Sie immer so vorausschauend sind.

Die Krankenschwester, die mich aus meinem rotweinumnebelten Schlaf riss, sagte, Nero Keller sei als Notfall eingeliefert worden, es bestehe Verdacht auf einen Herzinfarkt, er sei nicht bei Bewusstsein. Ich war so verblüfft, dass ich vergaß zu fragen, in welche Klinik sie ihn gebracht hatten. Ich musste die Rückruftaste drücken und nachfragen.

»Von wo haben Sie angerufen?«

»Deutsches Herzzentrum. In der Lazarettstraße in München-Neuhausen.«

Ich zog mich an, schnappte meine Tasche und startete den Alfa. Auf dem Weg nach München überschritt ich sämtliche Geschwindigkeitsbeschränkungen.

Ich hatte gedacht, Nero würde ewig leben.

23

Hauptkommissar Markus Freiflug hätte sich selbst nie als besonders misstrauischen Menschen beschrieben. Irgendwie war er nach seiner Ausbildung in einer unfertigen persönlichen Phase hängen geblieben. Deshalb die langen Haare und der Unwille, Anzug und Krawatte zu tragen. Er war politisch gesehen weder ein Linker noch ein Rechter. Er verstand sich als bodenständigen Bajuwaren, der seine Überzeugungen gern für sich behielt und dem es Spaß machte, durch sein Äußeres die Leute auf eine falsche Spur zu locken. Markus Freiflug hatte keine Freundin und keine Kinder. Donnerstags ging er mit ein paar Kumpels zum Bowling. Damit war sein Privatleben ausgeschöpft. Er war gern allein. Wenn er nach der Arbeit nach Hause kam, und das war meistens spät, legte er die Füße hoch und sah fern. Oder er programmierte. Trainierte ein paar IT-Skills. Nicht aus Ehrgeiz, sondern weil es ihn interessierte. Erst die Freundschaft mit Nero hatte ihm leise Zweifel eingegeben, ob sein Leben auf der richtigen Schiene verlief. Er war in den frühen Dreißigern, die Uhr tickte noch nicht allzu laut. Aber Neros Sehnsucht nach einer Frau und einem Zuhause hatte Freiflug mit dem Gedanken konfrontiert, dass es mehr geben könnte im Leben, als er bislang für wichtig gehalten hatte. Mehr als einen faszinierenden Job und ein paar nette Stunden auf der Bowlingbahn. Womöglich war er ein zu trockener Typ, um große Träume zu hegen.

Anders als Nero, in dessen dunkelbraunen Augen immer so eine Sehnsucht loderte – wie bei einer Zooantilope, die am Gehegezaun stand und in die Ferne sah, als ahnte sie, dass es irgendwo dort draußen die Freiheit gab, die Weite der Savanne. Etwas, wofür es sich lohnte, eine Weile durchzuhalten.

Er erfuhr von Neros Zusammenbruch, weil Kea ihn anrief. Dass Nero nach dem Treffen mit Woncka nicht zurückgekommen war, hatte ihn irritiert, aber nicht beunruhigt. Sein Kollege neigte dazu, nach Unterredungen mit dem Chef eine Weile in der Versenkung zu verschwinden, um mit sich selbst ins Reine zu kommen.

Der Anruf schreckte ihn aus der Konzentration. Ärgerlich sah er auf die Uhr. Kurz nach zwölf! Er war völlig steif. Auf dem Bildschirm flimmerten Zahlenkolonnen. Er nahm den Hörer ab.

»Freiflug?«

Das Blut sackte ihm in den Magen. Er sagte »ja«, »nein«, »klar« und versprach, sofort zu kommen. Auf dem Weg zum Parkplatz machte er im Waschraum Halt. Dort traf er Roderick.

»Geht's dir nicht gut?«, fragte Bodo Roderick in seiner spröden Art. Selbst wenn er nett sein wollte, klang er verklemmt.

»Nero ist ins Herzzentrum in Neuhausen eingeliefert worden. Verdacht auf Herzinfarkt.« Freiflug trank Wasser in großen Schlucken vom Hahn.

Roderick wurde knallrot, was ihm bei seinem weißblonden Haar nicht wirklich gut stand. »Was?«

»Weißt du, wann er von der Unterredung mit Woncka zurückkam?«

»Unterredung mit Woncka?« Roderick starrte verwirrt in den Spiegel, wo ihm Freiflugs blasses Gesicht begegnete.

»Ach, vergiss es. Gib dem Team Bescheid, okay?«

Roderick nickte mit weit aufgerissenen Augen, während Freiflug bereits aus der Tür rannte.

24

Sie hatten Nero abgeschirmt. Ich durfte nicht zu ihm. Normalerweise hätte ich einen ziemlichen Tanz aufgeführt, aber der Schock hatte mich verändert. Ich wohnte meinem Leben bei, als befände ich mich in einer tiefen Narkose und würde von oben zusehen, wie man mich durch das Dasein bugsierte, von Situation zu Situation.

»Verdacht auf Herzinfarkt«, sagte die Ärztin, die mich kurz in ihr Sprechzimmer bat. »Es sieht nicht sehr gut aus. Ich will Ihnen keine Angst machen, aber auch nichts beschönigen. Klagte Ihr Lebensgefährte in letzter Zeit über Herzschmerzen, Engegefühl in der Brust, Atembeklemmungen?«

Ich schüttelte stumm den Kopf.

»Raucht er?«

»Selten.« Nach dem Sex. Auch dann nicht regelmäßig.

»Bluthochdruck?«

»Ich wüsste nicht.« Verdammt, was wusste ich über Nero?

»Stress im Job?«

»Allerdings. Und nicht zu knapp.«

»Gott sei Dank ist der Rettungswagen sofort zur Stelle gewesen. Das hätte übel ausgehen können. Wir checken Herrn Keller gründlich durch.«

Die Ärztin eilte zum nächsten hoffnungslosen Fall. Benommen stand ich auf dem Flur.

Stress im Job. Ich wusste, Nero kam mit seinem Vorgesetzten nicht aus. Wegen der geplatzten Träume eines Forschungsjahres war er frustriert. Er hatte sich über Bastians Tod aufgeregt. Eine Menge Dinge gingen ihm nahe, ohne dass er es zeigte. Er nahm sich zuviel zu Herzen. Schönes Wortspiel, dachte ich traurig. Wer wusste schon, wie viel an der Psychosomatik wirklich dran war. Ein schwarzes Gefühl hüllte mich ein. Schuld, Scham, weil ich keinen Schimmer hatte, wie es Nero in letzter Zeit gegangen war? Ich, die sich nur für ihre eigene Unabhängigkeit interessierte? Für das kleine, ziemlich unbedeutende Leben in der Botanik?

Ich lehnte mich an die Wand. So fand mich Freiflug. Er nahm die Dinge in die Hand, indem er sich erkundigte, wo Nero eigentlich zusammengebrochen war.

»Eine Bäckerei hat den Notruf gewählt. Gleich hier um die Ecke«, teilte er mir mit.

»Das gibt's nicht.«

»Doch. Lass uns hingehen!«

Wie ein Schaf trabte ich hinter Freiflug her. Mein eigenes Herz schien nicht mehr mitmachen zu wollen. Die Betäubung hatte meinen ganzen Körper in Besitz genommen. Meine Beine bewegten sich nur, weil sie mein Leben lang nichts anderes getan hatten. Was ich um mich herum sah, war nichts als dunstiges Grau.

»Kopf hoch, Kea!«, versuchte Freiflug meine Moral zu heben. »Er schafft das schon.«

Das war die Hauptsache. Dass Nero weiterlebte. Mit einem demolierten Herzen, als Frührentner meinetwegen. Aber die andere Frage lautete: Wer war ich in Neros Leben? Die Tussi, die ihm nicht helfen konnte oder wollte, oder einfach eine ausgelaugte Idiotin, der es am nötigen Feingefühl fehlte?

»Ich habe Nero nicht verdient.«

Freiflug berührte meinen Ellenbogen. »Blödsinn.«

Zum Glück versuchte er nicht, mit mir zu diskutieren. Wir betraten eine Bäckerei, wo zwei ältere Damen in angeregtem Gespräch mit der Verkäuferin verweilten. Freiflug zeigte seinen Polizeiausweis.

»Sind Sie Frau Haberschmidt? Haben Sie vorhin den Krankenwagen gerufen, als hier ein Gast zusammenbrach?«, fragte er die Frau hinter der Theke.

Sie nickte stumm.

»Wir würden gern kurz mit Ihnen sprechen.«

Die beiden Kundinnen verzogen sich mit sensationslüsternem Glitzern in den Augen.

»Ich bin so erschrocken! Möchten Sie Kaffee?«, fragte Frau Haberschmidt. Sie hatte warme Augen und schwitzte in ihrem Rolli.

»Gern.«

»Ich wusste nur, womit ich es zu tun habe, weil mein Bruder vor einem halben Jahr einen Infarkt hatte.«

»Und?«, fragte ich.

»Ihm geht es wieder gut. Er muss alles langsam angehen, aber ihm geht's gut.« Sie bediente die Kaffeemaschine. »Latte? Schwarz? Cappuccino?«

»Cappuccino, bitte«, sagte Freiflug. »Und einen schwarzen Kaffee. Der Mann, dessen Leben Sie gerettet haben, ist mein Kollege und ...«

»Mein Lebensgefährte«, ergänzte ich, obwohl ich das Wort hasste.

»Das tut mir so leid. Machen Sie sich nicht zu viele Sorgen. Wenn rechtzeitig Hilfe da ist, geht es meistens gut. Was für ein Glück, dass das Herzzentrum gleich hier um die Ecke ist. Die haben keine drei Minuten gebraucht.«

»War mein Kollege allein hier?«

»Nein. Er kam mit einem anderen Mann. Einem Herrn, recht elegant. Graue Schläfen.«

»Woncka!« Freiflug nahm seinen Cappuccino in Empfang.

»Möchten Sie was dazu essen?«

»Ja! Ein Croissant oder so«, bat ich.

»Die beiden unterhielten sich dort in der Sitzecke. Die Stimmung schien frostig zu sein.« Frau Haberschmidt reichte zwei Teller mit Croissants und meinen Kaffee über die Theke. »Eigentlich sprach immer nur der eine. Der ältere. Es war niemand sonst im Laden«, fügte sie entschuldigend an.

Ich dachte daran, wie oft Nero über Zeugen gesprochen hatte, die alle Zeit der Welt zu besitzen schienen, um Gespräche zu belauschen.

»Wie lange saßen die beiden dort?« Freiflug biss hungrig in sein Croissant.

»Nicht lange. Keine zehn Minuten. Oder ... also, so ungefähr. Der Elegante warf dem anderen allerhand an den Kopf. In einem so rüden Tonfall, das gefiel mir nicht.«

»Worum ging's?«

»Er könnte Beruf und Privatleben nicht auseinanderhalten. Das ging dem anderen gar nicht in den Kopf.«

»Und dann?«

»Dann ging der Ältere. Er rauschte raus, irgendwie so – selbstgerecht. Der andere blieb sitzen. Plötzlich klirrte es. Ich sah, wie er in Zeitlupe vom Stuhl fiel. Es kam mir so seltsam langsam vor, wissen Sie. Er riss einen Teller mit runter und noch einen ... Ich habe sofort die Rettungsleitstelle alarmiert. Und die kamen in Null Komma nix.«

»War Nero bei Bewusstsein?«, fragte ich.

»Ich glaube nicht.«

»Scheiße.« Ich lehnte mich an die Theke und rutschte einfach auf den Boden.

»Ja. Verfluchte Scheiße! Woncka!« Freiflug schnappte sich sein Handy und tippte wie wild darauf ein. »Den kaufe ich mir. Diese Ratte!«

25

Juliane stand in ihrer ganzen Zartheit ratlos vor der Scheibe, die den Blick auf Nero freigab. Wobei von Nero nicht viel zu erkennen war. Ich sah ein Gesicht, das unter einer Sauerstoffmaske und anderem Kram verborgen lag, außerdem Schläuche und furchteinflößende Apparate.

»Ich kann nichts machen«, stellte ich lapidar fest, als hätte diese ganze Geschichte nichts mit mir zu tun. Als wäre ich nur zufällig auf diesen Korridor geraten, den blau gewandete Menschen mit quietschenden Gummischuhen durchquerten, vor und zurück, vor und zurück.

»Erstmal nicht.« Juliane packte mich am Arm. Sie war im Juli 79 geworden. Ihr Gesicht war gebräunt, sie trug das Haar raspelkurz wie immer, weiß mit einem Hauch blau, Kreolen, einen Rollkragenpullover, Cargohosen, die ihrer zierlichen Figur etwas

Handfestes gaben. »Puh, ist das eine Hitze hier drin. Lass uns was essen gehen.«

Ich folgte ihr, weil es einfacher war, den Befehlen anderer zu entsprechen, als sich selbst zu überlegen, wie man weitermachen wollte. Wir landeten in einem italienischen Restaurant, das um die Mittagszeit ein Menü aus Salat und Pasta anbot. Juliane bestellte für uns.

Ich hatte sie angerufen. Aus meinen unkoordinierten Sätzen hörte sie heraus, dass ›Polen offen war‹, wie sie sich ausdrückte. Eine Stunde später hatte sich ihre schmale, knochige Hand auf meine Schulter gelegt. Im vergangenen Frühjahr hatten wir auf unserer Georgienreise eine Menge Krisen gemeinsam gemeistert. Das hatte uns weiter zusammengeschweißt.

»Da stimmt was nicht«, sagte Juliane, während sie ihren Rotwein in Empfang nahm. »Neros Chef schaltet auf stur, zeitgleich soll Nero das Intranet sicherer machen, und genau in der Zeit gibt es einen Angriff auf die Webseiten des LKA. Kann das Zufall sein?«

»Ich weiß nicht.« Ich stocherte in meinem Salat herum.

»Was sagt Freiflug dazu?«

»Bisher nichts.«

Juliane spitzte die Lippen. Ihr Blick glitt in die Ferne, drang durch mich hindurch wie ein kristallklarer Lichtstrahl.

»Neros Abteilung ist eine irrsinnige Maschinerie«,

sagte ich. »Niemand kann diesen Stress aushalten. Nicht, wenn man Wert drauf legt, seinen Job verantwortungsvoll zu gestalten.«

»Nero lebt ein bisschen zu verantwortungsvoll!«

»Er ist ein Perfektionist.«

»Willst du ihn eigentlich? Ich meine: lebenslänglich?«

»Ehrlich gesagt, ich weiß es nicht.«

»Spielt jetzt auch keine Rolle.«

»Nero brennt für die gute Sache. Er hat sich in seine Pläne so dermaßen reingesteigert. Dieses Forschungsjahr bedeutete ihm alles. Monatelang hat er darauf hingelebt und sich vorbereitet.«

Juliane nahm einen Schluck Wein. »Weißt du, es war ja absehbar, dass er die Forschungszeit nicht bekommt.«

»Wieso?«

»Kea, siehst du ab und zu Nachrichten oder blätterst du in einer Zeitung? Der Staat spart. Schuldenabbau ist *das* Thema. Dann natürlich der Terror mit echten Blutbädern. Cyberkriminalität eher nicht. Da musst du wühlen wie ein Maulwurf, wenn du etwas dazu wissen willst. Und zu Wikileaks schweigen die Regierungen offiziell.«

»Für Nero zählt nur das harte, analytische Denken«, warf ich ein. Der Kellner servierte die Pasta.

»Eben nicht. Dieses Bild hält er von sich aufrecht, aber es ist anders: Er ist kein Kalkulierer, kein Logiker. Er träumt von einer besseren Welt, sieht sich selbst als den unverzichtbaren Aktivisten, der das Wunderwerk vollbringen kann, den Planeten sicherer zu machen. Als wenn irgendeiner von uns irgendwas tun könnte!«

»Bist du wirklich so pessimistisch?« Ich hätte schwören können, nicht einmal die kleinste Nudel herunterzubringen, aber nun, da das Essen vor mir stand, war ich hungrig.

»Nero muss mehr auf dem Herzen haben«, machte Juliane weiter. »So einen Zusammenbruch kann nicht allein der Job auslösen.«

»Ich weiß. Er will heiraten. Und ich nicht.« Plötzlich spürte ich Wut durch meinen Körper rasen, vom Bauch aus in alle Richtungen treiben, heiß und rot. Mein Herz begann zu hämmern.

»Dann klärt das!«

»Scheiße! Darf ich mich jetzt schuldig fühlen an Neros Infarkt?«

»Unsinn. Wenn du nicht willst, muss er damit leben.«

»Er ist jemand, der seelische Verletzungen schlecht überwindet. Er übertüncht sie mit Aktivität.«

»Die Analyse hilft ihm aber nicht«, sagte Juliane. Sie schob den leeren Salatteller weg. »Er denkt, er wäre der einzige, der die Dinge da draußen im Internet wahrhaftig durchschaut. Dadurch lastet er sich eine immense Verantwortung auf, die kein Mensch tragen kann.«

»Nero weiß immer, was zu tun ist«, murrte ich. »Arbeiten, schaffen ...«

»Brennen. Ist dir mal der Gedanke gekommen, dass Nero an einem Burnout leidet?«

Das erschreckende Gefühl von Wut flaute ab. Ich spürte etwas anderes hochkommen: Ablehnung. Ich mochte mich nicht mit Neros Gemütszustand beschäftigen. Wir waren in eine eigenartige Abhängigkeit geraten. Nach und nach hatte Nero sich immer mehr an mich geklammert, sich Träume zurechtgezimmert, wie er leben wollte, ohne je einzukalkulieren, dass ich andere Prioritäten setzte.

»Er will gebraucht werden. Nur das hält ihn aufrecht«, sagte ich halblaut.

»Ich schätze, die Ärzte raten ihm zu einer Kur, sobald er halbwegs funktionsfähig ist.«

»Wird er nie machen.«

»Da wird er wohl nicht auskönnen! Aber das ist jetzt nicht das Hauptproblem. Mich interessiert etwas anderes: Wer ist eigentlich dieser Bastian Hut? Weil«, Juliane deutete mit ihrer Gabel auf mich, »es ausgesprochen seltsam ist, dass du einen Auftrag von einem Hacker bekommst, während Nero an einem Sicherheitspatch arbeitet.«

»Finde ich nicht.«

»Ich aber. Warum schlägt x03 gerade jetzt zu? Das ist ein Angriff auf Nero, nicht auf das LKA.«

»Freiflug sagt, das Team wäre darüber informiert gewesen, dass Nero den Patch baut.«

»Logisch. Und sonst? Ist das in weiterem Umkreis bekannt, wer gerade woran arbeitet?«

»Keine Peilung.«

»Check das ab.«

Ich starrte Juliane an. »Du meinst ... jemand hat die Webseite gefälscht, um Nero gezielt zu schaden?«

»Er war ohnehin angeschlagen. Durch die Niederlage bei Woncka.«

»Aber wer hätte das tun sollen?«

»Vielleicht Woncka selbst? Er hat doch Interesse daran, Nero ein Stück weit aufs Abstellgleis zu schieben.«

»Das hat er ohnehin schon gemacht.«

»Egal. Ich finde, Kea, wir sollten deinen Rechner und deine Spuren im Netz durchforsten. Nur um zu sehen, ob jemand dir auf den Fersen ist.«

Ich verschluckte mich. Jetzt drehte sie durch.

»Hast du Verfolgungswahn, Juliane?«, brachte ich heraus.

»Nur ein dummes Gefühl.« Sie traktierte ihre Pasta mit der Gabel. »Dieser Dv0ttny behagt mir nicht.«

»Julianchen, bei mir melden sich eine Menge schräge Vögel, die ihre Biografien geschrieben haben wollen. 50 Prozent davon haben einen an der Waffel!«

»Dv0ttnys Motivation ...«

»Meinst du, er hatte die Absicht, zeitgleich weiterzuhacken?«

»Wie kannst du sicher sein, dass er geläutert war?«

Mir wurde das alles zuviel. Ich löffelte den Rest Sauce aus meinem Teller. Wie konnte ich irgendwas über die Intentionen anderer Menschen wissen, wenn ich meine eigenen nicht verstand?

26

24.11.2010

Peter Jassmund traf sich mitunter mit dem neuen Rechtsmediziner auf ein Bier. Seit Nero weg war, fehlte ihm ein lockerer, feierabendlicher Austausch über die Arbeit. Mit Dirk Schwarzland funktionierte das ganz gut. Seit ein paar Wochen war Jassmund mit ihm per du. Schwarzland hatte auch einen Sohn im schwierigen Alter. Sie verstanden sich.

An diesem trüben Novembertag war Jassmund tief in die Akten zum Fall Bastian Hut vertieft. Der Tote vom Wörthsee war ein verurteilter Hacker, seit Jahren nicht aufgefallen, aber das hieß nichts. Niemand wusste, wie lange die Jungspunde in fremden Rechnern schnüffelten, ohne dass irgendjemand etwas davon mitbekam. Richter berücksichtigten meist, dass die Jugendlichen den entstehenden Schaden kaum absehen konnten und in vielen Fällen ohne Schädigungsabsicht an den Hack herangegangen waren. Staatsanwälte wiederum hatten ein Interesse daran, die Schadenssummen bei Straftaten jugendlicher Hacker unrealistisch hoch anzusetzen, um Präzedenzfälle zu schaffen. Viele Urteile fielen ungerechtfertigt hart aus, weil den Youngsters unterstellt wurde, sie hätten eine Menge Ausdauer und kriminelle Enerie gebraucht, um gut geschützte Systeme zu infiltrieren. Bastian war vergleichsweise glimpflich davongekommen.

Außerdem brütete Jassmund über der Frage, zu wem das dritte Paar Fußspuren gehörte. Schuhgröße 41 war nicht groß für einen Mann, und es waren Herrenboots der Marke Camel. Dennoch hatten sie keinen passenden Anhaltspunkt und mithin keine Vergleichsmöglichkeit. Jassmunds Gedanken saßen fest, als Schwarzland anrief.

»Hallo, Peter! Ich habe Neuigkeiten.«

»Nämlich?« Jassmund schlug mit der flachen Hand auf einen Stapel Papier.

»Bastian Hut ist definitiv nicht ermordet worden.«

»Was meinst du?«

»Er litt an einem Aneurysma. Einer sackförmigen Ausbuchtung der großen Hirnarterie. Wahrscheinlich angeboren. Die Arterie ist gerissen. Bastian starb an einem Superschlaganfall.«

»Er war tot, bevor er in den See fiel?«

»Er hat vermutlich noch kurz geatmet, aber nicht genug, um die Lunge mit Wasser zu füllen. Definitiv ist er nicht ertränkt worden.«

»Kein Mord?« Jassmund nahm einen Kuli und kratzte sich den Gehörgang.

»Absolut nicht. Du könntest den Hausarzt der Familie fragen, ob Bastian ab und zu über Kopfschmerzen oder leichte Gesichtslähmungen klagte. Das wären typische Symptome. Etliche Menschen da draußen leben mit einem Hirn-Aneurysma, ohne davon das Geringste zu ahnen.«

»Eine Zeitbombe im Kopf?«

»Exakt«, bestätigte Schwarzland. »Womöglich hatte Bastian extremen Stress: Adrenalinausstoß, hoher Blutdruck. Das angeschlagene Gefäß konnte dem nicht mehr standhalten. Es kam zur Ruptur. Patienten mit Aneurysma sterben auf der Stelle. Sie überqueren eine Straße und fallen tot um. Von ihrer Seite her gesehen ein schöner Tod.«

»Ich erkundige mich«, sagte Jassmund und legte auf. Dann musste er sich wenigstens nicht um die Fußspuren kümmern. Während er darüber brütete, wie er den Besuch bei den Eltern verkraften sollte, läutete sein Handy. Es war Keas Nummer.

27

Ketterschwang war ein beschaulicher Ort im Ostallgäu, dessen Wiesen selbst im Novembergrau saftiger wirkten als anderswo.

»Woher kennst du die Frau?«, fragte ich zum wiederholten Mal, während wir durch das Dorf fuhren.

»Spielt jetzt keine Rolle!« Juliane fuchtelte vor meinem Gesicht herum. »Hier links.«

Der Bauernhof, vor dem ich den Spider parkte, sah verlassen aus. Als hätten die Bewohner sich entschlossen, den Winter auf Lanzarote zu verbringen. Lediglich eine pelzige Katze umschlich uns neugierig, als wir, ein paar tiefen Pfützen ausweichend, auf die Haustür zugingen.

Die Frau, die uns öffnete, hatte kurzes, tiefrotes Haar. Die Wimperntusche war verschmiert. Ihr zierlicher Körper steckte in einem grauen Jogginganzug. Sie war höchstens 25. »Hallo?«, fragte sie unbestimmt.

»Servus, Cyn!« Juliane lachte. »Ich habe dich gestern angerufen. Schon vergessen?«

»Mensch, Juliane! Hatte dich überhaupt nicht mehr auf dem Schirm.« Sie kicherte und ließ uns herein. »Du musst entschuldigen«, wandte sie sich an mich, »ich tauche ganz gern in andere Welten ab. Ich bin Cynthia Michaelis. Alle nennen mich Cyn, alle duzen mich und ich duze alle, und wenn dir das nicht passt, hast du ein Problem.«

Ich fand die Tussi ziemlich daneben.

Sie führte uns durch ein dunkles und fast leeres Zimmer in einen Wintergarten. Im Kamin knisterte ein Feuer, eine Katze lag träge auf einem Sessel. »Der Blick geht direkt nach Süden. Passt das Wetter, sehe ich die Berge!« Cynthia wies auf das Fenster. »Tja, und hier arbeite ich.«

Vier Rechner unterschiedlicher Größe standen auf einem massiven Holztisch. Dazwischen eine Kamera, eine Spindel mit CD-Rohlingen, ein Skype-Auge, Lautsprecher, Scanner, zwei Drucker und andere Geräte, von denen ich nicht wusste, wozu sie gut waren. Eine Schüssel mit aufgeweichten Cornflakes stand da und eine Kerze, die flackernd brannte und einem Stapel Papier gefährlich nahe schien.

»Kaffee? Tee? Setzt euch.« Cynthia bediente eine Tastatur, und die Rechner schlossen schnurrend alle Anwendungen.

»Kaffee«, bat ich.

Cynthia verschwand.

»Cyn traut keinem«, raunte Juliane mir zu und setzte sich aufs Sofa am Kamin. »Herrlich, diese Wärme. Meine alten Knochen können gar nicht genug davon bekommen.«

»Sie ist Hackerin?«, fragte ich. Aus Julianes sparsamer Geschichte im Auto war ich nicht schlau geworden.

»Auf der guten Seite. Sie hackt im Auftrag großer Firmen, um die Sicherheitslecks zu finden.«

»Genau.« Cynthia stand wieder da, eine Kaffeekanne in der Hand. »Dann stelle ich eine Rechnung und vergesse, was ich gesehen habe.« Vom Kaminsims nahm sie drei Becher. »Milch zum Kaffee?«

»Nein!« Ich griff nach meiner Portion. Mir schwante etwas.

»Ich dachte, Cyn könnte uns was darüber beibringen, wie Hacker denken.«

»Cyn kann auch schweigen.« Cynthia lachte und ließ sich in den Sessel fallen. Die Katze sprang empört fauchend auf den Teppich und trollte sich.

Juliane berichtete ihr von Bastian, seinem Auftrag an mich und Neros Zusammenbruch nach dem Defacing. Vor dem bullernden Feuer schien mir alles noch unwirklicher. Ein Kamin, eine Katze, ein Dorf – das waren begreifbare Konzepte. Das Internet wirkte dagegen genauso unerklärlich und versponnen wie ein verwunschener Wald.

Nachdem Juliane geendet hatte, stand Cyn auf und legte Holz nach. Das Feuer leckte an den Scheiten. »Hacker sind unangepasste Typen. Sie haben ihre eigenen Maßstäbe. Legt mich nicht darauf fest, aber dass ein Hacker ein Buch schreibt, um Warnungen auszusprechen ... das klingt in meinen Ohren zu besserwisserisch.«

»Eine Menge Hacker haben Bücher über ihre Exploits veröffentlicht«, wandte ich ein. Ich hatte recherchiert.

»Das schon. Aber dann vielleicht eher mit dem Hintergedanken zu zeigen, wie gewieft sie sind. Selbst wenn sie irgendwann auffliegen.«

»Bastian wurde verurteilt«, sagte Juliane. »Kann sein, dass die Strafe ihn zum Umdenken gebracht hat.«

»Ich sage dir was.« Cyn nahm eine Fernbedienung zur Hand und schaltete Musik ein. Von irgendwo im Raum legte eine Reibeisenstimme los. »Cat Power. You are free. Kennt ihr das Album?«

»Sie kann nicht singen«, stellte ich fest.

»So ist die Welt. Du kannst nicht singen, nimmst ein Album auf und wirst berühmt. Eine Menge Dinge, die nach Lehrbuch unerwartbar sind, passieren doch!«

»Danke für die Belehrung.«

»Gern geschehen!« Cyn lachte laut auf. »Wir Hacker sind auch so. Wir sind Außenseiter. Wir machen das Unwahrscheinliche real. Wir leben nach unseren eigenen Maßstäben. Die meisten von uns passen nicht in einen handelsüblichen Job. Ich zum Beispiel arbeite meine Aufträge ab, wann immer ich Lust dazu habe. Nachts, früh morgens, sonntags. Egal. Hauptsache, ich lebe.«

»Hast du illegale Sachen gemacht?«

»Früher ja.« Cyn nickte bedeutungsschwer. »Aber das war mir zu stressig. Also, um auf Dauer ein Leben darauf aufzubauen, meine ich. Ich bin eher ein untypischer Fall. Aber ich habe so angefangen wie Dv0ttny.«

»Nehmen Hacker Geld?«, fragte Juliane.

»Den Hacker reizt die Herausforderung. Nicht die Kohle.«

»Ein Hacker lässt sich auf eine große Sache ein, weil er ohne den Nervenkitzel nicht auskommt?«, wollte ich wissen.

»Weniger. Der Hacker will über die Brandmauer gelangen. Oder durch sie hindurch. Oder um sie herum. Der Gedanke, dass du irgendwo vielleicht reinkommen könntest, wenn du es nur clever genug anstellst, ist wie eine Initialzündung. Du weißt, du darfst nicht, aber du probierst es einfach.«

»Keine Läuterung möglich?«, fragte ich.

»Möglich vielleicht. Theoretisch.« Cyn kicherte. »Aber nicht nötig. So rum wird ein Schuh draus.«

»Hältst du Bastians Geschichte, wie er angeworben wurde, für plausibel?« Juliane kickte ihre Doc Martens weg und zog die Füße unter den Po.

»Auf alle Fälle.« Cyn sah aus dem Fenster. Es wurde dunkel. Der Winter griff nach dem Dorf. Die Nacht kam schnell; als hielte jemand eine Hand vor ein Kameraauge. Der Film wurde schwarz. »Hacker sind in der Regel auf Anerkennung aus.«

»Und du?« Cyn machte mich aggressiv, ohne dass ich wusste, weshalb.

»Für mich ist das Honorar eine Anerkennung.«

»Wie erlebt ein Hacker seine Verurteilung?«, fragte Juliane.

»Traumatisch. Sie hat es dir nicht erzählt, oder?« Cyn sah mich von der Seite an. »Ich habe es ins Kanzleramt geschafft. Weil ich erst 15 war, behandelte der Richter mich großzügig. Ich habe Stein und Bein geschworen, es nie mehr zu tun.«

»Aber du konntest dein Versprechen nicht halten«, sagte Juliane.

»Heute ist Hacking mein Beruf und legal. Ich tue es im Auftrag der Firmen selbst. Da wird ein Vertrag abgeschlossen, in dem alle Eventualitäten geklärt sind. Es gibt sogar eine Möglichkeit für die Auftraggeber, das Hacking abzubrechen, wenn sie bemerken, dass ich zuviel aufschnappe und dabei ihre Geschäfte in Gefahr bringe.«

»Sag uns einfach, welche Bausteine von Bastians Geschichte dir unglaubwürdig vorkommen«, bat ich.

»Das unplausibelste«, sagte Cyn, »ist sein Tod.«

»Er wurde nicht umgebracht. Er hatte ein Aneurysma. Wusste wahrscheinlich zeit seines Lebens nichts davon. Es hat ihn einfach erwischt. Der leitende Ermittler der Mordkommission hat es mir bestätigt.« Warum nur beruhigte mich der Gedanke eines Todes, der aus dem Nichts zuschlug?

»Dv0ttny hing da am See rum. Wieso nur?« Cyn sah mich an und schüttelte den Kopf. »Um sich mit seiner Freundin zu treffen? Der Knabe war volljährig. Die haben andere Möglichkeiten.«

»Du meinst, er kam dorthin, um Geld zu kassieren?«

»Genau. Wenn wir davon ausgehen, dass sein Besuch am See im Kontext des Hackings stand. Aber er hat sich wohl nicht mit allzu vielen anderen Dingen beschäftigt. Das tut keiner von uns. Wir haben nur dieses eine Interesse im Leben.« Sie grinste. »Kohle kannst du nicht übers Internet schicken. Geldspuren zu verwischen ist extrem schwierig. Du musst den Zaster von einem Konto runternehmen und auf ein anderes Konto einzahlen. Irgendwo leuchtet das Geld auf wie Neonreklame. Deshalb sind Bargeldübergaben immer noch üblich.«

»Wer hat Bastian wofür angeheuert?«, setzte Juliane nach.

»Zwei Möglichkeiten: Ein ›Böser‹, der Bastian für einen Angriff auf einen ›Guten‹ bezahlen wollte. Oder umgekehrt.«

Ich brauchte einen Augenblick, bis ich diese Aussage verdaut hatte. »Du meinst ...«

»Die Polizei hat mehr als einmal einen Beamten ausgeschickt, der sich als Terrorist ausgab, um zu checken, wie weit ein junger Hacker gehen wird.«

»Aber ...«, begann ich.

»Wenn den Bullen die Sache so wichtig ist, dass sie eine verdeckte Operation daraus machen, zahlen sie auch. Cash.« Cyn nickte bestätigend.

Mein Herz pochte in einem aberwitzigen Tempo. Ich trank meinen Kaffee aus. Er war kalt geworden.

28

»Ich habe mir ein hübsches kleines Programm geschrieben«, verkündete Cyn, als sie meinen Laptop aufklappte und anschaltete. »Damit flaniere ich fröhlich über die Straßen, die ein anderer im Netz gegangen ist. Ich treibe jeden auf, dem er dabei über den Weg lief. Kein Furz bleibt ungehört.«

»Und das machst du jetzt an meinem Rechner?« Ein widerliches Gefühl.

»Genau. Wie checken einfach, ob jemand deine

Maschine infiltriert hat. Hacker machen das, um herauszufinden, was ein anderer den lieben langen Tag so treibt. Schnuckelig, du hast ein Passwort vorgeschaltet. Verrätst du es mir oder soll ich es allein rausfinden?«

»Der Einfachheit halber: Kantine«, sagte ich.

»Kantine. Hm. Keine wirklich saubere Lösung. Mit dem passenden Programm hast du echte Wörter in Sekundenschnelle gehackt. Such dir demnächst was Schräges aus: Eine Kombination aus Ziffern und Buchstaben. Keine echten Wörter, die in irgendeinem Thesaurus drin sein könnten.«

Bums, da hatte ich den Salat. Wochenlang hatte ich mich nicht daran gewöhnen können, dass ich beim Einschalten meines Computers ein Passwort eingeben musste.

»Das kann ich mir nie merken.«

»Nimm dein Lieblingszitat, verwende die Anfangsbuchstaben und streue dein Geburtsdatum rückwärts rein, irgend so was. Damit kannst du dir Passwörter merken, die an die 50 Zeichen und länger sind.«

Mein Handy klingelte. Ich ließ Cyn machen und verließ den warmen Wintergarten. In dem Zimmer, durch das wir gekommen waren, nahm ich ab. »Hallo?«

»Ich bin's. Claude. Mensch, Kea! So eine Scheiße!«

»Was?«

»Ich habe die ersten Kritiken zu ›Kochen mit Claude‹ gesichtet.«

Herrje, dafür hatte ich jetzt nicht den geringsten Nerv übrig. »Die Rezensenten fallen dir nicht gerade um den Hals, oder?«

»Woher weißt du ...?«

»Deine Stimme verrät dich.« Ich setzte mich auf einen einsam herumstehenden Stuhl.

»Hier schreibt einer«, ich hörte, wie er mit Papier raschelte, »das Werk sei eilig zusammengeschustert, ihm fehle die Spritzigkeit, die es suggeriere.«

»Kritzelt der Ohlkirchenkurier, schätze ich.«

»Kannst du hellsehen?«

»Claude, weißt du, ich habe nicht angenommen, dass wir aus dem Stand eine Rezension in der Süddeutschen kriegen.«

»Pah!« Er atmete tief durch. »Oder das hier: Eine der üblichen Biografien mit Rezepteinsprengseln, obwohl dieses von einem Ausländer handelt.«

Ich lachte auf. »Das schreibt die Tante aus der Lokalredaktion im Pfaffener Wochenblatt. Mach dir nichts draus. Eine frustrierte Schnepfe, die endlich mal richtige Literatur rezensieren will. Ich kenne sie: Sie hat Literaturwissenschaften studiert und fühlt sich verkannt.«

»Aber es ist völlig unlogisch ausgedrückt! Was macht es für einen Unterschied, ob ein Bayer oder ein Ausländer ein Buch schreibt.«

Ich stöhnte.

»Wie findest du das? Kulinarisch nicht neu, stilistisch lieblos, biografisch unerheblich.«

»Wo steht das?«

»In einem Blog: Der fliegende Kupferkessel oder Kräuterkübel oder so.«

»Vergiss es. Im Internet kann jede Kanaille eine Kritik zu irgendwas schreiben. Das sagt überhaupt nichts aus! Wahrscheinlich ist der Text voller Rechtschreibfehler.«

»Du willst mich nur trösten.«

»Will ich nicht. Ist so. Sei mutig und trenne die Spreu vom Weizen.« Ich seufzte, stand auf und tastete nach einem Lichtschalter. Nach dem warmen Kaminfeuer nebenan drückte mir die Dunkelheit aufs Gemüt. Es klickte, aber das Zimmer blieb finster. Dann eben nicht. »Kritiken zu schreiben ist eine Technik und eine Kunst. Das muss man lernen, dazu muss man ein bisschen Hirn haben«, beruhigte ich Claude-Yves. »Sobald du in einer Rezension zwei Kommafehler findest, solltest du sie wegschmeißen. Einer, der nicht mal die Interpunktion beherrscht, hat kein Recht, mit seinen dreckigen Schuhen durch meine Texte zu laufen.«

»Hm«, machte mein Meisterkoch. »Wo bist du überhaupt?«

»Ich bin in München«, dehnte ich die Wahrheit. »Nero hatte einen Herzanfall. Er liegt im Herzzentrum.«

»Ach du Schande!«

»Ja, schöner Mist.«

»Entschuldige, Kea, ich wollte dich nicht … ich meine, in so einer Situation … und da behellige ich dich mit diesem Schwachsinn von Kritiken.«

»Schon in Ordnung.« Ich zuckte zusammen. Die Katze schlich um meine Beine. Wie kam die jetzt hierher? Die Tür zum Wintergarten war geschlossen.

»Was kann ich für dich tun?«

»Nichts, Claude. Ich bleibe wahrscheinlich eine Weile in München. Oder warte ... doch: Wenn du dich um Waterloo und Austerlitz kümmern könntest? Sie sollten abends in den Stall eingesperrt werden und morgens muss jemand sie rauslassen ...«

»Klar, wird erledigt.«

»Wie läuft's mit Lydia?«

»Alles im Lot.«

Wir legten auf. Ich ging zurück in den Wintergarten. Die Katze folgte mir.

»Servus, Kea!«, sagte Cyn lässig. Sie ging mir unglaublich auf den Geist. Dass sie meine Daten abgraste, tat mir fast körperlich weh. Außerdem knurrte mein Magen. Es war spät.

»Bist du irgendwann mal über ein ungeschütztes Netzwerk ins Internet? Irgendein W-LAN draußen in der Prärie?«

Ich dachte nach. Mein eigenes war geschützt.

»Oje«, fiel mir ein. »Im Méditerranée.«

»Du hast einen Trojaner auf deiner Platte. Eine richtige Mieze.«

Mir wurde heiß. »Ich aktualisiere mein Virenprogramm jeden Tag!«

»Schnucki, Antivirenprodukte suchen nach Remote-Access-Software, wie der Untergrund sie benutzt.

Sie suchen nicht nach Software, die von kommerziellen Softwareunternehmen kommt. Man geht davon aus, dass die legal sind und keinen Schaden anrichten werden. Was meiner Ansicht nach Quatsch ist.«

»Ich heiße Kea. Lass den Schnucki-Blödsinn und erklär mir, was Sache ist!« Aus den Augenwinkeln sah ich Juliane grinsen.

»Jemand hat dir ein legitimes Tool auf den Rechner geschleust.« Cyns Ton wurde weicher. »Es ist zur Benutzung von Systemadministratoren gedacht und bleibt unter dem Radar sämtlicher herkömmlicher Anti-Viren-Programme. Allerdings ist es leicht modifiziert. Dieser Jemand kann nun durchchecken, welche aktiven Netzwerkverbindungen du laufen hast und was du im Cyberuniversum so unternimmst.«

»Schöne neue Welt«, ließ Juliane sich vernehmen.

»Aber es kommt noch besser.« Cyn rührte in ihrem kurzen Haar. »Wisst ihr, was Netzwerkadministratoren machen? Ziemlich häufig sogar und ganz legal? In einem Firmenverband loggen sie sich auf den Rechner eines Angestellten ein und können genau sehen, was dort auf dem Bildschirm vor sich geht. Sie kriegen alles mit, was gemacht und eingetippt wird. In Unternehmen tun sie das, wenn Fehlermeldungen kommen und irgendwelche Steuerungsprobleme an den PCs entstehen.«

»Verstehe«, sagte ich lahm. Am liebsten hätte ich meinen Rechner raus in die Einöde geworfen, auf das matschige Feld am Rand von Ketterschwang im Ostallgäu. »Mir guckt jemand über die Schulter. Und das wahrscheinlich seit längerem.«

»Jap. Wenn ihr mir Zeit gebt, finde ich raus, wer da zugange ist. Vielleicht kriegen wir den Knaben sogar dazu, sich jetzt an deinem Bildschirm zu betätigen. Sollen wir?«

Ich sah auf die Uhr. Mein Magen rumorte. Ich wollte wissen, wie es Nero ging. Schwärze legte sich auf mich. Mein Liebhaber lag mit einem Herzinfarkt im Krankenhaus und ich hing hier auf einer skurrilen Landpartie ab.

»Geht in die Küche«, forderte Cyn uns auf. »Im Kühlschrank ist allerlei. Sucht euch was zu essen. Solche Beschatter«, sie deutete auf meinen Rechner, »kriechen gern zu Uhrzeiten aus ihren Löchern, an denen normalerweise keiner mehr am PC arbeitet. Je später wir ihn anlocken, umso besser.«

29

Peter Jassmund verließ das Herzzentrum. Er befand sich in einem Stadium der Erschütterung, das es ihm fast unmöglich machte, zu atmen. Wenn er Nero nur hätte mitteilen können, dass Bastian nicht ermordet worden war! Womit die Angelegenheit kriminalistisch gesehen nicht unbedingt einfacher wurde. Soviel war klar: Der Todesfall in der letzten Nacht war Nero an die Nieren gegangen. Dann der Stress mit seinem Vorgesetzten, von dem Kea ihm berichtet hatte. Himmel, wo steckte Kea eigentlich? Jassmund mochte sie wirklich gern, aber allmählich hatte er seine Zweifel, ob Kea und Nero überhaupt zusammenpassten. Zwei unterschiedlichere Typen konnte man kaum finden.

Ein Mann glitt aus dem Dunkel auf ihn zu. Jassmund fuhr zusammen.

»Hauptkommissar Peter Jassmund?«

Jassmund betrachtete den Mann mit Pferdeschwanz und Nickelbrille, der neben ihm stand und in eine andere Richtung schaute, als hielte er nach einem Taxi Ausschau.

»Ja?«, fragte Jassmund gedehnt.

»Ich bin Markus Freiflug, Neros Mitarbeiter im LKA. Ich habe Erkundigungen über Sie eingezogen. Wir sollten miteinander reden.«

Jassmund lachte laut auf. »Erkundigungen?«

»Irgendwas stimmt nicht. Es geht um Nero. Sie können gerne meine Vita durchleuchten. Gehen wir?«

Jassmund zuckte die Achseln. Was blieb ihm übrig. Er war unruhig. »Ich rufe nur rasch meinen Sohn an, dass es später wird.« Der Schreck, dass Nero auf der Kante des Todes balancierte, steckte ihm tiefer in den Knochen, als er vor sich selbst zugab.

Freiflug beobachtete ihn scharf, während er telefonierte. Jassmund fasste sich kurz, sein Sohn war ohnehin froh, wenn sich eine Gelegenheit ergab, allein in der Wohnung vor dem Rechner zu sitzen und sich wilde Videos herunterzuladen.

»Also. Wo hakt's?«, fragte Jassmund.

»Handys aus.« Freiflug hielt sein Telefon hoch.

»Sie hängen die Sache ja ziemlich hoch.«

»Trinken wir was?«

Eine knappe halbe Stunde später saßen sie sich im Schwabinger Vorstadtcafé bei einem Bier gegenüber. Sie setzten einander ins Bild.

»Und?«, fragte Jassmund schließlich. Er bestellte Bratkartoffeln mit Spiegelei und Speck. Freiflug wollte nichts.

»x03 hat einen Einbruch begangen. Unsere Webseiten durcheinandergebracht und ein paar Daten abgegraben. Drolligerweise alles alte Fälle.«

Jassmund zog die Stirn kraus. Sein Magen rebellierte. Er hatte den ganzen Tag nichts Vernünftiges zwischen die Kiemen bekommen.

»Unsere sensibelsten Daten sind Finanzunterlagen und laufende Fälle. Damit will ich nicht sagen, dass alte Fälle keine potentiellen Bomben abgeben könnten. Aber die aktuellen, die, an denen noch gearbeitet wird, sind das Explosivste.«

»Geben Sie es einfach zu: Das Niespulver sind die Connections mit den anderen Behörden. Dem Militär. Den Diensten. Dem Ausland. NATO-Schnittstellen. Davor ist unseren gemeinsamen Vorgesetzten himmelangst: dass von diesen Dingen etwas an die Öffentlichkeit gelangt.«

»Wer eine Webseite unbefugt verändert, bekommt nicht automatisch Zugang zu allen Daten«, wandte Freiflug ein. Er war noch dabei, den Ursachen auf den Grund zu gehen, warum die Hacker ausgerechnet diese Daten geknackt hatten und keine anderen.

»Was ist Neros Part?«

»Nero ist von Woncka auf Eis gelegt worden. Er hat das Zeug dazu, im internationalen Cyberkrieg den Überblick zu behalten. Falls das überhaupt jemand kann. Aber aus irgendwelchen Gründen will der Polizeioberrat das nicht.«

»Eifersucht? Pfründe? Alte Seilschaften?«

»Alles miteinander«, mutmaßte Freiflug. Er blickte neidisch auf Jassmunds Teller, der schier überlief vor fetttriefenden Kartoffeln. Zwei mühlradgroße Spiegeleier bedeckten den Berg.

»Ist eine alte Geschichte.« Jassmund spachtelte los. »Angekratzte Egos sorgen für kompromisslose Haltungen.«

»Was auf unseren Chef zutrifft. Genauso wie auf jeden anderen in unserer Abteilung.«

»Finstere Gruppendynamik?«

Freiflug zuckte die Achseln. »Dann haben wir eine weibliche Kollegin, die kraft der Genderdebatte als Letzte drankommt, wenn es an die Fleischtröge geht.« Er beäugte aufmerksam jede Gabel, die Jassmund zum Mund führte. »Außerdem einen harten Arbeiter, dem die Genialität fehlt, um weiterzukommen. Und einen, von dem wir eigentlich gar nichts wissen.«

»Gibt es überhaupt irgendwas Konkretes?«

»Sie arbeiten doch am Fall Dv0ttny alias Bastian Hut?«

»Ja.«

»Ich glaube, dass Bastian Hut und das Defacing zusammengehören.«

»Holla!«

Freiflug schilderte knapp, wohin ihn die digitalen Spuren geführt hatten. Ganz eindeutig war Bastian mehrere Wochen auf der Pirsch gewesen, hatte die LKA-Webseiten umkreist und einen Zugang gesucht. Eigenartigerweise hatte er sehr zielgerichtet gesucht, an einer Stelle, wo ein Zugang eigentlich nicht erwartbar war.

»Er hat dem System vorgegaukelt, autorisiert zu sein. Das System fragte ihn aber gar nicht.«

Jassmund zog die buschigen Augenbrauen zusammen. »Das heißt?«

»Jemand hat eine Voreinstellung geändert.« Freiflug war sich nicht sicher, ob Jassmund die Brisanz begriff. Er hatte die entsprechenden Programmzeilen immer wieder durchgesehen, hatte es kaum glauben können. Es gab keinen Zweifel: Ein Insider hatte die Hintertür ein Stück angelehnt gelassen, um Bastian zu seinem Raubzug einzuladen.

»Schon klar. Einer aus Ihrem Team?«

»Möglich.« Es war nicht nur möglich, es war außerordentlich wahrscheinlich.

Jassmund zerdrückte die letzten Kartoffeln und tunkte den Rest Eigelb auf. »Wie können Sie sicher sein, dass Bastian der Eindringling war? Bastian Hut ist x03?«

»Wenn ich nichts Substantielles übersehen habe, dann ja.« Freiflug legte die Hände auf die Tischplatte. Er mochte seine Fingernägel nicht. Obwohl er sie ganz kurz schnitt, sammelten sich darunter unablässig schwarze Krümel.

»Eine Frage.« Jassmund legte das Besteck weg. »Ein Hacker kann ja nicht so leicht erkannt werden. Nehme ich doch mal an.«

»Natürlich nicht. Er ist vorsichtig. Gerade jemand, der in eine Behörde einbrechen will wie die unsere. Und das ist das zweite, was ich sonderbar finde.«

»Jemand von euch hat ihn reingelassen«, sagte Jassmund langsam und wischte sich den Bart ab, in dem lauter kleine Eisprengsel klebten, »hat aber gleichzeitig dafür gesorgt, dass der Eindringling erkannt wird.«

Sie schwiegen eine Weile.

»Wer es gemacht hat, wissen Sie nicht?«

»Nein. Und ich kann mir auch keinen Reim darauf machen.«

»Aber zu diesem Intriganten muss doch irgendeine Spur führen.«

»Ich war bis eben dran. Bloß finde ich nichts.« Freiflug biss sich auf die Lippen.

»Das ist zweifach abartig: Der Hacker wird hereingebeten.«

»Und läuft zugleich ins offene Messer.«

»Der Hacker hinterlässt einen anderen Namen. Er ist unter Dv0ttny bekannt, nennt sich aber dieses eine Mal x03.« Jassmund runzelte die Stirn. »Haben Sie Spuren von einem x03 entdeckt? Anderswo?«

»Nein.« Freiflug schüttelte den Kopf.

»Zur Freude aller Beteiligten stirbt der Hacker an einem Aneurysma.«

»War es wirklich kein Mord?« drängte Freiflug. »Rücken Sie Ihrem Rechtsmediziner auf die Naht: ein seltenes Gift, ein Angriff auf Bastian, der äußerlich nicht zu sehen ist?«

»Ich frage nach. Habe aber wenig Hoffnung. Wir dachten am Anfang, wir hätten einen Junkie vor uns. Das Screening deckt eine Menge perverser Substanzen ab. Null.«

»Scheiße!« Freiflug bestellte ein zweites Bier.

»Ist es also genial gemacht?«, wollte Jassmund wissen.

»Nicht unbedingt genial. Aber sauber und ordentlich.«

»Dann kann es ja nicht lange dauern, bis Sie den Urheber finden. Suchen Sie denjenigen aus Ihrem Team, der nicht genial ist, aber hart arbeitet.«

Wir schuften wie Schindmähren, dachte Freiflug. Alle. Aber genial ist keiner. Außer vielleicht Nero.

30

Das Feuer knisterte, die Katze schnurrte, und der Regen peitschte gegen die Glaswand des Wintergartens. Hätte nicht die Ansammlung von leise brummenden Rechnern auf Cyns Tisch gestanden, wäre unsere gemeinsame Nacht recht entspannt gewesen. Ländlich sittlich eben. So ähnlich wie bei mir zu Hause.

»Wir lassen den Bildschirmschoner laufen«, bestimmte Cyn. »Das ist wie eine Einladung. Er denkt, es ist keiner da. Dann kommt er und schaut sich um.«

Juliane und ich hatten Schinkenbrote hergerichtet, während Cyn an meinem Rechner alle möglichen Sachen machte. Obwohl sie versprochen hatte, keine Texte zu lesen oder Daten abzugreifen, kam ich mir ausgezogen vor bis auf die Unterhose. Seltsamerweise vertraute ich Cyn. Auch wenn ich sie nicht mochte. Wir trugen die Brote in den Wintergarten. Cyn kochte eine neue Kanne Kaffee. Wir wollten wach bleiben.

»Vielleicht pennt er«, sagte ich gegen drei Uhr morgens.

»Vielleicht«, gab Cyn schläfrig zu. »Aber du musst damit rechnen, dass er reinschneit. Jede Sekunde. Die Mühe mit dem Trojaner macht man sich nicht, wenn es nicht dringend ist.«

»Es könnte Bastian gewesen sein«, mutmaßte Juliane. »Dann warten wir vermutlich umsonst.«

Der Gedanke, Bastian könne aus dem Jenseits auf meinen Rechner zugreifen, ließ mir einen eiskalten Schauer den Rücken hinunterrieseln. Es war ja vollkommen unmöglich. Oder war es doch möglich? Wer wusste schon, was sich hinter den Kulissen unserer Wahrnehmung abspielte. Ich betrachtete meinen Computer üblicherweise von außen und sah einen schwarzen, flachen Kasten, in dem meine Texte zur Veröffentlichung fertiggemacht wurden. Was interessierte mich Remote Access Software und dergleichen Kram!

»Im Netz weißt du nie, wer sich hinter einer Aktion verbirgt«, sagte Cyn. Sie hing auf ihrem Stuhl, horizontal beinahe, und kaute an ihrem Brot. Der graue Jogginganzug umgab sie wie eine faltige Elefantenhaut. »Jemand könnte Bastians Identität annehmen.«

Ich rollte mich zusammen und döste. Juliane warf neue Scheite ins Feuer. Mein Gesicht glühte. Ich sollte bei Nero sein. An seinem Bett sitzen und seine Hand halten. Stattdessen beschäftigte ich mich mit einem Computer.

»Können wir den Trojaner nicht rausschmeißen und gut ist's?«, fragte ich.

»Erstens merkt der Absender dann, dass wir auf seiner Spur sind. Und zweitens lässt sich ein echter Hacker nicht einfach abweisen. Er wird einfallsreicher sein und sich etwas ausdenken, um trotzdem oder gerade deswegen ins System zu kommen.«

Ich musste eingedöst sein. Juliane berührte meine Schulter. Ich schreckte hoch.

»Es geht los!«

Cyn saß, gespannt wie eine Sprungfeder, vor meinem Rechner. Der Bildschirmschoner war beiseitegewischt.

»Er ist da!«, flüsterte sie.

»Und jetzt?«

»Beobachten wie seine Schritte.«

»Warum flüstern wir? Kann er uns hören?«, fragte Juliane.

»Kann er nicht. Ich habe vorsichtshalber das Mikro deaktiviert. Aberglaube.« Cyn starrte gebannt auf den Bildschirm.

Der Fremde öffnete der Reihe nach alle meine Ordner. Er begann bei den neueren Ghostwriting-Projekten und ordnete alle Dateien nach Datum an.

»Ich werde verrückt. Er checkt alles durch!« Schwer zu sagen, wie ich mich fühlte. Wie eine Schlange, die sich häutete und plötzlich nicht mehr weiterkam. Mein Atem ging keuchend. »Warum schicken wir ihm keine gemeine, kleine Nachricht?«

»Weil wir herausfinden wollen, worauf er aus ist«, antwortete Cyn. Sie hatte nun ein anderes Notebook herangezogen und machte sich daran, in einem mir völlig unbekannten Programm Zahlen einzugeben.

»Was machst du da?«

»Ich will seine Spur finden und festhalten, damit wir ihm nachher folgen können. Aber ohne, dass er Verdacht schöpft.«

»Er ahnt, dass ich von Rechnern keinen Schimmer habe, und fühlt sich sicher«, mutmaßte ich.

»Umso besser für uns.«

Hilflos sah ich zu, wie der Fremde meine Dateien in ihre ursprüngliche Ordnung versetzte und sich dann meinen E-Mails zuwandte.

»Das halte ich nicht aus!« Ich griff nach der Maus.

»Lass!« Juliane hielt meine Hand fest. »Schau dir das an: Er gibt dein Passwort ein.«

Das Passwort erschien, als Sternchen verschlüsselt, meine Mailbox öffnete sich und Mister unbekannt begann, die neu eingegangenen Mails zu öffnen. Ich las mit. Auf diese Weise erfuhr ich von einem 80-jährigen Unternehmer, der seine Biografie geschrieben haben wollte, einem Weltumsegler, der seine letzte Reise als Buch herauszugeben beabsichtigte, und kriegte ein paar Werbemails zu Gesicht.

»Schreibst du Nero Mails?«, fragte Juliane.

Ich nickte. »Nicht oft, aber es kommt vor.«

Cyn starrte mich an. »Deinem Lebensgefährten, der am LKA arbeitet? Schickst du die Mails an seine Privatadresse?«

»Üblicherweise an beide: die private und die im Büro.«

Cyn lachte verzweifelt auf. »Du liebe Güte. Der Hacker kriegt die Infos bei dir aber wirklich gratis.«

»Was soll das heißen?«

»Zu kompliziert jetzt.«

Wir beobachteten hilflos, wie der Fremde alle neuen Mails auf ›ungelesen‹ zurücksetzte.

»Ich habe ihn soweit, dass ich ihm folgen kann. Wenigstens den nächsten Schritt. Wenn er sich nicht gleich aus dem Netz ausloggt und verschwindet«, kündigte Cyn an. Lauernd wie ein Raubvogel starrte sie auf ihren Laptop. »Na los! Unternimm was! Ja ... nun mach ... genau, geh in diesen Chatroom!«

Der Typ hatte mein Notebook offenbar verlassen. Der Bildschirmschoner schaltete sich wieder an; ein Netz aus bunten Linien zog sich durch das Schwarz.

»Was für ein Chatroom?« Juliane klebte hinter Cyn.

»Schönschönschön«, summte Cyn. »›The Shallows‹. Ein bei Hackern beliebter Treff. Lass mal sehen, ob ich hinter ihm durch die Tür komme.« Ihre Finger trommelten auf die Tastatur.

Müdigkeit und Hilflosigkeit machten mich mürbe. Ich sah hinaus in die schwarze Nacht. Vielleicht war der Hacker nicht weit. Saß in einem Auto irgendwo im Dunkeln und glotzte durch ein Fernglas zu uns herüber. Ein unheimliches Kribbeln bemächtigte sich meines Körpers.

»Kann er wissen, dass wir hier sind?«, fragte ich atemlos.

»Unwahrscheinlich. Reale Orte sind vollkommen unwichtig. Yeah! Ich bin drin. Hinter ihm durch die Sperre geschlüpft. Das mache ich auf den Autobahnklos auch immer so. Wer zahlt denn 50 Cent fürs Pinkeln!«

Gebannt blickten wir auf den Bildschirm. Die Einteilung sah aus wie bei einem ganz normalen Diskussionsforum im Netz.

»Er nennt sich rekinom«, gab Cyn Auskunft. »Sehr hell ist der Junge ja nicht auf der Platte.«

»Was heißt das?«

»Moniker rückwärts buchstabiert. Moniker ist die Bezeichnung für einen Decknamen, mit dem ein Hacker sich im Netz bewegt. Seine Identität und seine Burka, beides zugleich.« Cyn deutete auf einen Eintrag, der gerade aufleuchtete.

Hi, rekinom. Wo steckt eigentlich Dv0ttny heute? Fudge.
Keine Ahnung. rekinom.

»Das ist ein Sechser im Lotto!«, jubelte Cyn. »Mit seiner Hackeridentität kann ich nach ihm fahnden. Den kriegen wir, Mädels!« Sie lachte laut. »Lust auf ein Bier? So als Schlaftrunk?«

»Danke.« Ich schüttelte den Kopf. »Ich möchte nach München. Ich will bei Nero vorbeischauen. So schnell wie möglich.«

»Sag mal!« Julianes Zeigefinger tippte auf Cyns Bildschirm. »Jemand fragt rekinom nach Dv0ttny. Will heißen, die beiden sind Kumpels?«

»Vielleicht nicht gerade Kumpels. Ich vermute, sie haben öfter zusammen gechattet. Und wurden dabei gesehen.«

31

25.11.2010

Er öffnete die Augen. Dazu brauchte er allen Mut. Lieber hatte er sich in den vergangenen Stunden auf seine Ohren verlassen, um herauszufinden, wo er war. Er ahnte es ohnehin: in einem Krankenhaus. Verschwommen sah er einen Ausschnitt des Zimmers und der Geräte, die ihn umgaben. Er schloss die Lider.

Ganz langsam kam die Erinnerung wieder. Wonckas Tiraden. Die Bäckerei. Er erinnerte sich an die Frau, die in ihrem Rollkragenpullover schwitzte und an den Teller mit einem Amerikaner.

Seit wann war er hier?

Nero war kalt. Er sah niemanden, den er um eine extra Decke bitten konnte. Irgendwo würde er nach der Nachtschwester klingeln können, aber er wusste nicht wo und er war zu erschöpft, um sich mit der Suche nach einem Klingelknopf zu befassen.

In seinem Kopf brodelte etwas. Kein Schmerz, gegen den man ein Aspirin nehmen könnte. Es kam ihm vielmehr so vor, als wenn sein Gehirn gerade erst die Arbeit aufnahm. Wie ein träger alter Dieselmotor.

Er hatte nicht mehr atmen können, hatte einen grauenvollen Schmerz in der Brust gefühlt ... probeweise tat Nero ein paar tiefe Atemzüge. Es funktionierte. Nichts tat weh.

Wo war Kea? Ob sie Bescheid wusste? Ob es sie überhaupt interessierte? Er döste ein.

In seinem Traum sah er Leonor. Sie blickte ihn an und fragte: »Was willst du eigentlich? Du gibst vor, dass dein privates Glück dir wichtiger ist als der Beruf. Aber du verhältst dich genau umgekehrt.«

Verstand Leonor? Wäre sie nicht gestorben, hätte nicht dieser Irrsinnige im Supermarkt um sich geballert – hätte, hätte... der Rhythmus dieser beiden Silben schleuderte Nero aus seinem Traum. Er riss die Augen auf und sah einen Pfleger, der neben ihm stand und einen Ausdruck aus einem der Apparate nahm.

»Wie geht es Ihnen, Herr Keller?«, fragte er. Er war sehr jung, vielleicht 20, hatte strohblondes Haar und traurige Augen. Der Klang seiner Stimme trieb Nero die Tränen in die Augen. Er klang einfach freundlich und teilnahmsvoll. So eine Stimme hatte Nero seit Wochen nicht mehr gehört.

»Ich weiß nicht.« Nero machte eine lange Pause.

»Sie wurden mit einem Herzinfarkt hier eingeliefert. Gott sei Dank nur ein leichter.«

Wenn sich ein leichter Infarkt so verheerend anfühlte, wie würde es mit einem schweren sein?

»Ich?«, fragte er, als wollten die Worte ihm nicht gehorchen. Er wollte wissen, wann komme ich hier raus, wo ist Kea, wann kann ich wieder arbeiten.

Der Pfleger lächelte. Er breitete eine Decke über Nero und sagte: »Ja, Sie. Kommt in den besten Familien vor, machen Sie sich keine Vorwürfe.«

Keine Vorwürfe. Nero blinzelte. Machen Sie sich keine Vorwürfe. Offenbar hatte er in den letzten Monaten seines Lebens nichts anderes getan, als sich selbst für alle möglichen Dinge zu verurteilen.

»Ihre Lebensgefährtin wartet draußen. Möchten Sie sie sehen?«

»Kea?« Hatte er eine Lebensgefährtin? Mit welcher Vehemenz er allein gegen das Wort gekämpft hatte, anstatt Keas Gegenwart zu genießen.

»Natürlich«, sagte er. Seine Stimme brach. Er räusperte sich. Das Zimmer verschwamm.

32

Markus Freiflug sah noch ramponierter aus als ich, als wir uns im Café an der Uni trafen.

»Ich brauche deine Hilfe«, sagte ich eindringlich. »Hier kriecht einer auf meiner digitalen Spur.«

»Nicht nur auf deiner.« Freiflug bestellte ein Weißbier. Ich versuchte es mit der fünften Tasse Kaffee, seit wir bei Cyn aufgebrochen waren. Juliane schlief im Spider irgendwo im Halteverbot.

»Ich war in Neros Wohnung und habe ein paar Sachen für ihn geholt.«

»Wie geht's ihm?«

»Er ist ziemlich neben der Spur.« Ich konnte einfach nicht mehr sagen. Neros kreidebleiches Gesicht, der wuchernde Bart ... in den wenigen Momenten, in denen er die Augen unter aller Kraftanstrengung aufgerissen hatte, hatte ich in die Leere eines Hochlandmoores geschaut. Nonsense, schalt ich mich. Immer auf der Suche nach Metaphern, diese Marotte konnte ich einfach nicht abstellen.

»Ich habe dich angerufen, weil ich wissen will, was bei euch im Team wirklich los ist«, sagte ich. »Nero hatte einen Herzinfarkt! Mann, das ist doch kein Schnupfen!«

»Nope.« Freiflug lehnte sich zurück und blinzelte mich an. »Aber wie läuft's zwischen euch? Das könnte auch ein Thema sein.«

»Möglich. Nur nichts, was jetzt weiterhilft. Was war das für ein Defacing?«

»Ein Hacker namens Dv0ttny muss die manipulierten Seiten hochgeschossen haben.«

»Ein – was?« Ich hustete.

»Hacker. So heißen die Leute, die ...«

»Vergiss es. x03 ist Dv0ttny?«

»Ein ganz junger Typ. Er wurde vor ein paar Jahren verurteilt, hat aber der Versuchung wohl nicht widerstehen können.«

»Es hat keinen Sinn.« Ich bettete das Gesicht in meine Arme, roch das alte Holz des Tisches, auf dem mehr als ein Glas Bier zu Bruch gegangen war.

»Was meinst du? Kea?« Freiflug schüttelte mich. »He! Mund auf und reden!«

Ich erzählte ihm meine Version. Cyn ließ ich weg. Ich endete an der Stelle, wo Jassmund spät in der Nacht in meine Klause geschneit war, frisch vom Tatort kommend.

»Kacke!« Freiflug schlug sich mit der Hand an die Stirn. »Jetzt kapiere ich endlich, was Woncka damit meint: Dass Nero Privates und Berufliches nicht sauber trennt.«

»Markus, Nero weiß das nicht!«

»Umso schlimmer. Ist dir bewusst, in welche Bredouille du ihn gebracht hast? Er konnte sich Woncka gegenüber nicht verteidigen, weil er die Anschuldigung nicht verstand.«

»Hat er dir das gesagt?«

»Nein. Wann denn? Ich renne zu meinem Chef und konfrontiere ihn mit dem Herzinfarkt seines besten Mitarbeiters. Woncka wird blass, sinkt auf seinen Stuhl und jammert, er sei an allem schuld, aber er hätte es nicht so gemeint. Er muss Nero in der Bäckerei richtig angeschrien haben.«

»Steht er so unter Strom?«

Freiflug zögerte. Ich bemerkte das feine Flirren sofort. Meine Kunden waren Meister darin, die richtig schwierigen Dinge zu verschweigen. Schmerz wurde in unserer Kultur nicht zugelassen. Selbst beim Erzählen bremsten wir uns. Doch wenn andere das Vertuschen und Verbergen beherrschten – ich war der Crack im Aussitzen.

»Muss wohl so sein«, bequemte Freiflug sich schließlich. »So ein Defacing ist eine fiese Geschichte.

Eine verunstaltete Webseite macht schlechte Publicity. Aber viel schwerer wiegt das Abgreifen von Daten. Die irgendeinem Typen in die Hände fallen. Und du weißt nicht, was der damit als nächstes tut.«

»Sprich, bei euch sind alle auf Alarm gebürstet!«

»Kann man so sagen.«

»Aber warum sollte Dv0ttny seine Läuterung durch eine bestellte Autobiografie vorantreiben und gleichzeitig wieder Mist bauen?«

»Eben! Genau das ist der Punkt. Jemand hat ihm die Hintertür geöffnet, Kea. Dv0ttny wusste, wie er bei uns reinkam, aber er hat letztlich keine brisanten Daten erbeutet. Soweit wir wissen, hat er alte Fälle angesaugt. Das waren Daten, die noch mit einem alten System abgespeichert wurden. Deswegen kam er an die leichter ran.«

Mein übermüdetes Hirn holte das Letzte aus sich heraus, bis es die richtigen Schlüsse zog. »Verschwörung?«

»Jassmund hat das gleiche Wort benutzt.«

»Peter Jassmund?«

»Ich habe ihn angerufen und mit ihm gesprochen.«

»Ihr habt einen Maulwurf im Amt.«

Freiflug nahm die Brille ab und rieb sich die Augen. »Ruf mich nur in Notfällen an, Kea. Und nicht im Büro. Kein Mailkontakt. Zur Not hinterlässt du eine Nachricht hier im Cadu an der Theke, wenn irgendwas schiefgeht.«

»Klar.« Mir war nichts mehr klar. »Warum diese Geheimnistuerei?«

»Weil wir nicht wissen, wer uns auf den Fersen ist.«

Jetzt musste ich mit meinem größten Trumpf rausrücken. »Sagt dir rekinom was?«

Markus sah mich verwundert an. »Nö.«

Ich berichtete kurz von unserer Nacht bei Cyn und dem Trojaner auf meiner Platte. »Cyn hat eine Software auf meinem Rechner installiert, die es uns erlaubt, rekinoms Spuren weiter zu verfolgen«, schloss ich.

»Ihr seid ja irre.«

»Warum? Hilfe zur Selbsthilfe!«

Freiflug überlegte. Ich sah seine Kiefer mahlen.

»Ich begreife es nicht. Kann mir keinen vorstellen, der ins eigene Netz einbricht. Wozu denn!«

»Ja, genau, was ist der tiefere Sinn?« Ich schüttelte langsam den Kopf.

»Wir alle haben viel dafür getan, Nero zu stabilisieren. Seine Fähigkeiten werden geschätzt.«

»Aber Neid spielt in jedem Team mit.« Ich musste an die Redaktionen denken, in denen ich vor meinem Leben als Ghostwriterin tätig gewesen war. »Meinst du, dass jemand ihn mobbt?«

Freiflug betrachtete seine Hände. »Es muss ja niemand aus unserer Ermittlungsgruppe sein. Wir sind nur fünf Leute: Nero und ich, Sigrun, Kröger und Roderick. Frag nicht, wie viele Mitarbeiter das LKA insgesamt hat. Keine Ahnung.«

»Ihr habt doch auch Leute, die freiberuflich mitarbeiten, oder?«

»Es werden schon ab und an externe Spezialisten bestellt. Sicher. Aber ...« Seine Gedanken verloren sich.

»Pass auf, Markus: Du hast alle Hände voll zu tun, bei euch im Team nach dem Rechten zu sehen. Ich nehme Cyns Expertise in Anspruch und forsche nach diesem rekinom. Verflucht, jemand hat mich als Köder benutzt!«

»Um Nero ganz besonders übel mitzuspielen.«

Nero! Immer ging es um Nero! Die Hitze stieg mir ins Gesicht. Ich schob meine Tasse weg. Andere Leute mussten beruflich auch sehen, wo sie blieben. Ich kriegte nicht unbedingt alle nasenlang das Traumprojekt angeboten. Immerhin besaß Nero eine Beamtenstelle und er müsste verdammt noch mal viel Mist bauen, um mittellos auf der Straße zu stehen!

»Dir muss es jedenfalls genauso übel aufstoßen! Ich meine, das Theater, das ihr immer mit Woncka habt. Oder nicht?«, zischte ich. »Wieso also das dauernde Mitleid mit Nero?«

Befremdet sah Freiflug mich an.

»Ich frage nur«, zog ich zurück.

»Mir bedeutet mein Job einfach nicht so viel. Er ist interessant und ich mache ihn ganz gern. Finito. Und ich habe auch kein solches Trauma erlebt wie Nero. Seine Frau ist in seinen Armen gestorben. Das steckst du nicht einfach weg, Kea.«

Trauma. Klar. Ich wusste, was das war. Mein

Leben war vor ein paar Jahren von einer Bombe in Stücke gerissen worden. In Scharm-al Scheich, im Hard Rock Café, wo ich mit meinem damaligen Geliebten seinen Geburtstag feiern wollte. Als ich mit einer Sepsis mehr tot als lebendig in einer ägyptischen Klinik lag, hatte der widerwärtige Typ mich verlassen. Weitergezogen. Wanderer, kommst du nach Sparta. Der Reisejournalist, der besessen von seinem Job war.

»Wir sind beide ziemlich geschädigt«, presste ich heraus. Wahrscheinlich kamen wir deshalb auf keinen grünen Zweig. Mit völlig gegensätzlichen Planungen versuchten wir, unsere Albträume zu überwinden.

»Wenn du's träumen kannst, kannst du es auch leben. Hat Walt Disney gesagt.« Freiflug stand auf. »Wir hören voneinander?«

Ich nickte schwach. »Heißt das, wir haben jetzt einen Deal? Mein Part ist rekinom?«

»Ich trau keinem mehr.« Freiflug schlüpfte in seinen Parka und ging.

Erst, als ich meinen Kaffee bezahlt hatte und den Rückweg zum Auto antrat, fiel mir auf, was hier nicht stimmte, und was auch Markus entgangen sein musste: Woher wusste Woncka, dass ich Dv0ttnys Biografie schrieb?

33

Zum ersten Mal seit Wochen gelang es ihm, sich zu entspannen. Er genoss es, wenn *sie* ihn massierte, bevor sie zur Sache kamen. Er dachte nicht mehr in jeder freien Minute daran, wie er weiter vorgehen sollte.

Alles war erledigt. Nero tat ihm einerseits leid, aber andererseits ... jeder war seines eigenen Glückes Schmied. Er hatte jetzt Pläne. Konkrete. Natürlich würde er noch eine ganze Weile hinter Kea herschnüffeln. Er würde die Vorsicht nicht fahren lassen. Er wusste, er sollte die Chatrooms künftig meiden.

Sie half ihm dabei. *Sie* lud ihn in ein Spa ein. Sehnte sich nach einem Schokoladenbad. Warum nicht. Er hatte etwas Ruhe nötig und eine geschützte Atmosphäre, um alles Revue passieren zu lassen. Nach der Arbeit.

Wenn er diese Frau nicht gefunden hätte, wäre er natürlich nie auf die Idee gekommen, in ein Spa zu gehen. Nicht einmal das Wort hätte er gekannt. In seinem Job war er mit ganz anderen Dingen befasst. Aber jetzt, gerade jetzt, erschien ihm das Leben besonders gut. Geradezu süß. Er würde den Tag rumbringen. Trotz der Müdigkeit. Und heute Abend, gleich nach der Arbeit, würde er sich überraschen lassen. *Sie* kam pausenlos auf gute Ideen.

Nur sonderbar, dass Kea so lange nicht mehr online war.

34

Ich lieferte Juliane am frühen Abend in ihrer Wohnung in Ohlkirchen ab. Wir hatten den Rest des Tages damit verbracht, Neros Post zu sortieren und bei ihm in der Klinik auf Besserung zu warten. Der Arzt, der an diesem miesen Tag Dienst hatte, konnte keine Zeit erübrigen, um sich mit mir zu befassen, aber ich war zu ausgelaugt, um Krach zu schlagen. Es hatte sowieso wenig Sinn. Nero war nicht so weit wiederhergestellt, dass er auf eine normale Station hätte verlegt werden können. Man hatte ihm Medikamente verabreicht, die dafür sorgten, dass er schlief, und ich hielt das für eine gute Idee. Auf diese Weise musste er sich keine widerwärtigen Gedanken machen.

Als ich in die Zufahrt zu meinem Haus einbog, stand ein Wagen da. Ein roter Mini, sah spritzig aus, aber mir behagte unangemeldeter Besuch nicht. Ich dachte an Bastian, der im kalten Wörthsee gelegen hatte, und wappnete mich.

»Hallo?« Ich stieg aus dem Auto. Schneeregen wehte heran. Was für ein Wind! »Hallo?«, rief ich und griff nach der Taschenlampe im Handschuhfach. Ab und zu hatten sich Typen hier herumgetrieben, und nach Ärger stand mir jetzt nicht der Sinn. Ich musste mich aufwärmen, was Vernünftiges essen, nachdenken und schlafen, genau in dieser Reihenfolge.

Im Schneematsch sah ich schmale Fußabdrücke,

die zum Gänseauslauf führten. Ich ging ihnen nach, leuchtete ins Dunkel. Der Gänsestall hob sich deutlich vor mir ab. Waterloo und Austerlitz! Ob Claude-Yves an die beiden gedacht hatte?

»Keine Panik!«, kam eine Stimme aus der Finsternis.

»Wer ist da?«, bellte ich zurück.

Eine Frau kam mir entgegen. Sie trug einen weiten Mantel, der im Wind flatterte. Ich leuchtete ihr direkt ins Gesicht. Das rote Haar hatte sie hochgesteckt, aber es wollte nicht recht an Ort und Stelle bleiben. Die Strähnen wehten in alle Richtungen.

»Ich bin Lydia.«

Lydia, Moment, Lydia. Musste ich mit dem Namen etwas anzufangen wissen?

»Claude hat mich gebeten, Ihnen bei den Gänsen auszuhelfen. Er hat im Restaurant alle Hände voll zu tun!« Sie beschirmte ihr Gesicht mit der Hand und blinzelte.

»Ach, klar.« Ich richtete den Lichtkegel zwischen uns in den Matsch. »Wer hier draußen wohnt, ist vorsichtig.«

»Verständlich.« Sie war um die 60, drall und fröhlich. »Er hat mir soviel von Ihnen erzählt! Das Buch ist toll geworden.«

»Was die Kritik nicht unbedingt so sieht.«

»Das ist ja nichts Neues.« Sie lachte. »Ich bin Texterin in einer Werbeagentur in München. Aber früher habe ich hin und wieder Kritiken geschrieben. Fürs Musikgeschäft. Ganz oben ist die Luft dünn.«

Ich räusperte mich. Warum nur mussten mir etliche Leute, denen ich durch Zufall über den Weg lief, sofort unterjubeln, dass sie auch vom Fach waren? Schreiberlinge, sozusagen, die eben auch gern eine Biografie, einen Krimi, einen Roman, eine Balladensammlung verfassen würden oder ein entsprechendes Manuskript im Schrank hatten?

»Das Wichtigste ist, dass man selber überzeugt ist«, gab ich zurück. »Danke, dass Sie sich um die Gänse gekümmert haben.« Rätselhaft, weshalb die beiden so ruhig waren. Sie kamen ja allmählich in das Alter, wo man die Dinge nicht mehr so genau nahm. Graugänse konnten über 15 Jahre alt werden, meine hatten die fünf bald voll. Blieb noch ein bisschen Zeit.

»Tja, dann!« Lydia strich sich das Haar aus der Stirn. Wahrscheinlich erwartete sie, ich würde sie zu Tee und Frankfurter Kranz einladen.

»Danke noch mal.« Ich hatte ein schlechtes Gewissen. Sie war extra hier rausgefahren, Claude-Yves hatte sie darum gebeten. Um mir einen Gefallen zu tun. Aber die Zeiten waren vorbei, wo ich innere Schulden abarbeitete, indem ich versuchte herauszufinden, worauf der jeweils andere aus war.

Sie winkte, stieg in ihren Mini und brauste davon.

Schnell lief ich zum Gänsestall. Lockte Austerlitz und Waterloo, öffnete die Stalltür. Sie hockten im Dunkel auf ihrem Stroh, blinzelten, schnatterten schläfrig und wunderten sich über die Störung.

Der Stall war in Ordnung, Futter vorhanden, alles war, wie es sein sollte. Ich musste Claude unbedingt anrufen, wahrscheinlich würde ich in den nächsten Tagen oft unterwegs sein, um mich um Nero zu kümmern.

Wenn ich es genau betrachtete, hatte ich mich in meinem bisherigen Leben nie um jemanden gekümmert. Außer um zwei Graugänse.

Endlich im Haus, legte ich türkische Popmusik für die innere Wärme in den CD-Spieler. Ich musste ein paar Stunden für mich haben, für meine Tagträume und Pläne für weitere Projekte. Immerhin verdiente ich mein Geld mit meiner Fantasie, und diese war ein empfindsames Wesen, vor dem man Respekt haben musste. Ich fuhr mein Notebook im Arbeitszimmer hoch, und während die Verbindung zum Internet aufgebaut wurde, ging ich durchs Haus und schloss alle Jalousien. Hier hatte ich im letzten Jahr einiges investiert. Ich mochte nicht gut sichtbar in einem erleuchteten Haus in der Prärie sitzen. Nicht so wie Cyn. Mein Gott, Cyn. Die war ein spezieller Fall. Ich musste Juliane unbedingt fragen, woher sie das Mädel kannte.

Ich braute einen Espresso und ging mit dem Tässchen zurück ins Arbeitszimmer. Hier war also mein Rechner, eine Art Brutkasten für meine Gedanken, über eine unsichtbare Nabelschnur mit der Cyberwelt verbunden. Und irgendwo saß rekinom. Las meine Mails, meine Texte.

Ich konnte unmöglich schreiben. Nicht an diesem Computer. Allerdings würde er dann Verdacht schöpfen. Cyn hatte mich gewarnt. Benimm dich so wie immer. Lass ihn den Braten nicht riechen.

Also las ich meine Mails, die rekinom vor mir studiert hatte, und druckte die interessanten Anfragen aus. Darunter die Mail des Unternehmers, der sein Leben erzählt haben wollte. Zum Glück hatte er seine Telefonnummer angegeben. Ich würde ihn anrufen. Ob rekinom auch in meinem Handy saß?

Nach der Pleite mit Bastian wäre dieser Firmengründer mein nächster Kunde. Aber zuvor wollte ich mich aufwärmen und über das Leben nachdenken.

Ich ließ mir ein Bad ein. Langsam zog ich mich aus. Blöder Winter. Mistiger Schneeregen. Hätte man bei der Erfindung des Planeten ruhig weglassen können. So wie andere Unannehmlichkeiten. Wie pinkeln müssen und Schnupfen und Herzinfarkte. Wenn man sich schon die Mühe machte, die Welt zu erschaffen.

Ich stieg in die Wanne und aalte mich im heißen Wasser. An der Decke schwebten Spinnweben. Ich wollte eine Putzfrau.

Der Unternehmer, der mich anheuern wollte, lebte in Leipzig. Perfekt. Ich würde hier wegkommen. Eigentlich war ich ja bodenständig und nahm ungern Aufträge an, bei denen ich reisen musste. Aber gerade jetzt…

Behaglich im Wasser liegend, gab ich mich Tagträumen von Kunden hin, die auf die Kapverden ausgewandert waren und mich dorthin bestellten, um mir ihre möglichst langen und ereignisreichen Leben zu erzählen. Ich würde mir ein neues Notebook kaufen. Eines ohne Remote-Access. Ich würde einfach nicht mehr ins Netz gehen. Am besten wäre es, die gute alte ›Adler‹ aus dem Keller zu holen.

Ich tauchte unter, wusch mir das Haar und duschte den Schaum weg. Als ich die Dusche abstellte, hörte ich eine Wagentür zufallen. Sofort stellten sich mir die Nackenhaare auf. Gänsehaut lief über meine vom warmen Wasser geröteten Arme.

Eine Autotür fiel hier draußen nicht einfach so zu. Jemand wollte zu mir, aber ich wollte niemanden sehen.

Vielleicht kam das Geräusch ja von der türkischen CD. Eine Trommel oder so.

Leise knirschte Kies. Der Kiesweg rund ums Haus. Ich war schon aus der Wanne, wickelte mich in mein Handtuch und schlang ein zweites um mein Haar. Soviel also zu meinem entspannten Abend. Klopfenden Herzens schlüpfte ich in mein müffelndes T-Shirt und zog die Jeans über. Als ich die Badezimmertür öffnete, wallte der Wasserdampf wie eine Wolke vor mir her. Das Schlafzimmer lag dunkel da. In der Küche hatte ich das Leselicht am Sofa angelassen, und im Arbeitszimmer warf der Laptop einen bläulichen Schimmer gegen die Wände. Man konnte sehen, dass jemand zu Hause war, Jalousien hin oder her.

Ich drehte die Musik leiser, nahm mein Handy,

schlüpfte in einen Pulli, der über meinem Schreibtischstuhl hing, und fuhr den Rechner hinunter.

rekinom? Wie gestern Nacht bei Cyn fragte ich mich, ob er plötzlich aus der digitalen Welt in die reale übertreten konnte. Eigenartig: Solange rekinom nur in meinem Rechner schnüffelte, schien er mir unwirklich. Wie eine Figur aus einem Roman, die sich irgendwo herumtrieb, wo man sie nicht dingfest machen konnte.

Etwas splitterte. Das kurze, schneidende Geräusch drang mir durch Mark und Bein. Das Kellerfenster! Ich griff in die Schreibtischschublade, schnappte mir die große Papierschere und rannte in die Diele. Die Kellertür war abgeschlossen, der Schlüssel baumelte unschuldig an einem Nagel daneben. Niemand würde von dort unten heraufkommen können. Es sei denn, mit Gewalt.

Das lasse ich mir nicht bieten, dachte ich. Fragmente aus dem Gespräch mit Freiflug fielen mir ein. Nero und sein Trauma. Ich und mein Trauma. Zwei Typen, die mit einem schrecklichen Erlebnis nicht zurechtkamen. Als hätten sie eine Initiation erfahren für eine Aufgabe, die ihnen einfach nicht klar wurde.

Verdammt, ich hatte genug davon, in den Kulissen zu stehen und den Dingen zuzusehen, wie sie geschahen.

Ich schloss die Kellertür auf.

35

Freiflug verließ das Büro, verabschiedete sich von Roderick, der ihm im Flur über den Weg lief, und winkte einem Kollegen zu, der im ersten Stock am Kaffeeautomaten stand. Er stieg in seinen Golf und verließ den Parkplatz. Nach ein paar Runden holte er sich eine Leberkäs-Semmel in einer Metzgerei und parkte dann im Dunkel der Mailingerstraße. Zu der Semmel trank er eine Cola.

Zwei Stunden später sah er, wie Woncka das Gebäude verließ. Der Mustang raste vom Parkplatz. Freiflug heftete sich an seine Rücklichter .

Er folgte dem Polizeioberrat bis Sendling. In einer engen Straße hielt Woncka. Aus einem Porsche stieg eine Frau und stöckelte auf den Mustang zu. Woncka sprang eilfertig aus seinem Wagen und erwiderte die stürmische Umarmung. Er wirkte linkisch dabei, stellte Freiflug fest, während er die Cola austrank. Er zückte die Digitalkamera und machte ein Foto. Es fiel ziemlich dunkel aus, aber die Technik wurde heutzutage mit so etwas fertig. Arm in Arm gingen die beiden davon. Woncka trug eine Sporttasche in der Hand.

Freiflug sprang aus dem Auto und heftete sich an ihre Fersen. Das war leicht. Freiflug war einer, der nicht auffiel. Der auch nie Wert darauf gelegt hatte, im Rampenlicht zu sein. Er war der Typ, der überall herumstehen konnte, ohne dass irgendjemand ihn bemerkte.

Woncka und seine Freundin betraten ein Gebäude. Ein Altbau, nichts Besonderes. Markus staunte nicht schlecht. Er hatte ein Restaurant erwartet, eine Bar, vielleicht ein Café. Neugierig trat er näher. Die schwarz lackierte Tür war mit Videoaugen ausgestattet. Eine Kamera zoomte auf Freiflug. ›Kontaktsauna‹ las er. Zögernd hob er die Hand, ließ sie wieder sinken. Jemand an einem Bildschirm beobachtete ihn. Einen unscheinbaren, schlecht gekleideten und lausig frisierten Mann, der sich nicht traute.

Freiflug machte kehrt. Vom Auto aus rief er Bianca Heinrich von der Sitte an. Sie war zu Hause und kochte Pasta.

»Macht nichts«, sagte sie lapidar, als er sich für die Störung entschuldigte, aber er konnte die Ungeduld in ihrer Stimme spüren.

»Nur ganz kurz: In Sendling ist so ein eigenartiger privater Club. Eine Kontaktsauna. Weißt du was darüber?«

»Das ist ein Swingerclub. Sweet September. Exklusiv. Du kommst nur auf Einladung rein.«

Freiflug schluckte. »Auf Einladung? Ist das nicht kontraproduktiv? Was ist mit den Größen der Stadt? Wollen die denn erkannt werden?«

»Du musst keinen Namen nennen. Ein Swingerpaar schlägt ein weiteres Swingerpaar vor, und die dürfen mitmachen. Es ist alles ganz diskret. Du kannst eine Gesichtsmaske tragen, wenn du nicht erkannt werden willst.«

»Also Paarzwang?«

»Genau. Der Eigentümer heißt Unterstöber. Herrmann, Harald oder Heinrich. Irgendwas mit ›H‹. Der Club ist sauber. Keine Drogen, keine Exzesse, keine Lärmbelästigung. Falls dich das interessiert.«

»Danke, Bianca.« Freiflug legte auf. Er stellte sich vor, wie Woncka sich auszog, seine Sachen in einen Spind schloss und mit seiner jungen Lebensgefährtin durch die Kontaktsauna streifte. Ihm wurde beinahe übel. Woncka und Sweet September.

Ich muss ziemlich verklemmt sein, dachte Freiflug.

36

Die Kellertür schwang auf. Ich lauschte hinunter in das dumpfe Schwarz. Dort unten gab es nichts Besonderes, was man stehlen konnte. Nur alte, ausrangierte Sachen. Die Schere mit der Spitze voran haltend, stieg ich die Stufen hinunter. Ich sah nichts, verließ mich auf mein Gehör und darauf, dass die unregelmäßigen Stufen mir seit der Renovierung des Hauses in Fleisch und Blut übergegangen waren.

Jemand war da. Jemand, der es nicht besonders eilig hatte.

Ich blieb stehen. Meine Nerven waren bis zum Zerreißen gespannt. Ich atmete durch den Mund, keuchend, versuchte, keinen Laut hervorzubringen, nicht den geringsten. Kalte Luft umhüllte mich. Das Kellerfenster musste offen stehen, vielleicht war auch die Scheibe zerbrochen. Meine Hände schwitzten. Es fiel mir schwer, die Schere zu halten. Ich würde jetzt einfach Licht machen und diesem Spuk ein Ende bereiten. Ich hob die linke Hand, in der ich die Taschenlampe hielt, und wollte sie anschalten, als ich ein Knirschen hörte. Der alte Sessel, der immer im Weg stand, wenn man etwas in den Keller räumen wollte! Ich war selbst etliche Male dagegen gestoßen, hatte ihn dabei immer ein Stück über den unebenen Boden geschoben.

Etwas klirrte, und jemand schnappte hörbar nach Luft. Ich fühlte den Stress und die Aufregung des Eindringlings wie ein atmosphärisches Knistern zwischen uns. Dann setzte mein rechter Fuß sich auf die letzte Stufe, und ich bog um die Ecke. Stand im Eingangsbereich des Kellers, von dem drei Türen in verschiedene Räume führten. Einer lag unter meinem Schlafzimmer, einer unter dem Arbeitszimmer, und der dritte war nur eine kleine Abstellkammer, die beim Bau des Hauses dem Hang abgetrotzt worden war. Genau von dort kam ein Lichtschein. Wie von einem Nachtlicht. Ein Gegenstand rutschte über den Boden. Etwas aus Metall musste es sein. Ich stand in dem seltsam grünlichen Licht und starrte auf die angelehnte Tür. Es roch nach Moder, nach Kalk, und ich wusste nur, dass der Einbrecher aus einem der anderen Kellerräume gekommen sein musste, denn die Abstellkammer hatte kein Fenster. Da hätte er sich wohl durch die Erde graben müssen.

Mir blieben wenige Sekunden. Woher ich das wusste? Keine Ahnung. Wahrscheinlich gab ein archaischer Instinkt das Kommando. Rückwärts stieg ich die Stufen hinauf, die ich gekommen war. Eine, zwei, drei. Nun war ich um die Krümmung der Treppe herum und von unten nicht zu sehen.

Die Musik von oben aus der Wohnung verklang. Die plötzliche Stille prallte gegen meine Ohren. Wie ein beruhigender Umhang hatte die CD diesen irren Gang in den Keller begleitet. Der Einbrecher schien ebenfalls innezuhalten. Dann hörte ich, wie die Tür zur Abstellkammer zugezogen wurde. Schritte schlurften durch den Vorraum. Eine andere Tür wurde ins Schloss gezogen.

Täuschte er mich? Stand er nun da und wartete, dass ich um die Ecke kroch? Sollte ich denken, er wäre in einem der Kellerräume verschwunden?

In der widerhallenden Geräuschlosigkeit stand ich da und wartete, bis ich ein Knirschen hörte, Schritte auf Kies, und dann, weit weg, die Ahnung eines Wagens, der angelassen wurde.

Ich rannte die Treppe hoch und zur Haustür. In Panik fummelte ich am Schlüssel, um aufzusperren.

Endlich stand ich auf dem Treppenabsatz, die eisige Nachtluft fuhr mir direkt in die Eingeweide. Ich ließ Schere und Taschenlampe sinken. Hier war niemand. Weit und breit keiner.

37

26.11.2010

Woncka sah so durch die Mangel gedreht aus, dass er Freiflug beinahe leidtat. Der Polizeioberrat legte Wert darauf, dass morgens alle pünktlich um 7.30 Uhr zum Dienst antraten. Spätestens. Er selbst erschien bereits um kurz nach sieben. Freiflug klopfte an seine Bürotür.

Die Sekretärin sah ihn scheel an, winkte ihn aber herein. Woncka wollte, dass Ermittler mit Sonderfunktionen wie Freiflug, der die bayerische Cyber-Schnittstelle leitete, jederzeit zu ihm kommen konnten.

»Was gibt's?«, fragte der Polizeioberrat. Freiflug hatte sich eine Strategie zurechtgelegt. Bei Woncka würde er mit der Theorie, es gebe einen Maulwurf in der Behörde, kaum durchkommen. Andererseits würde er nicht allzu lang vortäuschen können, bei der Suche nach der Identität von x03 nicht weiterzukommen. Da gab es Kollegen im Team, die ebenfalls wild entschlossen waren, dem Defacing auf die Spur zu kommen. Freiflug musste einen Zahn zulegen.

Er färbt sich die Haare, dachte Freiflug, während er beobachtete, wie sein Vorgesetzter die Aktendeckel auf seinem Schreibtisch zurechtschob. Der Grauton war ein wenig zu intensiv, um echt zu sein, aber ansonsten war es gut gemacht.

»Wegen der Pressekonferenz nachher«, sagte Freiflug.

Woncka wurde zuerst blass, dann rot. »Ach ja. Wann ist die noch mal?«

»Um neun. Wir sollten der Journaille klarmachen, dass wir nach allen Seiten ermitteln. Dabei wirkt es am glaubwürdigsten, wenn wir so detailliert wie möglich schildern, was wir tun.«

Woncka nickte. Sein Blick war glasig. Freiflug musste sich konzentrieren, um nicht zu grinsen. Kontaktsauna!

»Schlagen Sie etwas vor«, bat Woncka.

»Es gibt zwei Stränge: Wir arbeiten einerseits daran, die Identität von x03 festzustellen.« Hoffentlich habe ich mich nicht getäuscht, dachte Freiflug mit einem Anflug von Panik.

»Haben Sie Erkenntnisse?«

»Noch nichts Konkretes.«

Er lauert, dachte Freiflug. Er will wissen, ob ich etwas weiß. Oder ich rede mir alles nur ein. Verdammt, wie sicher kann ich wirklich sein, dass er mir nichts vorgaukelt? Die reale Welt verwandelte sich zusehends in eine Ansammlung von Kulissen. Wie das Internet. Dort wusste auch niemand, wer sich hinter einem Namen versteckte. Information und Desinformation. Null und eins.

»Der zweite Weg ist, zu signalisieren, dass unser Intranet und unsere Webseiten zu diesem Zeitpunkt besser geschützt sind als je zuvor. Dass ausschließlich alte Daten abgegraben wurden, die noch auf einem anderen System liefen. Roderick hat das jetzt bestätigt.« Freiflug hatte vorhin die Notiz seines Kollegen auf seinem Schreibtisch gefunden.

»Okay. Damit nehmen wir ihnen den Wind aus den Segeln!« Woncka zeigte mit dem Finger auf Freiflug. »Sie nehmen an der Pressekonferenz teil. Ich leite sie offiziell, aber Sie übernehmen es, die Fragen zu beantworten. Achten Sie auf mich, ich signalisiere Ihnen, wann es genug ist.«

Freiflug begann zu schwitzen.

»Normalerweise hätte ich Keller gebeten, die Journalisten zu besänftigen.« Das tiefe Rot in Wonckas Gesicht verstärkte sich.

»Für den Fall, dass ein Reporter nach Nero fragt, brauchen wir eine Strategie.«

»Das ist vertraulich.«

»Damit lassen die Typen sich ja selten abspeisen.« Freiflug kannte Wonckas Presseallergie und schlug in die entsprechende Kerbe.

»Dazu sagen wir nichts. Ein Mitarbeiter ist krank geworden. Das ist Privatsache. Diskretion.«

»In Ordnung. Bis um neun also!« Freiflug spazierte zurück zu seinem Büro. Es war ihm immer zu klein vorgekommen für zwei Leute, aber nun vermisste er Nero. Er riss das Fenster auf und atmete tief die kalte Luft ein. Regentropfen liefen über die Scheibe. Er würde die Bombe hochgehen lassen.

38

Juliane war zu mir zum Frühstücken gekommen. Wach wie stets saß sie neben mir an der Küchenbar. Ihr Blick tranchierte mich.

»Also wissen Se, nee. Du bist danach seelenruhig ins Bett gegangen?«

»Er war ja weg«, murrte ich.

»Erzähl mir nichts.«

»Er hat seinen Wagen gestartet und die Fliege gemacht. Verdammt, es ist nichts weggekommen. Ich habe den dämlichen Keller ein ums andere Mal durchsucht. Da fehlt nichts. Wertvolles habe ich ohnehin nicht. Die paar Weinflaschen, Papiermüll von Monaten und staubige, alte Möbel. Bisschen sperrig, um da was wegzutragen.« Hätte der Typ wenigstens das Altglas entsorgt, meine Dankbarkeit wäre ihm gewiss gewesen.

»Ich schau mich trotzdem um.« Juliane hüpfte vom Barhocker und ging in den Keller. Ich folgte ihr. Erstaunlicherweise kam mir der Einbruch in meinem Haus weniger dramatisch vor als rekinoms Wanze auf meinem Rechner. Cyns Anweisung gemäß lief der Computer schon. Ich hatte einen neuen Text geöffnet und ein bisschen herumgetippt – ein Fantasieprojekt beschrieben, wie ich es mir erträumte. Besuch in Santa Cruz de Tenerife bei einer reichen deutschen Dame adeligen Standes, deren Wurzeln bis in den Widerstand gegen Hitler reichten. Klang abstrus, aber rekinom sollte sein Futter bekommen.

»Schweinekalt hier unten«, beschwerte sich Juliane.

»Der Schreiner kommt nachher und baut ein neues Fenster ein.«

»Wie wär's mit einer Einbruchsanzeige bei der Polizei?«

»Meinst du, ich habe Bock auf noch mehr Nervereien?«

Sie lachte auf. »Niemand hat je Lust auf Papierkram. Jedenfalls niemand, der normal ist. Aber beschwer dich nachher nicht, wenn du wieder Besuch bekommst.«

»Nee, ist klar.« Ich ließ mich in den Sessel fallen, an dem sich mein Einbrecher letzte Nacht hoffentlich einen blauen Fleck geschlagen hatte.

Juliane tappte durch sämtliche Kellerräume. »Du sagst, er war in dieser Dienstmädchenkammer?«

»Hör auf mit deinen kommunistischen Sprüchen.«

»In so was hat einst die Dienerschaft nächtigen dürfen. Nicht gerade der größte Spaß!«

»Da lagert nur das Altglas.«

»Stinkt irgendwie.«

»In Kellern stinkt es meistens.«

Juliane kam zu mir zurück. »Da macht sich einer die Mühe und bricht ein. Tigert durch den ganzen Keller. Nimmt aber nichts mit, sondern verduftet.«

»Die Welt besteht zum größten Teil aus Verrückten.«

»Warum kommt er, wenn du wach bist? Warum wartet er nicht, bis alles dunkel ist und du schläfst? Immerhin bestand die Chance, dass du was mitkriegst. Selbst wenn du dich nicht traust, ihn zu stellen, muss er damit rechnen, dass du ihn siehst.«

»Ich hatte Musik laufen und war im Bad. Vermutlich hat er von draußen die beschlagene Scheibe gesehen und sich gedacht, er hätte für 20 Minuten freie Bahn.« Ich dachte nach. »Außerdem war Claude-Yves' neue Flamme bei mir.«

»Wer?«

»Lydia. Sie hat sich um Waterloo und Austerlitz gekümmert. Ich war ja unterwegs. Bei Cyn und dann bei Nero.«

Juliane spitzte die Lippen. Ihr schmales Gesicht schien sich nach vorne zu verschieben, wie eine Galionsfigur, die weit über das Bugspriet hinwegblickt. Dann ging sie zur Wand, schob die dort lehnenden, halb zerfetzten leeren Umzugskartons weg, und sagte: »Da gehen einem ja die Haare hoch.«

Ich sprang auf und stellte mich neben sie. In der Steckdose hatte sich ein kleiner, grauer Kasten eingenistet, auf dem vier Lämpchen grün leuchteten. »Was ist das denn?«

»Sieht aus wie ein Modem.«

Das war mehr, als ich ertragen konnte. In einem Buch hätte ich so einen Satz nie geschrieben. Diese Klischees kamen nur in zweitklassigen Texten vor. Ich kroch zurück in den Sessel und drückte die Stirn an meine Knie.

39

Freiflugs Mund war so trocken, dass er glaubte, seine Zunge würde in Fetzen hängen, sobald er nur drei Silben sagte. Der Saal war bis auf den letzten Platz gefüllt. An den Wänden standen und hockten Medienvertreter, Fernsehteams hatten Kameras und puschelige Mikros in Stellung gebracht. Woncka nahm neben ihm Platz. Roderick erklomm das Podium.

»Was wird das denn?«, fragte Freiflug. Er kannte Rodericks Widerwillen gegen alles, was unter ›Öffentlichkeitsarbeit‹ firmierte.

»Woncka will, dass sich das Team präsentiert.« Es klang unglücklich.

Freiflug setzte sich. Er hatte das Sweatshirt ausgezogen und stattdessen ein Jackett übergeworfen, das er für unerwartete offizielle Anlässe im Büro aufbewahrte. Dass Nero mit seinen Anzügen mehr hermachte, war klar. Er versuchte, sich vorzustellen, wieviel Ahnung von Computern die versammelten Journalisten besaßen und ob sie sich Gedanken machten über die digitalen Spuren, die sie auf Schritt und Tritt hinterließen.

Soll ich oder soll ich nicht? Der Zweifel rotierte in Freiflugs Hirn.

Nimm dich zusammen, befahl er sich selbst. Zieh das jetzt durch.

Er durfte nicht zaudern. Die Bombe musste platzen.

Woncka klopfte an sein Mikrofon und sorgte für

Ruhe. Er sprach ein paar einleitende Worte. Trotz seiner sichtbaren Übermüdung klang seine Stimme professionell und strahlte die Kompetenz aus, die man der Bevölkerung gern suggerierte: Ihre Polizei zeigt Präsenz und weiß, was sie tut. Wir haben die Dinge im Griff.

Freiflug ergriff das Wort. Er spulte ab, was er mit Woncka besprochen hatte. Unablässig musste er sich räuspern. Er hätte Ingwerbonbons mitnehmen sollen, um die Heiserkeit zu mildern.

»Warum werden alte Datenbestände in einem unsicheren System abgespeichert?«, fragte eine Journalistin.

»Das System ist nicht unsicherer als ein neues, aber es gibt weniger Updates. Daher haben Hacker eine minimal größere Chance, dort einzudringen.«

»Welche Daten sind das genau?«, rief ein Mann.

»Alte, bearbeitete Fälle, die vor Gericht gegangen sind und mittlerweile im Archiv ruhen.«

»Geben Sie die Aktenzeichen bekannt?«

»Nein.«

»Also ist der Hacker ins Archiv eingebrochen?«

»Wenn Sie so wollen.«

»Wofür hat er sich interessiert?«, erkundigte sich jemand aus der ersten Reihe.

»Weisen die abgegriffenen Fälle irgendwelche Gemeinsamkeiten auf?«, rief sein Sitznachbar.

»Das wissen wir noch nicht. Erfahrungsgemäß versuchen Hacker, durch Einbrüche dieser Art Verunsicherung auszulösen.«

»Das wäre ziemlich dumm, sich die Arbeit zu machen, aber dann nichts von dem Zeug, das man rausgesaugt hat, zu verwenden!«, krähte ein Typ mit einer Ohrenklappenmütze.

»Die Intentionen des Hackers sind nicht der Kern unserer Ermittlungen. Wir suchen primär den Weg, auf dem er eingedrungen ist.«

»Haben Sie diesen Weg gefunden?« Der Typ mit der Ohrenklappenmütze kaute aufgeregt an seinem Bleistift.

Freiflug schwitzte. Er war auf den idealen Ansatzpunkt angewiesen, um seinen Köder loszuwerden. Er zögerte, spürte Rodericks erstaunten Blick auf sich.

»Noch nicht in allen Einzelheiten. Üblicherweise warten Hacker ab, bis sich ein System nach einem Reset neu ordnet. Innerhalb der nächsten circa 15 Minuten haben sie es dann leichter, hinter die Firewalls zu kommen.«

Ein Journalist fragte genauer nach. »Haben die Programmierer Ihrer Sicherheitspatches Backdoors eingebaut?«

Freiflug spürte, wie das Haar an seiner Stirn klebte. Sein Thema! Er kannte den Reporter vom Sehen. Ein Typ, der im Gedächtnis blieb: groß, breit und athletisch, blond wie ein Wikinger, mit durchdringenden, blauen Augen. Er arbeitete für ein großes Computermagazin.

»Was ist eine Backdoor?«, rief jemand.

»Eine Backdoor ist eine Hintertür, die ein Programmierer zwischen die Programmzeilen setzt, um zu einem späteren Zeitpunkt erneut ins System zu kommen, wobei er aber die Zugriffssicherung umgeht«, erläuterte Freiflug.

Nervöses Murmeln im Saal.

»Vermutlich gab es da keine Backdoor«, wehrte Freiflug ab.

»Vermutlich? Was heißt das?«

»Was es aussagt. Im Augenblick spricht nicht viel dafür. Wir ermitteln weiter.«

»Soweit wir wissen, sollte einer Ihrer Mitarbeiter einen Sicherheitspatch entwickeln. Warum kam er zu spät?«

Verdammt, es sind überall Ritzen, durch die die Ratten ihre Neuigkeiten verbreiten, dachte Freiflug ärgerlich.

»Unser Team arbeitet permanent an neuen Patches«, ging Woncka dazwischen. »Das gehört routinemäßig zu unserer Arbeit und steht nicht in Relation zu dem Defacing.«

»Vorsicht vor dem Wort ›Routine‹«, höhnte jemand.

»Haben Sie denn Hinweise auf die Identität des Hackers?« Eine Frau mit einem dunklen Pagenschnitt, die neben einer Kamera Position bezogen hatte, sah Freiflug herausfordernd an.

Jetzt, dachte Freiflug. Jetzt ist es soweit.

»Dazu machen wir derzeit keine Angaben. Aus ermittlungstaktischen Gründen. Aber wir haben festgestellt, dass x03 kein Unbekannter ist.«

Die Stifte flogen über das Notizpapier.

»Was heißt das?«

»Wer ist es?«

»Ist er schon einmal in Erscheinung getreten?«

»Wie lautet sein Klarname?«

Die Fragen prasselten auf die Ermittler am Podium ein.

Woncka starrte Freiflug an. Roderick von der anderen Seite ebenso. Sie nahmen ihn in die Zange.

»Ein Klarname ist nicht bekannt.«

»Ist es jemand, der bereits verurteilt wurde?«

»Auch dazu kann ich nichts sagen.« Fuck. Er hatte es verbockt.

Woncka schaufelte seine Papiere zu einem Haufen zusammen. »Die Pressekonferenz ist beendet.«

40

Cyn erschien in einem verbeulten Transporter. Sie trug Thermohosen und ein Flanellhemd. Das kurze Haar hatte sie mit Gel verwuschelt.

»Scheiße, ist das kalt!«, klagte sie, als sie ins Haus schlüpfte. »Bei uns lag Schnee auf den Dächern. Habt ihr Kaffee parat?«

Ich braute Espresso, während sie ungeniert durchs

Haus spazierte und alles in Augenschein nahm. Im Arbeitszimmer überprüfte sie meinen Router, klickte ein bisschen am Rechner herum und murmelte dabei unaufhörlich vor sich hin.

»Woher kennst du Cyn eigentlich?«, fragte ich Juliane, die in der Zwischenzeit zum Bäcker gefahren war und Semmeln geholt hatte.

»Sie ist die Tochter meiner Putzfrau.«

»Mach mich nicht schwach. Du hast eine Putzfrau?«

»Warum nicht? Denkst du, ich habe Bock, die Zeit, die mir bleibt, mit Putzen zu verbringen?«

Ich lachte trocken. »Warum putze ich eigentlich selbst? Vielleicht sterbe ich früher als du!«

»Ich frage sie, ob sie noch Kapazitäten frei hat.«

Cyn kam zu uns. »Also, was ist das für ein Modem?«

Ich führte sie in den Keller. Sie tastete über das Kästchen, verschwand in ihrem Transporter und kam mit einer riesigen Logstoff-Tasche zurück. Während sie eine Honigsemmel vertilgte, baute sie auf meiner Küchenbar ihr Büro auf.

»Okay«, meldete sie eine halbe Stunde später. »Das Gerät ist ein kleines Wireless-Teil. Ein superstarkes Modem.«

»Ich habe aber einen Internetzugang«, protestierte ich lahm. »Falls der Knilch von der Telekom war ...«

»Das ist ja das Eigenartige. Es könnte zum Beispiel sein«, Cyn spülte den Rest ihrer Semmel mit einem

Espresso hinunter, »dass er will, dass du über diesen Zugang ins Netz gehst. Dadurch käme er ganz einfach auf deine Platte.«

»Aber rekinom ist schon auf meiner Platte.«

»Genau. Außerdem hätte er dann an deinem Notebook ein paar Veränderungen vornehmen müssen, damit dein Rechner sich automatisch bei diesem ungeschützten Anschluss einwählt und nicht bei deinem, den du ja nicht schlecht gesichert hast.«

»Den Spaß habe ich ihm vereitelt«, sagte ich.

Juliane schüttelte den Kopf. »Nein. Er hat doch nicht versucht, rauf ins Haus zu kommen, oder? Meinst du nicht, er hätte gewartet, bis du schläfst, um dann deinen Laptop umzurüsten?«

Ich seufzte. »Trotzdem glaube ich nicht, dass es rekinom war.«

»Aber wer sonst sollte auf deine Festplatte zugreifen wollen?«, wandte Cyn ein. »Hast du noch mehr Feinde?«

»Scheinbar.«

»Papperlapapp«, erwiderte Juliane. »Unser rekinom könnte Bedenken haben, dass du den Trojaner entdeckst und unschädlich machst. Mit dem Modem im Keller hätte er eine weitere Möglichkeit, dich zu observieren.«

Cyn kaute auf ihrer Unterlippe. »Also, so wie ich rekinom einschätze ... eher nicht.«

»Warum nicht?«

»Er ist ein ängstlicher Typ. Der schleicht durch

die Sicherheit des anonymen Netzes. Fertig. Und dann ist er zudem nicht so besonders fantasievoll. Vermutlich ist er im ersten Leben irgendwo IT-Spezialist. Dieselben Skills, die er im Job braucht, wendet er dann im Zweitberuf als Hacker an.«

»Ich dachte, Hacker wäre ein Vollzeitjob!« Ich hielt die Espressokanne unter fließendes Wasser, um sie abzukühlen. »Mehr Kaffee?«

»Es gibt solche und solche. Vielleicht ist rekinom nur ein Möchtegernhacker, einer, der in den Chatrooms den Ruch der großen Cyberwelt geschmeckt hat und ein bisschen mitspielen will. Wenn ich Zeit habe, schaue ich, ob ich ihn in den einschlägigen Chatrooms finde.«

Ich gähnte. »Was machen wir jetzt?«

Cyn grinste sardonisch. »Ich rüste das Modem um. Sobald einer von außen, also aus der Leitung kommend, irgendwas macht, kriegen wir raus, wer das ist.«

41

Woncka schäumte. Er sah aus, als wolle er Freiflug buchstäblich an die Gurgel gehen.

»Was war das für ein Gebrabbel über x03?«,

fauchte er. »Haben Sie Anhaltspunkte? Dann her damit. Die will ich sofort sehen!«

»Ich lege Ihnen die Unterlagen in einer Stunde auf den Tisch.«

Woncka trabte davon, ein wandelnder Grill. Roderick war nicht mehr zu sehen.

Freiflug hastete zu seinem Büro, warf das Jackett über die Stuhllehne und schaltete seinen Rechner ein. Er hatte sämtliche Daten, in denen er seine Ergebnisse zusammengetragen hatte, bereits abgespeichert. Nun blieb nur eins: die Befunde so zu erklären, dass Woncka sie begriff. Seine Finger flogen über die Tastatur.

50 Minuten später druckte er vier Seiten aus, raffte die Papiere an sich und eilte zu Wonckas Zimmer.

»Er schäumt«, sagte die Sekretärin und wies mit Leichenbittermiene auf die geschlossene Tür.

Mut hat selbst der Mameluck, dachte Freiflug, straffte die Schultern und klopfte.

»Herein!«

»Herr Polizeioberrat, hier sind die Unterlagen.«

»Hätten Sie mir auch mailen können.«

»Mag sein, aber offensichtlich sind unsere Mails nicht immer sicher.«

Woncka starrte ihn an, als habe er eine Klapperschlange aus dem Ärmel gezogen. »Geben Sie her. Sie hören von mir!«

Freiflug tappte zurück zu seinem Büro. Sein Herz raste. Er dachte an Nero. Plötzlich überfiel ihn die Angst vor dem Tod. Alles konnte sehr schnell vorbei sein. Dann hatte er sich nur mit etwas herumgequält, was eigentlich unwichtig war. Auf dem Gang traf er Sigrun West.

»Na, alles klar?«, fragte sie. Sie war blass.

»Geht's dir nicht gut?«

»Ich kriege eine Erkältung. Nichts Schlimmes. Hast du von Nero gehört?«

»Vielleicht komme ich dazu, ihn heute Abend zu besuchen.«

»Grüß ihn.« Sigrun sah sich eilig um. »Du, was war das für ein Auflauf zur Pressekonferenz? Roderick hat irgendwelches wirres Zeug erzählt. Du weißt, wer x03 ist?«

Freiflug holte tief Atem. Am liebsten hätte er seine Zweifel und die wachsende Panik sofort bei Sigrun abgeladen. Aber er musste vorsichtig sein. Keinem vertrauen. Es schien zwar völlig unvorstellbar, dass jemand aus dem Team dem Hacker die Tür geöffnet hatte, aber was konnte man letztendlich mit Sicherheit wissen? Sein Hinweis sollte ein Köder sein, mehr nicht.

»Ich weiß es nicht sicher. Was ist mit dir und Kröger? Seid ihr nicht an der Sache dran?«

»Sind wir, aber wir sind nur zu zweit und es stehen einige mehr Dinge an als dieser Superhacker. Woncka kriegt Druck vom Innenministerium. Die haben Leute bei sich sitzen, die ohne Unterbrechung, Tag und Nacht, um die Firewalls patrouillieren.«

»Freiberufler?«

»Wen auch immer sie da angeheuert haben – die

verdienen das Zehnfache von unsereinem.« Sigrun zuckte die Achseln, als habe sie sich mit pekuniären Ungerechtigkeiten ohnehin abgefunden. »Schau dich mal im Internet um!«

Freiflug ging zu seinem Büro und klickte sich ins Netz. Die Zeitungen meldeten bereits neue aufsehenerregende Ergebnisse im Fall x03. Auf Twitter schrieb der Reporter des Computermagazins:

›Breaking news: Defacing-Fall weist auf keinen Unbekannten.‹ Der Link führte zu einer verstiegenen Geschichte über einen kalifornischen Hacker, der sich x03 nannte. Der Artikel war mit Simon Mossbach unterzeichnet.

»Der kann es ja wohl nicht sein«, sagte Freiflug laut zu sich selbst. Dennoch forschte er nach. Zwanzig Minuten später entdeckte er einen Artikel in einem kanadischen Hackerblog, wo x03 einen Gastkommentar schrieb.

Es gab jemanden mit dem Namen x03. Konnte Zufall sein. Oder Absicht. Eine heimtückische Verwirrungstaktik. Freiflug nahm sein Handy und rief Mossbach an.

»Können wir uns treffen? Sofort?«

Mossbach lachte. »Sie haben's aber eilig.«

»Im Bosporus. Das ist der türkische Imbiss in der Sandstraße.«

42

Freiflug bestellte einen Döner und eine Fanta. Er saß ganz hinten im Restaurant an einem Plastiktisch, dessen Platte wackelte, und verlor sich in der Betrachtung seiner Finger. Warum er sich mit dem Reporter treffen wollte, war ihm selbst nicht klar. Wahrscheinlich ging es ihm nur darum, seinen Gedanken zuzusehen, während sie sich einem anderen mitteilten. Verdammt, wie Nero ihm fehlte. Mit ihm konnte er sich austauschen, ohne kalkulieren zu müssen. Da war keine Vorsicht vonnöten.

Mossbach trat ein. Er ließ sich ein Bier geben und kam zu Freiflugs Tisch. Seine blauen Augen leuchteten sein Gegenüber geradezu aus. »Na?«, fragte er.

»Grüß Gott«, sagte Freiflug. Mit einer ungeduldigen Handbewegung versuchte er, die Nervosität beiseite zu wischen. Dabei stieß er an das Fantaglas. Mossbach packte zu und hielt es fest.

»x03 ist ein amerikanischer Hacker. Eine schillernde Figur. Sein Alter kann man nur ahnen. Ich schätze ihn auf Anfang bis Mitte 30. Keinesfalls älter. Er trat zum ersten Mal vor 15 Jahren in Erscheinung. Sein bevorzugtes Ziel sind Pharma- und Mineralölfirmen. Wen wundert's: Da ist am meisten finanzieller Schaden anzurichten. Die betroffenen Unternehmen, die sich überhaupt als Geschädigte zur Staatsanwaltschaft getraut haben, beziffern den Schaden auf mehrere Millionen Dollar.«

Freiflug pfiff durch die Zähne.

»Bei so einem Schuldenkonto tut x03 gut daran, unerkannt zu bleiben. Vermutlich ist er ein ganz unscheinbarer Arbeitnehmer. Muss nicht mal hauptberuflich IT-Mann sein. Er hat einfach eine funktionsfähige Tarnung. Er bleibt so lange unsichtbar, bis die Bombe platzt. Dann ist er längst aus dem System raus. Vom Prinzip her simpel, aber nicht einfach zu bewerkstelligen.« Mossbach trank von seinem Bier. »Die einschlägigen Magazine und Blogs lecken sich die Finger nach Beiträgen von x03. Irgendwie hat der Kerl es geschafft, zum Medienstar zu werden, obwohl ihn keiner kennt. Er tritt an den entscheidenden Schnittstellen in Erscheinung und hinterlässt seine Duftmarke. Danach verblasst sein Schatten.«

»Was war sein letzter Hack?«

»Shell. Verraten Sie es nicht weiter. Interessanter ist, wann er dort einbrach: vor drei Jahren.«

»Hoppla. Dann ist er seither inkognito unterwegs.«

»Scheint so. x03 kann warten, bis sich die richtige, die gute, die alles versprechende Chance zeigt. Soweit klar?«

Freiflug nickte. Er kam sich vor wie ein Schaf. Dieser Wikinger mit seinem Bier machte ihn allein durch seine körperliche Dominanz fertig.

»In den einschlägigen Chats ist x03 so etwas wie ein Guru. Ein Mysterium. Jeder möchte gern dem großen x03 begegnen. Man hört sich um. Nur ganz wenige wissen, in welchen Chatrooms er unter seinem echten Hackernamen firmiert. Ich nehme an, er ist mit verschiedenen Identitäten im Netz unterwegs.«

»Fahnden die Behörden nach ihm?«

»Es gab mehrere Anläufe. Das FBI hat sich aber wohl schnell überfordert gefühlt. Ich habe ein paar Informanten in den USA sitzen.«

»Okay.« Freiflug biss endlich in seinen Döner. Der war längst kalt. Egal. »Es ist nicht sehr wahrscheinlich, dass dieser Spuk namens x03 höchstpersönlich beim Landeskriminalamt in München vorbeigeschaut hat.«

»Absolut nicht.« Mossbach trank sein Bier aus. »Was haben Sie?«

»Einen Deal. Sie bekommen die Story exklusiv. Aber wir müssen noch warten.«

»Das können Sie doch gar nicht entscheiden. Ihr Boss hätte Ihnen ja am liebsten schon während der Pressekonferenz den Kopf abgerissen.«

Freiflug hatte nicht die geringste Erfahrung mit Situationen wie dieser. Mossbach kam aus einer ihm fremden Welt. Unerwartet hatte Freiflug Lust, diesen Job auszuprobieren. Als Journalist für Computertechnik und Internetsicherheit. Er konnte ganz gut schreiben. Jedenfalls allgemeinverständlich. Falls er die Angelegenheit x03 nicht überlebte, würde er vielleicht irgendwo in der Medienzunft unterkommen. Mossbach hatte ihm eben eine eindeutige und nützliche Information zugeschanzt.

Jemand hatte sich x03 als Pseudonym ausgesucht. Und Dv0ttny damit verkleidet. Oder hatte Dv0ttny das selbst getan?

»Sagt Ihnen rekinom was? Oder Dv0ttny?«

Mossbach beugte sich vor. Seine Augen mutierten zu Saugrüsseln.

Freiflug diktierte ihm Keas Handynummer. »Falls Sie die Dame dazu kriegen, Ihnen was zu erzählen ...«

43

»Sie sind eine Kämpfernatur«, sagte der Arzt. Er saß Nero gegenüber und schlug entspannt die Beine übereinander.

Nero trug den Pyjama, den Kea ihm mitgebracht hatte, und fühlte sich um einiges besser. Mehr er selbst. Falls von diesem Selbst etwas übrig war.

»Was meinen Sie?« Das Gespräch im Dienstzimmer des Arztes gab Nero Rätsel auf. Als könne sein Kopf nicht schnell genug mitdenken. Er saß in einem Ledersessel, vor ihm stand ein Schreibtisch aus dunklem Holz, dahinter saß der Arzt. Auf dem Schreibtisch lag absolut nichts, außer einem einzigen Kugelschreiber. Ein billiger, mit einem Werbeaufdruck. Sweet September. Das klang nach Chanson und nicht nach Klinik.

»Sie leiden an einem akuten Burnout-Syndrom«, sagte der Arzt. »Sie haben gerackert und geschuftet, gebrannt für die gute Sache. Wann Sie angefangen haben, unter Ihrem enormen Einsatz zu leiden, ist Ihnen vermutlich nicht bewusst. Das ist ganz typisch.«

»Ich …« Nero wollte lieber wissen, wie es seinem Herzen ging.

»Haben Sie sich oft für unentbehrlich gehalten? Waren Sie überzeugt, nur Sie allein könnten eine Aufgabe korrekt ausführen?«

»Nein …«

»Haben Sie sich und Ihren Mitmenschen hohe Standards gesetzt?«

Neros Aufmerksamkeit löste sich. Das geschah ständig. Er war nicht imstande, einem Gespräch länger als fünf Minuten zu folgen.

»Leiden Sie an der Distanz, die Sie zu anderen Menschen aufgebaut haben?«

»Distanz?«

»Haben andere Sie mitunter gefragt, was mit Ihnen los sei?«

Kea. Immer wieder Kea. Ihr Gesicht sah ihn an, aus jedem anderen menschlichen Gesicht. Immer blickte da Kea hervor, ernst, umrahmt von dunklem Haar und Augen, die ein wenig zu weit auseinander standen. Die Augen eines Menschen, der viel durchmachen musste. Nicht mehr bereit war,

zurückzustecken oder andere Maßstäbe als die eigenen zu akzeptieren.
»Sie sind ein Idealist und gehen zwanghaft mit sich selbst um. Ich würde Sie gerne nach Salzburg überweisen. Sobald wir Ihr Herz unter Kontrolle haben, können dort im Universitätsklinikum beide Probleme behandelt werden: Ihre Pumpe und Ihr Umgang mit sich selbst.«
»Aber ...«
»Ja?«
Nero wollte sagen, er habe keine Zeit, er müsse arbeiten, Woncka überzeugen, das Defacing aufklären, die Sache mit Kea in Ordnung bringen. Überhaupt alles in Ordnung bringen. Er hasste den Gedanken, dass durch seinen Zusammenbruch die Dinge, mit denen er sich befasst hatte, im völligen Chaos festgefroren waren.
»Ein Burnout ist keine Krankheit im üblichen Sinne.« Der Arzt sah Nero freundlich an. Er war ein dunkler Typ, hatte etwas Italienisches an sich. Italien. Nero versuchte seit Jahren, Italienisch zu lernen. »Aber es kann Krankheiten auslösen, dramatische Situationen, wie Sie sie durchlebt haben. Nach dem ersten Herzinfarkt laufen alle Patienten Gefahr, einen zweiten zu erleiden, und zwar innerhalb eines Jahres.« Er hob die Stimme. »Der zweite Infarkt ist in der Regel um einiges stärker und häufig tödlich.« Das Lächeln in seinem Gesicht verblasste. »Sie haben einen Schuss vor den Bug bekommen, Herr Keller.«

Als Nero kurz darauf auf den Gang trat und langsam zu seinem Zimmer zurückging, in das man ihn erst am Morgen verlegt hatte, achtete er auf die Gefühle in seinem Brustkorb. Habe ich überhaupt ein Herz?, dachte er. Er spürte nichts Ungewöhnliches. Nur Schwäche, als sei er betäubt, und das war vermutlich der Fall bei all den Medikamenten, die sie in ihn hineinpumpten.

»Hallo, Nero!«

Nero sah zur Seite. Ulf Kröger stand da, mit einer Schachtel Ferrero Küsschen unter dem Arm.

»Entschuldige, Ulf. Ich habe dich nicht gesehen.« Nero reichte seinem Kollegen die Hand. Krögers Finger waren schlaff und weich. Nero wich seinem verlegenen Blick aus.

»Ich wollte sehen, wie es dir geht«, sagte Kröger und drückte Nero die Schokolade in die Hand. »Herzliche Grüße von den Kollegen.«

Ausgerechnet Kröger kam ihn besuchen. Kröger, mit dem er am wenigsten zu tun hatte.

»Sie haben mich heute verlegt.« Überrascht besah sich Nero die Schachtel in seiner Hand. »Es wird schon werden.«

»Sieh zu, dass du eine lange Reha verordnet kriegst.«

»Wie läuft's im Büro?«

»Beschissen ist noch geprahlt.«

Jetzt spürte Nero sein Herz. Es stemmte sich von innen gegen sein Brustbein. Ein Druck, der stärker wurde, ihm kurz den Atem nahm, dann abflaute.

»Aber mach dich deswegen nicht verrückt. Sieh zu, dass du eine Weile wegkommst von allem.«

»Habt ihr den Hacker?«

»Wir sind dran.«

»Also nicht.«

»Nein.« Kröger wurde rot. Seine bullige Gestalt schien gedrückt, als trüge er etwas Schweres auf seinen Schultern. »Tja. Also. Grüße von den anderen. Wie gesagt, ich wollte nur mal kurz nach dir sehen.«

Nero guckte ihm nach, wie er zu den Aufzügen ging und aus seinem Blickfeld verschwand.

44

Markus Freiflug hatte seine Stiefel ausgezogen und die Füße auf Neros Bürostuhl gelegt, während er seinen Laptop traktierte. Die ganz normale Arbeit war liegen geblieben; er musste Mails abarbeiten. Außerdem blieb der alltägliche Kram, den Nero sonst wegschaffte, jetzt an ihm hängen.

Draußen wurde es dunkel. Vielleicht war es den ganzen Tag auch nicht hell geworden. Der Döner war ihm nicht bekommen. Während Freiflug den Posteingang seines Accounts sortierte, lag der Telefonhörer neben dem Apparat. Er konnte jetzt wirklich keine Störung verknusen. Die pausenlosen Unterbrechungen kosteten ihn den letzten Nerv. Wenn er jetzt nicht an einer Sache dranblieb, würde er um Mitternacht noch hier sitzen. Dabei hatte er dringend vor, Nero zu besuchen. Es war dunkel im Büro, bis auf den bläulichen Lichtschein des Bildschirms. Freiflug war so vertieft, dass er nicht daran dachte, die Lampe einzuschalten.

Als die Bürotür aufgerissen wurde und das Licht aus dem Gang ihm mitten ins Gesicht fiel, schreckte er hoch. Ein schwarzer Schatten stand da, der mit der Stimme seines Chefs sprach.

»Freiflug! Sind Sie noch zu retten?«

Mehr vor Schreck als aus Absicht knipste Freiflug die Schreibtischlampe an und richtete ihren Strahl auf Wonckas Gesicht.

»Verdammt, was soll das?« Die Stimme des Chefs zitterte vor unterdrückter Wut.

Freiflug nahm eilig die Füße vom Stuhl und schlüpfte in seine Stiefel. Irgendwas lief aus dem Ruder. Er wusste nicht, was, und das war gefährlich und unheimlich zugleich.

»Setzen Sie sich.«

»Sie ticken ja nicht mehr richtig, Freiflug!« Woncka krachte auf Neros Stuhl und knallte einen Packen Papiere auf den Schreibtisch. »Was haben Sie da für ein Theater auf der Pressekonferenz aufgeführt? x03? Wissen Sie eigentlich, wer x03 ist?«

»Ein Hacker aus den USA.«

»Da ist keine Backdoor im Programmcode. Sigrun West und Kröger haben das eben überprüft. Es hat sich auch niemand um die Umzäunung unserer Behörde geschlichen, wie Sie es schreiben, und niemand hat einem Eindringling von innen eine Tür aufgemacht.« Mit der Faust schlug Woncka auf Freiflugs überfüllten Schreibtisch. Der Tacker fiel krachend auf den Boden. »Wenn Sie das erfunden haben«, knurrte er und sein Atem ging keuchend dabei, »gnade Ihnen der Allmächtige. Ich würde Sie suspendieren, wenn ich könnte. Ihnen den Garaus machen. Sie vierteilen und in heißem Öl braten. Wie können Sie eine solche Anschuldigung in die Welt hinausschicken?«

»Ich habe nichts in die Welt hinausgeschickt.«

»Da ist kein x03 an unseren Toren gewesen! Dafür gibt es nicht den geringsten Beweis!«

Markus stand auf. Sein Herz raste. Er dachte an Nero. »Ich habe keinen Grund, irgendwas zu erfinden!«

»x03, eine Backdoor und eine Theorie, wonach jemand aus unserem Haus, ein Insider, einen anderen reingelassen hat. Damit der unser Intranet abgrast und den Webauftritt ruiniert. Sie sind wirklich nicht ganz dicht!«

Sein Haar ist gefärbt und sieht scheiße aus, dachte Freiflug. Er hätte am liebsten gelacht. Um die Spannung loszuwerden, die ihn innerlich zerriss. Wonckas verletzender Ton und die Überraschung, dass er irgendetwas übersehen haben musste, machten ihn fertig. Aber er war so sicher gewesen, alles bis ins kleinste Detail abgeklärt zu haben.

»Ich ...«

»Sie sind von dem Fall abgezogen!«, schnaubte Woncka. »Reichen Sie Urlaub ein, wenn Sie wollen, fahren Sie zum Schnorcheln auf die Malediven und platzen Sie hier bloß nicht mehr rein, bis wir die Sache mit dem Defacing geklärt haben. Ist das klar? Ist das, verdammt noch mal, klar?«

Freiflug schlug die Hacken zusammen. »Jawohl, Herr Polizeioberrat.«

Woncka beachtete die beißende Ironie nicht weiter. Er verließ Freiflugs Büro und schlug die Tür hinter sich zu.

45

Wir trafen uns an der Autobahnraststätte Vaterstetten. Er hatte mir Grüße von Freiflug ausgerichtet und mich herbestellt. Juliane blieb im Auto. Als Schützenhilfe. Man konnte nie wissen.

Mossbach wirkte wie eine gigantische Sprungfeder. Er strahlte eine immense Kraft aus. Körperlich und geistig. Seine Augen glühten vor Eifer, in einem eisigen Blau. Ich holte mir einen Kaffee und setzte mich zu ihm. Er trank seinen schwarz, wie ich. Da hatten wir eine Gemeinsamkeit.

»Haben Sie die Unterlagen dabei?«

Ich reichte ihm rüber, was ich bisher über Dv0ttny geschrieben hatte. Nicht ganz wenig. Mossbach studierte den Text mit gerunzelter Stirn, trank in großen Schlucken seinen Kaffee dazu. Schließlich schob er die Blätter von sich und fragte: »Und welchen Eindruck haben Sie von ihm? Persönlich?«

»Ein Teenagertyp. Noch ein richtiges Jungtier.«

Mossbach lachte. »Dv0ttny ist einer, dem die Hackerkarriere irgendwie widerfahren ist, ohne dass er es drauf angelegt hätte. Um Zäune herumschleichen, das machen viele Jugendliche, aber die feste Absicht zu fassen, dahinterzuschauen – dazu gehört Mumm.« Ohne ein Wort stand er auf und holte sich einen zweiten Kaffee. Er stellte mir ebenfalls ein Haferl hin.

Draußen war es längst dunkel. Um uns zogen Wochenendurlauber ihre Kreise. Brummifahrer begrüßten einander. Leberkäse, Frikadellen und Bratwürste mit Kraut wurden über den Tresen gereicht. Das Gewusel spiegelte sich in den Scheiben der Raststätte. Mir war mulmig.

»Dv0ttny orientiert sich zur Absicherung gern an anderen. Als suche er eine Koryphäe, der er nachlaufen kann, damit sie ihm den Kopf tätschelt. Er ist einer, der im Kielwasser mittreibt«, spann Mossbach das Psychogramm weiter. Wir sprachen von Bastian, als sei er noch am Leben.

»Ich habe ihn durchaus als einen Menschen empfunden, der rebelliert«, warf ich ein.

»Das tun alle Jugendlichen. Gegen die Eltern, die übervorsichtige Mutter in dem Fall«, er schlug mit der Hand auf das Papier. »Daraus wächst so eine Jetzt-erst-recht-Haltung.«

»Aber er war kein Jugendlicher mehr.«

»Die sind alle offiziell volljährig und benehmen sich wie Welpen.«

»Bastian beschrieb seine Hacks, als fühlte er bei jedem Einbruch einen Kick. Eine Art Rausch, vergleichbar mit einem Joint.«

»Penetration. Er penetriert fremde Welten. Klingelt da was?«

»Ich bin nicht verklemmt«, knurrte ich. »Also reden Sie nicht mit mir, als wäre ich Ihre Großtante.«

»Warum wohl sind die meisten Hacker männlich?«

»Weil sie ihren Sextrieb umlenken?«

»Er hat einen besten Kumpel, und der macht irgendwann mit Mädchen rum. Ein ganz normaler Jugendlicher. Er interessiert sich für Mädchen, wie sie ihr Haar in den Wind hängen und womit sie sich das Gesicht bemalen. Er überlegt, wie er sie ansprechen kann, dann macht er sich einen Kopf, wie er zu einem Kuss kommt, wie er ihren Busen berührt, immer so weiter. Ein Hacker ...«

»Dv0ttny hat sich nicht an Mädchen rangetraut. Stattdessen hat er fremde Rechner erobert. Na gut, aber was jetzt? Wer ist nbn6? Und wer ist rekinom?«

Mossbach wedelte mit seinem dicken Zeigefinger vor meiner Nase herum. »Stopp, stopp, stopp. Die psychische Grundausstattung eines Hackers zu kennen, ist immer der erste Schritt, um herauszufinden, was er wirklich getan und womit er nur geprahlt hat.« Er hob die Hand. »Seine charakterlichen Attribute sagen uns auch, mit welchen Typen er im Netz Beziehungen einging und zu wem er außerhalb der virtuellen Welt Vertrauen fasste.«

Ich lehnte mich zurück. Mossbachs machtvolle Präsenz würde selbst mich auf Dauer einschüchtern. Wurde Zeit, dass ich ein bisschen Abstand zwischen uns beide brachte.

»Ich glaube, ich weiß, was Sie sagen wollen. Dv0ttny ist außerordentlich talentiert. Ehrgeizig. Er ist ängstlich, aber zugleich in einer Lebensphase, in der er rebelliert. Das ergibt eine explosive Mischung.«

Mossbach holte Luft, aber ich war schneller. »Moment, ich bin dran. Viele ängstliche Typen suchen gerade die Situationen, die sie fürchten. Wie eine Flucht nach vorn. Alles erscheint ihnen angenehmer, als sich ständig mit ihren Ängsten zu quälen. Daher sind sie fundamentalistischen Weltsichten nicht abgeneigt.«

»Scharfsinnige Analyse.«

»Menschenkenntnis gehört zu meinem Beruf.«

»Zu meinem auch.«

Uj, da hatte er es mir aber gezeigt.

»Frau Laverde, Dv0ttny fürchtet sich vor dem, was er sein *könnte*. Er spürt seine Begabung, seine Genialität, und er ahnt, wohin sie ihn zu treiben imstande ist. Die Konsequenzen erscheinen ihm wie die Apokalypse. Er fürchtet sein Licht, nicht seine Dunkelheit.«

»Wer ist nbn6?«

»Der Name ist mir bisher nicht untergekommen. Ich checke das ab.«

»Und rekinom?«

»Nie gehört.«

»Gibt's nicht.«

Mossbach hob drei Finger. »Ich schwöre!«

»Dann finden Sie's raus!«

»Yes, Ma'am.« Er grinste.

»Was ist mit Pia Stein?«

»Sie hat Dv0ttny gelinkt. Hat sich mit seiner Geschichte Publicity erschlichen. Dv0ttny hätte jemanden gebraucht, der ihm Rückendeckung gibt und die richtigen Türen für ihn öffnet.«

»Sie hätten das gekonnt, was?«

Er stützt die Unterarme auf den Tisch. »Ich bin nicht auf der Welt, um klein beizugeben.«

»Ich auch nicht. Ich traue nur meinem eigenen Urteil.«

»Dann sind wir uns ja einig.« Er stand auf. »Ich rufe Sie an, wenn ich was habe.«

Als ich ein paar Minuten später zum Auto kam, war es stockfinstere Nacht, obwohl die Uhr erst sechs zeigte. Juliane lag in eine Fleecedecke gekuschelt auf der Rückbank und hörte eine Bob-Dylan-CD. »Und?«, fragte sie.

»Ich glaube, er hat mich gerade an meine wirklichen Potentiale herangeführt«, sagte ich.

46

Ich lieferte Juliane bei sich zu Hause ab und fuhr heim. Cyn war längst weg. Ich wanderte durchs Haus und checkte den Keller. Manchmal musste man auf Härte setzen. Auch sich selbst gegenüber.

Bis kurz vor acht hatten Juliane und ich bei Nero gesessen. Es ging ihm besser, er sprach, lächelte, aß, wirkte aber abwesend und verstört. Die Ärztin, die ich schon kannte, hatte mich für zwei Minuten beiseite genommen und mir mitgeteilt, der Oberarzt habe Nero einen Reha-Aufenthalt in Salzburg empfohlen. Sein Herz habe den Infarkt gut verkraftet, soweit man das zum derzeitigen Zeitpunkt sagen könne, aber Nero müsse vorsichtig sein.

»Arbeiten darf er in den nächsten zwei Monaten auf keinen Fall. Seine Blutwerte sind nicht die besten. Er leidet an einer leichten Anämie. Außerdem hat er mal eine Hepatitis aufgeschnappt, die nicht richtig ausgeheilt ist. Das beeinträchtigt ihn nicht unbedingt akut. Aber sein Immunsystem ist angekratzt. Aufregungen aller Art muss er meiden.« Sie sprach immer schneller, holte tief Atem. »Herr Keller leidet zudem an einem akuten Burnout-Syndrom. Er ist jemand, der sich mit Selbstdisziplin zu herausragenden Taten antreibt, dafür jedoch selbst auf der Strecke bleibt. Viele Patienten fühlen sich nach dem ersten Infarkt schnell wieder leistungsfähig. Und dann kommt der zweite. Das war's dann oft.« Sie sah mich dabei so eindringlich an, dass ich fürchtete, sie würde mir abartige Sexpraktiken unterstellen.

Juliane hatte angeboten, die Nacht bei mir zu verbringen, aber ich wollte nach diesem irren Tag einfach nur zur Ruhe kommen.

Die Ruhe währte allerdings nicht lange. Mein Handy klingelte. Freiflug.

»Huch?«, sagte ich. »Sollten wir nicht vorsichtig mit unseren Kontaktdaten sein?«

»Bist du zu Hause?«

»Ja!«

»Kann ich vorbeischauen?«

»Jetzt?« Ein Mann wäre okay, aber keiner mit Pferdeschwanz.

»Ich habe die Kacke am Dampfen.«

»Na, wenn's denn sein muss …«

Ich stellte mich unter die heiße Dusche, um mich

aufzuwärmen, spannte ein Laken auf das Bett im Gästezimmer und warf meinen Schlafsack drauf. Hausfraulich war ich eine Null und ich hatte nicht vor, Illusionen zu wecken. Eine Dreiviertelstunde später klingelte mein Handy wieder.

»Mein Auto macht's nicht mehr.«

Dass ein LKA-Beamter, der bereits die übelsten Verbrecher zur Strecke gebracht hatte, so weinerlich sein konnte, ging mir auf den Keks.

»Hattest du einen Unfall?«

»Motor ist verreckt.«

Himmelherrgott! Ich hatte so meine Probleme mit Schwächlingen. Konnte er kein Taxi rufen?

»Wo stehst du?«

»Kurz vor Ohlkirchen!«

»Okay. Wir treffen uns im Méditerranée.« Sollte er wenigstens die letzten Meter selbst laufen.

Eine halbe Stunde nach diesem Telefonat allerdings wurden mir die Ohren heiß. Wir saßen an einem Tisch direkt neben dem Kachelofen, den Claude-Yves für besondere Gäste freihielt. Am Freitag brummte es im Restaurant wie in einem Bienenstock. Gaststube und Nebenraum waren bis auf den letzten Platz gefüllt. Die Weihnachtsdeko kam immer noch bescheiden daher. Claude hielt es minimalistisch mit je einer roten Kerze pro Tisch.

»Ich bin aus dem Rennen.« Freiflug berichtete haarklein von seinem Zusammenstoß mit Woncka. Er war leichenblass im Gesicht.

»Jetzt trink erst mal was. Versuch's mit einem Rotwein. Der wärmt«, stichelte ich.

Claude-Yves brachte eine Flasche von seinem besten Chianti. Er wusste, es war meine Lieblingssorte.

»Wohl bekomm's«, munterte er uns auf. »Wie geht's Nero?«

»Er ist auf dem steilen Weg der Besserung.«

»Na, Gott sei Dank. Ganz schön viel Ärger auf den Straßen. Es hat sechs Grad unter null. Die haben den ersten massiven Schneefall der Saison für diese Nacht angekündigt.« Er zwitscherte ab.

»Weißt du, was Oscar Wilde gesagt hat, Markus? Nach einer guten Mahlzeit kann man allen verzeihen, selbst den eigenen Verwandten.« Ich kostete vom Wein.

Freiflug versuchte ein Lächeln. Es misslang.

»Woncka hat dir also einen Zwangsurlaub verpasst?«

Freiflug trank sein Glas in einem Zug aus. »Weißt du, ich habe alles mehrmals durchgecheckt. Jeden einzelnen Programmabschnitt. Und da war nichts von dem zu sehen, was ich vorher entdeckt hatte. Keine Backdoor. Keine heimlich geöffnete Pforte. Keine Spur von x03 oder Dv0ttny.«

»Sprich, der Zaun ist repariert und es sieht so aus, als wäre da nie ein Loch gewesen?«

»So ist es.«

Claude brachte einen Gruß aus der Küche: Selbstgebackenes Rosmarinbrot und einen Fischaufstrich, der nach Sommer duftete. Während er zurück in die Küche watschelte, konnte er es nicht lassen, ein paar Gäste anzuquatschen und an Freiflugs und meinen Tisch zu zeigen. ›Das ist sie‹, hörte ich ihn bedeutungsschwer sagen. Dazu rollte er mit den Augen und grinste mir zu.

»Ach, Claude-Yves, du Riesentölpel«, murmelte ich.

»Was?« In Freiflugs Gesicht lag eine ähnliche Verstörtheit, wie ich sie heute bei Nero gesehen hatte. Eine Art Betäubung, als sei plötzlich und zum allerersten Mal in ihrem Leben die Erkenntnis zu ihnen durchgedrungen, dass die Welt nicht nach sinnvollen Regeln funktionierte. Sie waren beide talentierte Typen, die mit ihren Pfunden nicht zu wuchern verstanden, sich von der Ignoranz der Welt verunsichern ließen und in kindlichem Trotz beschlossen hatten, ihren Ärger für sich zu behalten. Die unterdrückte Wut hatte Nero einen Herzinfarkt beschert. Freiflug war dabei, sich die Kante zu geben. Im Großen und Ganzen war das gesünder.

»Dann muss jemand das, was du zuvor entdeckt hattest, schnellstens rückgängig gemacht haben. Anders geht's ja nicht.«

Freiflug stopfte sich ein Stück Brot in den Mund. »Wenn das clever vorbereitet ist, hast du auf einen einzigen Knopfdruck eine vorherige Programmversion rekonstruiert. Also: so gut wie. Es war alles geplant. Ausgeklügelt. Jemand hat mich ins offene Messer laufen lassen.«

»Wer wusste von deiner Entdeckung?«

»Ich habe erst auf der Pressekonferenz einen Hinweis gegeben. Wollte einen Köder auslegen. Wenn ein Insider sich hier was zuschulden hat kommen lassen, muss ihn meine Andeutung gewarnt haben. Danach habe ich Woncka meine Ausdrucke ins Büro gebracht.«

»Also konnte jemand, der auf der Pressekonferenz anwesend war, raushören, dass du einem geheimnisvollen Türsteher auf den Fersen warst. Diese Person brauchte nun bloß den Zaun zu flicken!«

»Es ist unvorstellbar. Ich hätte bis heute nicht einmal von einer derartigen Situation geträumt!«

»Du kannst es dir vielleicht nicht vorstellen. Aber denkbar ist es! Einer aus eurem Team oder einer aus dem LKA, der sich auskennt, hätte rein technisch genau das machen können, was du vorhin beschrieben hast. Ein gigantischer Betrug. An der Behörde, an dir, am Team. Es war jemand, der die Gelegenheit und ausreichend Zeit hatte, um sich mit den Schutzmechanismen vertraut zu machen.«

Claude-Yves brachte eine Platte mit Seezunge, Dorade und Tintenfisch. Freiflug starrte auf den Teller, der die Maße eines Sofatisches besaß.

»Das ist das Paradies. Nicht wahr?« Stolz lächelte Claude auf uns herab.

»Nicht für die Fische, soviel ist klar«, antwortete ich.

»Spielverderberin. Meine Gäste sind neugierig auf dich, Kea.«

»Ich bin schon vergeben. Sieh zu, dass du ihnen unser Buch unterjubelst.«

»Bin dabei!« Er reckte den Daumen in die Luft und zog ab.

Ich beugte mich über die Fischplatte. »Ich habe den Wikinger getroffen.«

»Mossbach?«

»Genau. Markus, wir benötigen einen klaren Plan. Irgendwie ist das alles so wirr.«

»Weißt du, was mich fast umbringt?« Er nahm sich ein Stück Seezunge. Wenigstens hatte er Appetit. »Dass einer meiner engsten Kollegen vielleicht ein Verräter ist. Einen nach dem anderen von uns in den beruflichen Ruin treibt.«

»Wer war bei der Pressekonferenz dabei, Markus? Auf eurer Seite?«

»Woncka. Und Roderick.« Markus legte die Gabel weg. »Woncka kann keine Seiten manipulieren. Er ist kein IT-Mann. Er ist Chef. Sonst nichts.«

»Dann richte deine Pupillen auf Roderick.«

Wir kamen nicht weiter. Freiflug war paralysiert. Jeder Gedanke in seinem Hirn zersplitterte in Tausende von winzigen Partikeln, die seine Aufmerksamkeit beanspruchten.

»Markus, denk nach: Wem traust du am wenigsten einen Verrat zu?«

»Ich traue überhaupt niemandem einen Verrat zu.« Er betonte jedes Wort. »Niemandem von meinen Kollegen.«

»Konkret. Nenne Namen!«

Freiflugs Kiefer mahlten, während die Seezunge auf seinem Teller kalt wurde. »Sigrun«, presste er schließlich hervor.

»Ihr vertraust du?«

»Sie ist die einzige Frau im Team. Wenn irgendwas Schräges läuft, würde sie keine Verbündeten finden.«

»Warum sollte sie Verbündete finden? Iss endlich deinen Fisch!«

»Weil Woncka wusste, dass du Dv0ttnys Biografie schreibst. Woher kann er das gewusst haben?«

Nun war ich diejenige, die ihre Gedanken nicht zusammenhalten konnte. Ein kalter Schauer rieselte mein Rückgrat hinunter. Ich sah mich verstohlen um. »Jemand hat geplaudert«, flüsterte ich.

»Wer wohl? Nero wusste es ja nicht. Ich auch nicht. Dv0ttny ist vermutlich nicht zu Woncka gegangen und hat gesagt: Hi, ich deface mal eben Ihre Webseite, und Kea Laverde, die Lebensgefährtin von Nero Keller, dem Streber der Truppe, schreibt übrigens meine Lebensgeschichte.«

»Nein.« Ich sah meinem Gehirn beim Denken zu. In allen Rillen und Furchen funkte und blinkte es. »Ich glaube, ich kapiere, worauf du hinauswillst. Der Verschwörer hat das Defacing entdeckt. Er hat es als erster entdeckt, weil er wusste, dass es stattfinden würde. Er hat es entweder selbst fabriziert oder Dv0ttny den Auftrag gegeben, es zu tun.«

»Oder einem anderen.«

»Zufälligerweise sollte aber Nero ein paar Tage

später einen Patch hochladen, der die Webseiten sicherer machen würde.«

»Und derselbe armselige Nero«, Markus brach sich ein Stück Baguette ab, »ist liiert mit der Ghostwriterin, die dem Hacker, der die Webseiten manipuliert hat, die Bio schreiben soll.«

»Dem das Defacing in die Schuhe geschoben wird. Es war ja vielleicht nicht Dv0ttny. Sondern der Verschwörer, der nur so tut, als wäre er Dv0ttny.«

»Nero sollte kompromittiert werden ...«

»Klingt albern, was?« Ich nickte versonnen. »Es klappte nur, weil der Verschwörer zweigleisig dachte: Ein halbfertiger Patch, der zu spät hochgeladen wird, reißt dich nicht rein. Aber eine Lebenspartnerin, die genau an der Stelle ins Spiel kommt ... Erinnerst du dich, wie die Bäckerin sagte, Woncka habe Nero vorgeworfen, er könne Berufliches und Privates nicht trennen?«

Wir sahen einander an.

»Du musst rauskriegen, wer an dem Morgen, als die falschen Webseiten hochluden, als erster im LKA war«, schlug ich vor. »Und dann müssen wir zusammenschmeißen. Wir brauchen alle Cracks, die wir kriegen können! Den Wikinger zum Beispiel.«

»Der will eine Story.«

»Die kriegt er ja auch. Lass mich nur machen, Markus. Ich bin Journalistin gewesen, ich weiß, wonach das Business schmachtet.« Ich löste meinen Blick von der leeren Fischplatte. »Mousse au chocolat?«

Freiflug nickte.

»Außerdem würde ich dich gern mit jemandem bekannt machen.«

»Mit wem?«

»Mit Cyn.« Ich erzählte kurz von dem Besucher in meinem Keller.

»Du spinnst.«

»Weil ich mir eine Hackerin an Land gezogen habe?«

Freiflug fuhr sich übers Haar. »Na ja ... normal bist du nicht, irgendwie.«

»Nein, ich bin irgendwie unnormal. Normal ist ein Alptraum. Typen wie Woncka gelten als normal.«

»Er kugelt mit seiner Freundin in exklusiven Swingerclubs rum.«

»Du machst Witze.«

»Ich habe ihn selbst zu einem verfolgt. Woncka schien mir die ganze Zeit – fuck!«

»Rede!«

Freiflug stöhnte. »Allmählich habe ich wirklich den Eindruck, dass Nero es nicht einfach mit dir hat.«

»Wäre ja auch noch schöner.«

Claude-Yves brachte das Mousse. Sein Gesicht glänzte rot und stolz wie das eines Toreros, der soeben den stärksten Stier Spaniens überwältigt hatte. Strahlend beobachtete er, wie wir die Löffel zur Hand nahmen.

»Schwirr weiter, Riesenmotte. Das ist privat hier!«

»Ich habe einfach den Eindruck, Woncka ist nicht astrein«, murmelte Freiflug, sobald Claude-Yves außer Hörweite war. »Ich kann nichts Konkretes sagen, und selbstverständlich ist er mein Vorgesetzter, ich habe keine Beweise, aber ...«

»Aber?« Claudes Mousse schmeckte göttlich. »In das Zeug könnte ich mich reinlegen.«

Freiflug sah mich für ein paar Sekunden schweigend an. »Woncka macht eine Wandlung durch. Er war nie ein einfacher Mensch. Aber seit er diese junge Freundin hat, dreht er durch. Er ist zerfahren, unhöflich, gereizt, übermüdet.«

»Kein Wunder, wenn er die Nächte durchswingt.«

»Aber vielleicht liegt's nicht an der Frau. Sondern an einer anderen Geschichte.«

»Du meinst, er bosselt in den Daten seiner Leute herum, manipuliert irgendwelche Sachen, um Ärger zu produzieren? Warum sollte er das tun?«

»Kea, er ist nicht imstande, selbst etwas zu programmieren. Ihm fehlen die Skills.«

»Ergo: Er hat jemanden, der es für ihn tut.«

»Wen?«

»Wenn du es nicht weißt, soll ich mir die Antwort aus der Nase ziehen?«, fauchte ich. Die Weinflasche war leer. Ich winkte Claude-Yves.

»Nero hätte unter Umständen eine Idee.«

»Unter welchen Umständen?«

»Ich habe das nur so gesagt!«

Er nervte. »Okay. Dann fahren wir nach Neuhausen, holen Nero aus dem Krankenhaus, igeln uns ein und lösen den Fall.«

»Tickst du noch richtig?«

»Pass mal auf.« Ich stützte die Ellenbogen auf den Tisch und beugte mich vor. »Du willst, dass ich dir helfe, ein Problem zu lösen, das überhaupt nicht meins ist. Was interessiert mich dein perverser Chef?«

Freiflug wurde blass. Claude-Yves kam an unseren Tisch gedackelt und entkorkte die nächste Flasche. Er missverstand die Situation. »Oder soll es ein Digestif sein? Was möchtet ihr?«

»Später!« Ich berührte seinen Arm und schob ihn sanft von unserem Tisch weg.

»Es geht dich durchaus was an!«, grunzte Freiflug. Er goss sich sein Glas voll. »Denk an rekinom. Der hängt auf deiner Platte. Und Dv0ttny war dein Auftraggeber.«

»Okay«, ruderte ich zurück. »Bring mich nicht auf die Palme, ich hab's verstanden. Wenn Cyn endlich was entdecken würde, was uns auf die Spur von diesem rekinom führt!«

Freiflug war nicht nachtragend. »Im Zweifel hängen beide Stränge nicht zusammen. Du und Dv0ttny, Nero und das Defacing.«

»Aber sicher hängen sie zusammen. Schenk mir Wein ein.« Ich hielt ihm mein Glas hin. »Aber, weißt du, es ist unwahrscheinlich. Weil dir jemand suggerierte, dass Dv0ttny seit einiger Zeit um die Firewalls des LKA geschlichen sei.«

»Dv0ttny selbst wäre wahrscheinlich viel vorsichtiger gewesen. Hätte seine Spuren verwischt.«

»Jap!« Ich lachte. Plötzlich machte mir das Leben neuen Spaß. Ich hatte einen satten Alkoholpegel, einen vollen Magen, der Kachelofen bullerte, und ein paar Männer an anderen Tischen guckten ab und an interessiert zu mir herüber. Ich warf das Haar zurück. Heute trug ich es offen. Wer forsch ans Werk ging und sich nicht einschüchtern ließ, wurde belohnt.

»Ich wollte es aus deinem Mund hören«, sagte ich. »Ich rufe jetzt Cyn und Mossbach an. Morgen um elf Treffen bei mir. Dann kreisen wir die Brut ein.«

»Warte!«, sagte Freiflug. »Wer hat eigentlich Bastians Rechner?«

47

Ich trat in die Winternacht hinaus, um meine Telefonate zu erledigen. Es war eiskalt. Der Schneepflug ratterte durch den Ort, die Schaufel schrammte über die vereiste Straße. Es wurde Zeit, dass ich hier wegkam. Vielleicht nicht auf die Kanaren. Besser nach Australien.

Mossbach und Cyn waren einverstanden, am nächsten Tag um elf bei mir aufzukreuzen, sofern das Wetter keine Kapriolen schlug. Ich rief Jassmund an. Er spielte Backgammon mit seinem Sohn. Am Computer.

»Ich verliere dauernd«, seufzte er mit einem halben Lachen.

»Gibt's was Neues im Todesfall Bastian Hut?«

»Nein. Seine Mutter sagte mir, Bastian habe nie über Kopfschmerzen geklagt. Vielleicht mal vor einer Klausur oder wenn es Stress in der Schule gab. Nichts Außergewöhnliches.«

»Habt ihr seinen Rechner durchgecheckt?«

»Dazu hatten wir keine Veranlassung. Übrigens: Morgen ist Bastians Begräbnis. Um 14 Uhr auf dem Ohlkirchener Friedhof.«

Ich war tiefgekühlt, als ich zu Freiflug in die Gaststube zurückkam. Meine Pläne hatte ich gefasst.

»Wer wusste von dem Patch, den Nero programmieren sollte?«, hakte ich nach. »Nur euer Team?«

»Nein, das ging groß per Mail rum. Alle Rechner im Haus hätten genau heute den Patch runterladen und schließlich durch Neustart installieren müssen. Darüber waren sämtliche Mitarbeiter informiert.«

»Morgen um 14 Uhr ist Bastians Beerdigung. Kann ich auf dich zählen?«

»Was meinst du?« Freiflug war betrunken. Die zweite Weinflasche war leer. Er musste sie allein gekippt haben, während ich draußen telefonierte.

»Wir holen uns seinen Rechner. Kopieren die Festplatte und verschwinden!«

»Du spinnst.«

»Eine bessere Gelegenheit wird sich nicht bieten. Wenn du nicht mitmachst, frage ich Mossbach.«

Wir ließen den Spider vor dem Méditerranée stehen und wanderten zu Fuß nach Hause. Claude-Yves bot an, uns zu fahren, aber er war auch nicht mehr nüchtern, als wir uns nach eins auf den Weg machten. Es schneite wie irrsinnig. Wir stapften durch das, was romantische Mitmenschen als weiße Pracht titulieren, was mir selbst aber komplett gegen den Strich ging. Lebensfeindlicher ging es nicht. Wenigstens kriegte man in der Kälte den Kopf frei.

Der Schneepflug fuhr üblicherweise bis Ohlkirchen. Wenn ich Glück hatte, ratterten sie das Stück bis zum Beginn des Flurbereinigungsweges weiter, der kurz hinter meinem Haus begann. Wenn sie in Eile waren, verzichteten sie darauf. Dann steckte ich fest.

»Scheiß Wind!«, murrte Freiflug.

Der Schnee fegte von der Seite heran. In den Schneewehen steckten wir bis weit übers Knie.

»Hoffentlich geht deine Heizung.«

»Ja, ja«, sagte ich gedankenlos. Ein klappriger alter Wagen kam aus der entgegengesetzten Richtung. Direkt von dort, wo mein Haus stand. »Der hat sich verfahren!« Es musste so sein. Ein Peugeot, was Claude-Yves' frankophiles Herz höherschlagen lassen würde. »Was zum Teufel …«

»Argmpf?«, nörgelte Freiflug unartikuliert gegen den Wind.

»Ich will wissen, was dieser Vogel auf meiner Zufahrt macht.«
»Kommt vielleicht vom Ammersee.«
»Im Sommer vielleicht.« Wenn die Touristen die Straßen verstopften, nahmen gerade Einheimische gern den Schleichweg durch die Felder. »Aber bei dem Wetter?« Meine Lippen waren so kalt, dass ich kaum sprechen konnte. Ich sah dem Wagen nach. Der Schnee hatte die Nummernschilder zugeweht. »Mist.«
»Was?«
Ich rollte mit den Augen. Männer! Kapierten nichts, dachten nicht mit und waren überflüssig wie Fußpilz. Ohne Mann wäre ich jetzt auf den Kanaren und nicht auf dieser versifften Straße. Ich erschrak vor meinen eigenen Gedanken. Durfte ich…? Verdammt, ich durfte! Wer sollte schon etwas dagegen haben, wenn ich Nero als Bremsklotz interpretierte? Es hatte ja nichts mit seinem Infarkt zu tun. Das Problem hatte viel früher angefangen. Dieses Nebeneinanderherleben. Missverständnisse, die Enttäuschungen programmierten. Festgefahrene Vorstellungen von Beziehungen, die mir nichts sagten, während sie Nero regierten, so ernst nahm er sie.

Der Schnee war längst in meine Boots gedrungen. Meine Füße wollten streiken, die Muskeln steif von der Kälte und vom Alkohol. Ich hatte dringend etwas Aufbauendes nötig.

Morgen Nachmittag würden wir Bastians Rechner in Augenschein nehmen und dann – mal sehen.

48

27.11.2010

Freiflug lag noch im Bett und pofte, als Cyn und Juliane bei mir reinschneiten. Cyns Transporter pflügte sich durch den Tiefschnee wie ein Büffel in den Weiten der Prärie.

»Dachtest wohl, du könntest ohne mich Spaß haben«, uzte Juliane und legte eine klobige Tüte Brötchen in meiner Küche ab. »Wer schnarcht denn hier so?«

»Freiflug. Im Gästezimmer! Nicht was du denkst.«

»Ich denke nicht«, grinste Juliane. »Schmeiß die Kaffeemaschine an. Ich muss was Heißes in den Magen kriegen. Das Wetter bringt mich schneller ins Grab als das Alter.«

Cyn saß schon vor meinem Rechner. Während Juliane und ich das Frühstück herrichteten, flitzte sie in den Keller, installierte dort irgendein Gerät und kam genau in dem Moment die Treppe hinauf, als ich Mossbach die Tür öffnete.

»Ganz schöne Einöde hier«, bemerkte er. Sein Blick fiel auf Cyn. Er betrachtete sie ein wenig zu lang, zu aufmerksam. Cyn trug wieder ihre Thermohosen, die an ihrem zierlichen Körper kaum auftrugen, und einen Troyer im Norwegermuster. Ihr Haar stand in alle Richtungen ab. »Abgesehen von ...« Er brach ab, als er Juliane um die Ecke lugen sah. »Frauenfrühstück?«

»Wir sind nicht dogmatisch«, erwiderte ich. »Markus Freiflug schläft seinen Rausch aus.« Was Mossbach sich zusammenreimte, war mir völlig schnurz. Ich bat alle, sich einen Platz auf dem Küchensofa zu suchen, und schaffte zwei Stühle aus meinem Arbeitszimmer herein.

Juliane übernahm es, unsere Arbeitsgruppensitzung zu moderieren. »Cyn hat die Aufgabe, Keas Rechner und das eigenartige Modem im Keller zu überprüfen und nach rekinom zu suchen. Simon Mossbach hat allem Anschein nach Ergebnisse, was x03 betrifft. Legt los, Leute.«

Mossbachs Mundwinkel zuckten verdächtig. In so ein Team war er vermutlich noch nie geraten.

»Zwei Ergebnisse: Ich habe nbn6 aufgetrieben. Mit x03 ist es schwieriger. Ein Phantom, nahezu unaufspürbar. Aber ich bin dran.«

»Wer ist nbn6? Er hat Dv0ttny zu seinen Hacks animiert, müsst ihr wissen«, erklärte ich den anderen.

»Dahinter steckt eine Agentur, die mit Daten handelt. Adressen, Mail Accounts, Geburtstage. Wenn's sein muss, auch Passwörter zu Mailkonten und Diensten im Netz.« Mossbach nahm sich ein Brötchen. »Kann ich einen Espresso haben?«

»Bedienen Sie sich. Wie heißt die Agentur?«

»Medicales. Offiziell befassen sie sich mit Gesundheits- und Ernährungsberatung. Sie greifen Daten im Internet ab und suchen sich gezielt Hacker, die bereit sind, an entsprechenden Stellen Daten zu stehlen. Fitnessstudios, Krankenhäuser, Kurkliniken, sogar physiotherapeutische Praxen und Selbsthilfechats im Internet sind begehrte Ziele.«

»Wozu wollen sie die Daten haben? Um Werbung zu schicken?«

»Exakt. Und zwar so individualisiert wie möglich. Schauen Sie mal in Ihren Spamordner, wie viel dubioses Zeug sich dort zum Thema Übergewicht, Impotenz und anderem Kram ansammelt.«

»Das sind die Mails, die jeder gleich löscht«, warf ich ein.

»Das ist nicht gesagt. Je präziser die Betreffzeile auf die einzelnen Personen zugeschnitten ist, desto eher klicken die Leute auf diese Mails. Sie leiden seit Jahren an einem Bandscheibenvorfall? Vermutlich sind Sie versucht, nach jedem Strohhalm zu greifen, selbst wenn er sich überraschend in Ihrer Inbox befindet.«

»Und dann? Bei Klick Virus?«, fragte ich.

»Wenn Sie Pech haben, kriegen Sie einen Trojaner, der Ihre Platte nach noch präziseren Infos absucht. Es gibt viele Möglichkeiten. Solche Geschäftsleute bringen ihre Schäfchen ins Trockene, sonst würde sich der ganze Aufwand nicht lohnen. Was sie den hackenden Jugendlichen bezahlen, sind Peanuts im Vergleich zu den Summen, die sich mit dem Versprechen von Gesundheit, Schönheit und ewiger Jugend verdienen lassen. Was in unserem Zusammenhang interessiert, ist: Bastian Hut hat Daten im Auftrag einer solchen Agentur zusammengetragen. Dass es einen Zusammenhang mit dem Defacing der LKA-Seiten gibt, ist unwahrscheinlich.«

Cyn zappelte auf ihrem Stuhl herum und zeichnete Strichmännchen auf einen Block. Ich guckte ihr über die Schulter. Hatte sie irgendwas in petto?

»Was ist mit rekinom?«, fragte ich.

»Er beobachtet dich vorsichtig, aber er selbst hinterlässt keine Spuren.« Sie setzte Mossbach kurz ins Bild über die technischen Details. Sie hätte Ungarisch sprechen können – ich verstand nicht den kleinsten Piep. »Allerdings bin ich ihm in ein paar Chatrooms gefolgt.«

»Und?«

»rekinom ist zurückhaltend. Er schlägt nicht überall auf, wo was los ist, und selbst da, wo er sich zeigt, macht er wenig Aufhebens. Ich habe nur überprüft, mit wem er sich austauscht. Da war zum Beispiel ein gewisser Fudge, den habt ihr mitgekriegt.« Sie sah Juliane und mich an. Wir nickten brav. »Aufschlussreicher ist jedoch, mit wem er sich zur selben Zeit im selben Chatroom befindet, ohne Kontakt aufzunehmen.«

»Du meinst, er beobachtet dort Leute?«

»Oder er wird beobachtet.«

»Die reinste Peepshow«, ließ sich Juliane vernehmen. Mossbach lachte rau.

Ich begann zu begreifen, dass sich das eigentlich interessante Leben im Internet in den Schatten zutrug.

»Jemand mit dem Namen Decemwe ist auffällig häufig zur selben Zeit wie rekinom auf den passenden Plattformen unterwegs.«

»Komischer Nickname.«

»Alle Nicknames sind irgendwie komisch, wenn du so willst«, klärte Cyn mich auf. »Sie sind gute Verberger und Verräter. Für den Fall, dass jemand sich zu viel Mühe mit seinem Moniker gegeben hat, um darin eine Message zu verstecken.«

»Wer ist Decemwe? Irgendein Verdacht?«, fragte Mossbach scharf.

»Klingt afrikanisch«, warf Juliane ein.

Cyn zuckte die Achseln. »Keine Ahnung. Aber Decemwe ist rekinom zuerst am 23.11. auf die Pelle gerückt.«

»Am Tag nach Bastians Tod?« Ich sah von einem zum anderen.

»Decemwe hat vorher ab und zu rekinoms Chatrooms gestreift, aber nicht regelmäßig. Wahrscheinlich eher zufällig. Doch seit dem 23.11. hing Decemwe fast immer in denselben Locations ab wie rekinom, und zwar zu denselben Uhrzeiten.« Cyn verwuschelte ihr Haar. »Bloß nicht von 8 bis 13 Uhr.«

»Ein Schüler!« Stolz reckte ich den Hals. Endlich hatte auch ich mal ein Zeichen gelesen.

»Kann sein.«

»Und x03?«, erkundigte sich Juliane.

»x03 ist ein Hacker, der es versteht, sich unsichtbar zu machen. Unmöglich, an ihn ranzukommen.«

Mossbach goss sich den dritten Espresso ein, und ich ging los, um neuen zu brauen. »Ich habe alles in Bewegung gesetzt, was möglich war.«

»Aber? Keine Ergebnisse?«

»Doch. Denken wir zielgerichtet, wollen wir wissen, ob eine Chance besteht, dass x03 die Seiten des LKA infiziert hat. Das ist unwahrscheinlich. Total unlogisch. x03 gibt sich mit so was nicht ab. Es passt nicht zu seinem Profil.«

»Stopp!«, hob ich an. »Lasst euch erst mal einweihen in das, was unser friedlich schlummernder Kollege gestern erlebt hat.« Ich berichtete knapp.

Die anderen drei starrten mich an. Schließlich begannen Cyn und Mossbach gleichzeitig zu sprechen, sahen einander an, brachen in Lachen aus und bestanden darauf, sich gegenseitig den Vortritt zu lassen.

»Ja, was nun!«, platzte Juliane die Hutschnur.

»x03 hat die Seiten nicht manipuliert. Jemand anderer hat es getan und sich seines Namens bedient.« Mossbach nickte Cyn zu.

»Aber derjenige, der x03 ins Spiel gebracht hat, muss ein Riesenidiot sein oder sich im Milieu nicht auskennen. Kein Hacker findet es witzig, wenn sein Label fälschlicherweise irgendwo angeschlagen wird.« Sie rührte in ihrem Haar.

»Logisch«, versetzte Juliane. »Soweit wäre ich auch gekommen.«

Ich beobachtete Mossbach, der von beiden Frauen, der jungen und der alten, gleichermaßen fasziniert schien und nicht wusste, wo er zuerst hinschauen sollte.

»Woraus wir schließen können, dass der Defacer, wenn es nicht Dv0ttny war, keinen Schimmer hat, wer x03 ist.«

»Ein Dilettant?«, fragte ich.

»Jeder Idiot landet mal einen Zufallstreffer.« Mossbach ließ sich Espresso nachschenken und schüttete die heiße Flüssigkeit in seinen Rachen wie ein Glas Schnaps.

»Dv0ttny hätte sich selbst nie so einen großen Namen gegeben«, mutmaßte Cyn. »Das ist Ehrensache.«

Mossbach betrachtete sie interessiert. Mir wurde sofort klar: Er guckte sie als zukünftige Informantin aus. Einer wie Mossbach war ständig auf der Suche nach Quellen.

»Also mischt noch jemand mit.« Juliane grub sich durch die Brötchentüte. »Wer will was mit Mohn?«

»Schmeiß rüber.« Ich fing das Brötchen auf. »Dv0ttny hat im Auftrag von Mr. Unknown das LKA geärgert. Mr. Unknown hat alles akribisch vorbereitet und Freiflug kompromittiert, nachdem der auf der Pressekonferenz Andeutungen gemacht hat.«

»Die entsprechende Person hat den Köder geschluckt und sämtliche Spuren beseitigt«, bestätigte Mossbach. »Was immer passiert – er ist gewarnt und wahrscheinlich extrem nervös. Etwas anderes kann Freiflug eigentlich nicht beabsichtigt haben. Wer Panik schiebt, macht Fehler.«

Ich sah Cyn an. »Mein Modem?«

Sie schüttelte den Kopf. »Da hat bis jetzt niemand zugegriffen.«

»Aber was sagt uns das jetzt?« Ich sah von einem zum anderen. Die Zeit lief uns davon. Es war fast eins. In einer Stunde wollte ich bei Bastian zu Hause den Rechner auseinandernehmen. Mit Freiflug war nicht zu rechnen. Ich musste mir andere Verbündete verschaffen.

»Was wissen wir über Mr. Unknown?« Juliane hielt drei Finger hoch. »Er ist kein großer Geist. Eher blindes Huhn. Hinterlässt unwissentlich das Pseudonym einer Berühmtheit.«

»Fleißiger Arbeiter. Kann stringent denken und ist koordiniert genug, um jeden Zug des Gegners im Voraus zu kalkulieren.« Mossbach sah in seine Espressotasse.

»Außerdem ist er vorsichtig. Ängstlich. Hat vielleicht eine Menge zu verlieren.« Das kam von Cyn.

»Und es war wirklich nicht Dv0ttny?«, fragte ich vorsichtig nach. »Der Defacer, meine ich.«

»Oops?«, machte Mossbach. »Davon sind wir doch ausgegangen. Dass jemand Dv0ttny die Tür geöffnet hat. Mr. Unknown muss mehr wissen, als Dv0ttny wusste. Er hat Dv0ttny benutzt.«

Mir schwirrte der Kopf.

Mossbach sah mich mitleidig an. »Das ist ein bisschen so, wie mit verbundenen Augen Schach zu spielen«, sagte er. »Und zwar rückwärts.«

»Aber Freiflug hat Sonderurlaub, weil er das nicht mehr beweisen kann. Weil nämlich jemand sämtliche Löcher gestopft und den status quo instand gemogelt hat.«

»Eben. Also ist außer Dv0ttny noch jemand unterwegs.«

Ich goss mir einen Espresso ein und trank in ganz kleinen Schlucken. Meine Zellen lechzten nach Stoff.

»Freiflugs Einschätzung ist gefordert«, bestimmte Juliane. Sie sah zum Fenster hinaus. »Es schneit schon wieder.«

»Laut Psychogramm ist der Unbekannte nicht x03. Es ist jemand mit einem ausgeprägten Sicherheitsbedürfnis, ein harter Arbeiter, ein kluger Denker, der viele Schritte vorausberechnen kann. Und ein Insider. Konzentrieren wir uns auf diese Option«, schlug Mossbach vor.

Ich stand auf, bullerte an die Tür des Gästezimmers und schrie: »Markus! Pack deine Einzelteile zusammen und komm raus! Wir brauchen dich!«

49

Ein halbe Stunde später hockten wir in Cyns Transporter und rollten über die völlig verschneite Straße nach Ohlkirchen.

»Keine Angst, ich habe Schneeketten dabei«, sagte Cyn, während sie konzentriert den Wagen steuerte. In der eiskalten Luft knackte der Schnee unter ihren Reifen. »Seid ihr bereit?«

Freiflug rieb sich das Gesicht. Er sah übel aus: verkatert, panisch, ausgelutscht. Er ist der nächste, der mit einem Burnout zusammenbricht, dachte ich.

Es war kurz vor zwei Uhr. Langsam fuhren wir die verschneiten und völlig verlassenen Straßen in Ohlkirchens Neubaugebiet entlang. Hier hatten sich Staatsanwälte, Oberstudienräte und die Honoratioren des Ortes ihre Eigenheime hingestellt.

»Haben die einen Hund?«, fragte Freiflug aufgeregt.

Ich zuckte die Achseln.

»Videoüberwachung?«

»Allenfalls einen Bewegungsmelder«, frotzelte Juliane.

»Mit einer Kamera werde ich schon fertig.« Cyn hielt an, ließ den Motor weiterlaufen und streifte großspurig eine Fleecejacke über. »Bereit?«

50

Freiflug schwitzte am ganzen Körper. Mit Bier wäre ihm das nicht passiert. Er vertrug einfach keinen Rotwein. Selbst Whiskey oder Cognac hätten ihm keinen solchen Kater beschert.

Er zog Keas Schal übers Gesicht. Mossbach marschierte bereits durch den Garten im Anwesen der Huts. Er strahlte Potenz aus. In einem Ausmaß, das Freiflug fast aggressiv machte. Kea wollte auf der Straße Schmiere stehen, und Juliane lenkte den Transporter zurück in den Ort, damit das Fahrzeug nicht auffiel.

Ich kann da jetzt in nichts nachstehen, dachte Freiflug, während ihm der Schweiß über den Rücken rann. Die halten mich für ein Weichei. Sie glitten durch die Kellertür ins Haus. Mossbach besaß einen Dietrich. Es dauerte keine zwei Minuten.

Sie zogen die nassen Schuhe aus und schlichen auf Socken in die Wohnung hinauf. Wie ein Floh hüpfte Cyn voran.

»Ausschwärmen!«, befahl Mossbach.

Freiflug fühlte sich von der körperlichen Überlegenheit des anderen eingeschüchtert. Er hatte dringend Bedarf an einem Erfolg für sein Selbstbewusstsein. Er überließ den beiden das Erdgeschoss und stieg in den ersten Stock hinauf. Jugendzimmer waren immer oben. Mindestens eine Treppe vom spießigen Leben der Eltern entfernt.

Bastians Zimmer war unangetastet. Er war erst ein

paar Tage tot, und obwohl Markus Freiflug in seinem Leben eine Menge Situationen dieser Art durchgestanden hatte, überwältigte ihn doch stets aufs Neue das Gefühl, der Verstorbene sei anwesend.

»Kommt rauf«, rief er leise ins Treppenhaus.

Bastian besaß zwei Rechner. Einer davon war ein Laptop. Freiflug würde nichts davon anfassen. Immerhin war er Beamter. Mit einem Taschentuch zog er die Schubladen auf. Das fühlte sich nicht ganz ungewohnt an. Allmählich stellte sich ein Gefühl von Routine und Sicherheit ein. Er fand eine Menge Computerkram, CDs, Kabel, Adapter, Ladegeräte.

Cyn wuchs hinter ihm aus dem Boden. »Ich kopiere seine Platten. Dann verschwinden wir.«

»Gut.«

Mossbach kam ins Zimmer. »Unten ist das Arbeitszimmer der Mutter. Unkorrigierte Klassenarbeiten und so weiter. Und ein Rechner.«

Cyn hatte bereits eine externe Festplatte angeschlossen und fuhr Bastians Rechner hoch. Freiflug sah nicht so genau hin. Er machte sich lieber an den Schränken zu schaffen. Bastian besaß nicht viele Klamotten. Das meiste Jeans, Sweater. In der Nachttischschublade ein Päckchen Präservative. Neugierig zählte Freiflug nach. Von zehn Kondomen waren drei übrig. Er steckte die Schachtel ein.

»Scheiße, das dauert!« Cyn trommelte mit den Fingern auf die Tischplatte.

Mossbach beugte sich über sie. Die Nähe der

beiden widerte Freiflug an. Cyn schien die männliche Zudringlichkeit nicht wahrzunehmen, aber Mossbach nutzte die Situation aus. Einer wie er nahm anscheinend immer Witterung auf. Selbst wenn eine Frau einen Norwegerpulli trug, sah er den BH darunter. Und nicht nur den. Verdammt, war das lächerlich!

Plötzlich blitzte in Freiflugs schmerzendem Kopf ein Gedanke auf. Er tastete nach der Schachtel mit den verbliebenen Kondomen.

»Ich seile mich ab. Ich gehe zur Beerdigung.«

Zwei Augenpaare richteten sich auf ihn.

»Ich bin immer noch Polizist. Ich ... na, gut, jedenfalls gehört es einfach dazu. Zu sehen, wer sich dort herumtreibt.«

»Okay«, sagte Cyn nur, dann wandte sie sich wieder ihrer Arbeit zu. »Ciao, Baby!«

Was war er froh, dass er da rauskam! Freiflug schlüpfte in seine eiskalten Boots und trabte durch den frischgefallenen Schnee auf das Gartentor zu. Kea war nirgends zu sehen. Immerhin wären diese Spuren in weniger als zehn Minuten unsichtbar. Es schneite einfach weiter, als wolle der Dezember ganz Bayern, vielleicht sogar ganz Europa, verschlucken. Zugedeckt zu werden, selbst von zweifelhaften Eiskristallen, erschien Freiflug zurzeit gar nicht so unerquicklich. Wer nicht gesehen wurde, den ließ man in Frieden. Deswegen genossen wahrscheinlich manche Zeitgenossen den Schnee. Er gab ihnen das Gefühl, dass der Schmutz, das immergleiche Grau einfach unter einer Decke von Weiß verschwanden.

Der Ohlkirchener Friedhof lag in unmittelbarer Nachbarschaft zur Ortskirche. Freiflug kam am Méditerranée vorbei. Drinnen sah es warm und gemütlich aus. Genau der richtige Ort, um mal einen Nachmittag aus allem rauszukommen, dachte Freiflug.

Der Trauergottesdienst war beinahe zu Ende. Die Gläubigen kamen von der Kommunion und quetschten sich zurück in ihre Bänke.

Rasch ließ Freiflug den Blick schweifen. In den ersten beiden Bankreihen saßen die Verwandten. Die Eltern und eine alte Frau mit weißem Haar, vermutlich die Oma. Onkel und Tanten. Erst weiter hinten hockten circa zwanzig Jugendliche wie die Hühner auf der Stange. Bastians Schulklasse schien geschlossen angerückt.

Freiflug war evangelisch, aber katholische Kirchen zogen ihn seit seiner Kindheit magisch an. Er mochte die Sinnlichkeit, die von ihnen ausging. Barocke Engel, aufgespießte Heilige, alte, ausgebleichte Gebeine und Weihrauch. Dazu all die Farbenpracht, von der jetzt im Advent eine besondere Magie ausging.

Die Orgel spielte, der Pfarrer segnete die Gemeinde. Unter dem Klang eines Chorals, den Freiflug kannte, jedoch spontan nicht einzuordnen wusste, verließen die Leute die Kirche. Sie drängten sich im Vorraum zusammen. Keiner wollte in die Kälte hinaus.

Die Teenager klebten in Grüppchen zusammen. Freiflug sah aufmerksam zu – und entdeckte die Außenseiterin sofort. Ein Mädchen, stark geschminkt. Das Make up war verlaufen, zog düstere Spuren über ihr Gesicht. Sie war schön, Oliventeint, vielleicht Türkin. Das Haar steckte unter einer rosa Häkelmütze mit Schirm.

Um sich nicht zu früh festzulegen, folgte Freiflug der Gemeinde zum Grab. Der Friedhof war völlig zugeschneit. Das untere Drittel der Grabsteine war bereits im Schnee versunken. Nur ein einziger Pfad war gespurt worden, damit der Katafalk mit dem Sarg zum Grab gerollt werden konnte. Als es trotzdem auf Rädern nicht mehr weiterging, hoben sechs Männer den Sarg an und trugen ihn die letzten zwanzig Meter. Einer von ihnen glitt im Schnee aus. Eine Frau, die nicht weit entfernt von Freiflug stand, schluchzte auf. Jemand kicherte. Das Mädchen mit dem verschmierten Make up sah sich um. Auf ihrem Gesicht lag ein wütender Ausdruck.

Irgendwann sollte ich ein Buch schreiben über die Beziehungs- und Gefühlsraster auf Beerdigungen, dachte Freiflug. Vielleicht könnte er dies Kea zu gegebener Stunde als Angebot unterbreiten. Er wartete die Zeremonie ab. Niemand nahm Notiz von ihm. Als sich schließlich alle zum Leichenschmaus aufmachten, halb erfroren und mit nassen Füßen und roten Nasen, blieben nur die Eltern und die Oma am Grab stehen.

Die Teenager zerstreuten sich. Die schluchzende Frau von eben schien eine Lehrerin zu sein. Sie sammelte ihre Schäfchen um sich.

»Hallo!« Freiflug stellte sich neben das Mädchen, das sich mit einem Tempo über die Wangen tupfte. »Du warst Bastians Freundin, oder?«

»Und Sie? Wer sind Sie?«

Sie hatte diesen schnippischen Tonfall, den Freiflug nicht mochte, aber zur selben Zeit mit einem gewissen Neid zur Kenntnis nahm. Das Selbstbewusstsein der jungen Generation wurde weder von einer Beerdigung noch von völlig verhunzter Schminke zerrüttet. Das war zu seiner Zeit anders gewesen: Die Jungs waren rot geworden und die Mädchen hatten den Kopf gesenkt.

»Markus. Ein entfernter Kumpel von Bastian.«

Sie sah ihn argwöhnisch an. »Einer von denen?«

»Wenn du so willst …« Ihm fiel auf, dass er sie hätte siezen müssen. »Gehst du mit zum Leichenschmaus?«

Sie schüttelte stumm den Kopf.

Verdammt, der Wind kühlte Freiflug dermaßen aus, dass er sich Keas Schal wie einen Turban um den Kopf wickelte. Das Mädchen versuchte ein Lächeln. »Sieht ziemlich freakig aus.«

»Wenn ich dich zu einem Kaffee einlade …« Er bemerkte ihr Zaudern sofort. »Gleich die Straße runter, bei Tchibo?«

»Na gut.«

Die anderen Jugendlichen waren längst weg. Freiflug sah zurück zum Grab. Der Anblick der drei Trauernden in den schwarzen Mänteln, die wie Riesenkrähen im Schnee standen und zusahen, wie mehr und mehr Flocken in die Grube, auf das Bouquet und die vielen Kränze rieselten, war frustrierend.

51

Sie standen an einem Tisch im hinteren Teil des kleinen Cafés, direkt neben der Kaffeemaschine.

Sarah, so hieß das Mädchen unter der rosa Häkelmütze, rührte in ihrer Schokolade. Freiflug versuchte es mit schwarzem Kaffee, aber die Brühe kam ihm sofort hoch. Er biss stattdessen in ein Stück Streuselkuchen. Wartete einfach ab. Irgendwann, wenn die Wärme in Sarahs Knochen geschlüpft war, würde sie den Mund aufmachen. Und reden. Heulen. Freiflug kannte das. Es spielte sich immer gleich ab. Zu reden bedeutete für jeden Menschen eine solche Erleichterung, dass kaum jemand der Versuchung widerstehen konnte, einfach alles rauszulassen. Wer machte in seinem Alltag schon die Erfahrung, dass man ihm zuhörte? Das war genau der Punkt, der Markus Freiflug mitunter sauer aufstieß. Als Ermittler brachte er Menschen zum Reden – doch er selbst sprach überhaupt nicht über die Dinge, die ihn bewegten. Diese Verweigerungshaltung ging soweit, dass er in seinem Inneren etwas brodeln spürte, ohne zu ahnen, was es war. Er kannte sich selbst und seine Geister kaum. Machte aus seinem Herzen eine Mördergrube. Irgendwann würde er so enden wie Nero: auf einer Intensivstation, umgeben von Schläuchen und medizinischer Hochtechnologie, die seine organischen Funktionen am Leben hielten, während im Herzen – nicht in der Muskelpumpe, sondern im tiefen, echten, roten Herzen – alles schwieg.

»Hat man euch gesagt, woran Bastian gestorben ist?«

»Uns?« Sarah zog die Mütze vom Kopf. Dichtes schwarzes Haar sank auf ihre Schultern.

»Deiner Klasse.«

»Ich bin nicht in Bastians Jahrgang. Ich bin nicht mal an seiner Schule.« Endlich legte sie den Löffel beiseite und sah Freiflug an. »Ich gehe bloß auf die Realschule!«

Freiflug bewunderte Sarahs Oliventeint. Er mochte südliche Frauen. Ob sie mit Bastian geschlafen hatte?

»Woher kennst du Bastian?«

»In Ohlkirchen kennen sich eigentlich alle. Es gibt im Ort eine Menge Gerüchte über Bastian. Sie sagen, er hätte irgendwas in seinem Gehirn gehabt. Eine Ader, die am Platzen war. So ähnlich.«

»Wusste er das selbst nicht?«

Sarah sah ihn misstrauisch an. »Warum willst du das wissen?«

»Ich kannte Bastian ganz gut«, log er. »Aber er hat nie darüber geredet. Über das Aneurysma, meine ich.«

»Mit mir auch nicht.«

Freiflug dachte an die Schachtel mit den Kondomen in seiner Tasche. Hatten sie oder hatten sie nicht?

»Mit gegenüber hat Bastian immer so getan, als machte er sich nichts aus Mädchen und Beziehungen. Wenn ich gewusst hätte, dass er eine Freundin hat ...«

»Ich bin nicht seine Freundin.« Sarah stützte die Ellenbogen auf den Bistro-Tisch und barg ihr Gesicht in den Händen. Sie schluchzte leise, riss sich zusammen und sah Markus direkt an. »Wir haben nur geredet und so. Über Gott und die Welt. Was uns ankotzt. Wie wir leben wollen. Solche Sachen.«

»Bastian war ziemlich idealistisch, nicht wahr?«

»Er hat mir gesagt, dass die meisten Hacker so drauf sind.« Sie senkte die Stimme. »Sie sind so eine Art Putzkolonne für die Cyberwelt.«

Freiflug schluckte. Als er in Sarahs Alter gewesen war, hatte die 89er-Wende Europa revolutioniert. Die damalige Aufbruchstimmung suggerierte die schnelle Lösung aller Konflikte. Frieden und Freiheit. Stattdessen war alles nur chaotischer geworden. Niemand blickte mehr durch. Wahrscheinlich waren

Jugendliche wie Bastian die einzigen, die ein bisschen verstanden, wie das Chaos funktionierte.

»Wir haben zusammen die Wikileaks-Sachen durchgesehen und uns ein paar Gedanken gemacht über die Gegenangriffe.«

»Gegenangriffe?«

»Über diejenigen, die alles attackieren, was dem Wikileaks-Projekt hilft. Ich meine, es ist wie ein Krieg. Und dann wieder wie ein Actionfilm. Total unwirklich.«

Freiflug kam in den Sinn, wie er am ersten Weihnachtsfeiertag 1989 den weiten Weg von München in ein schauerlich verschneites Hof gefahren war, um ein paar Stunden in der DDR herumzukurven – nur um mal zu gucken. Tausende andere waren an jenem Tag, als auch für die Westbürger die Mauer gefallen war, auf dieselbe Idee gekommen. Alle waren bester Laune und einfach glücklich. Die Ostler verschenkten Schokolade und verteilten Begrüßungsbratwürste. Ein Rummel wie auf einer Kirchweih.

»Bastian sagte, es gebe kaum saubere Informationen in den Medien. Allein die Hacker hätten die Mittel, herauszufinden, wer welche Info mit welchem Zweck im Internet verbreitet«, riss Sarah ihn aus seinen Gedanken.

Freiflug hatte sich mit dem Hype um Wikileaks nicht näher befasst. Er hielt wenig von spektakulären Medienstunts. Wem die Veröffentlichungen in letzter Konsequenz dienten, konnte er nicht durchschauen. Denunziantentum stieß ihn ab. Die Vorstellung, alle

Informationen seien für alle Menschen zugänglich, jagte ihm kalte Schauer über den Rücken.

»Mochtest du Bastian?«

»Und wenn?«

»Hat er dir erzählt, wo er dran war? War er ein Teil der ›Putztruppe‹?«

Sarah schob die Tasse mit der kalt gewordenen Schokolade von sich. »Er war einfach anders, als die Jungs hier sonst so sind. Bastian, meine ich. Der hatte wenigstens Themen. Dem ging es um was. Nicht nur darum, wie er ein Mädchen ins Bett kriegt. Und dann eine andere und noch eine andere. Bastian wollte was verändern.«

Nicht neu, dachte Freiflug verächtlich. Da war diese Kluft zwischen den hochtrabenden Träumen des Freibeuters, die Welt zu retten, aber dann allzu bald den Versuchungen der banalen Realität zu erliegen und Daten aus einem Fitnessstudio zu klauen. Für schnöden Mammon. Mochten die Leute von Wikileaks auch einen kleinen Erdrutsch ausgelöst haben – die Regierungen würden sehr schnell einschreiten und mit subtilen Mitteln nach und nach sicherstellen, dass gewisse Lecks abgedichtet wurden. Wir leben in einer Diktatur, fuhr es Freiflug durch den Kopf. In einer Diktatur aus Informationsbeständen, die von brutalen Kampfhunden bewacht werden, denen man jeden natürlichen Instinkt für Solidarität, Gerechtigkeit und Menschlichkeit weggezüchtet hat. Seit beinahe zehn Jahren, seit das World Trade Center nach einer ungeheuerlichen Attacke zu

Staub zerfallen ist, rotieren die Regierungen. Es geht nur noch darum, dass die Großmächte die Welt unter sich aufteilen. Im Prinzip nicht anders als früher. Pfründe gegen Vielfalt, Eliten gegen Massen, Kapital gegen Fantasie. Die Freiheit des einzelnen wird eliminiert, dafür bekommt der Bürger der Neowelt Breitbildfernsehen, zur Not Wohngeld und einen Gutschein für den Klavierunterricht der Tochter. Armenspeisungen, die verhindern sollen, dass einer zu genau nachfragt. Vermutlich waren tatsächlich Hacker die letzten echten Friedensaktivisten. Weil es heutzutage nicht mehr genügte, im armeegrünen Parka gegen die Startbahn West anzumotzen.

»Bist du einer von denen?«, fragte Sarah. »Ein Hacker, meine ich?« Ihre schwarzen Augen blickten Freiflug warm an.

Sie glaubt noch daran, dass das Gute siegt, dachte Freiflug. Das ist der Unterschied zwischen uns.

»Du bist keiner von ihnen.« Sie stülpte sich die rosa Mütze über das Haar. »Du bist Polizist.«

Freiflug senkte für den Bruchteil einer Sekunde die Augen. Ertappt. Es war ihm peinlich. Er hätte sie nicht anlügen sollen.

»Wir kommen aus Aserbaidschan«, sagte Sarah. »Mein Vater war dort Journalist, hat Ärger mit der Polizei bekommen. Vor fünf Jahren sind wir nach Deutschland geflohen und haben Asyl gekriegt.« Sie schloss den Reißverschluss ihrer Jacke. »Tschau!«

52

Nero freute sich, dass Sigrun ihn besuchen kam. Er mochte sie eigentlich gern und fühlte sich oft mit ihr solidarisch. In anderer Weise als Nero war sie ein Outlaw in ihrer Umgebung. Das Klischee, dass Frauen mehr schuften mussten als Männer, um dieselbe Anerkennung zu bekommen, traf bei Sigrun voll und ganz zu. Woncka hielt nichts von Frauen im Amt. Er machte nicht einmal einen Hehl aus seiner Abneigung.

Sie berichtete von den Fortschritten in den Ermittlungen und rückte schließlich mit der Bombe heraus:

»Woncka hat Freiflug beurlaubt.«

Nero erwartete, dass sein Herz einen Satz machte vor Schreck, aber nichts geschah. Er spürte nur, wie ihm die Wärme ins Gesicht stieg, während Sigrun von der Pressekonferenz berichtete.

»Markus hat unterstellt, ein Insider hätte …?«

»Genau. Und Woncka will das unter dem Deckel halten.«

Die Anschuldigung war ungeheuerlich.

»Seine Beweise sind flöten gegangen.«

»Aber er muss sie doch irgendwo gesichert haben!«

»Wahrscheinlich hängt er auf der Bowlingbahn rum und lässt sich volllaufen.«

Genau das war nicht Freiflugs Stil.

»Mach du dir keine Gedanken darüber«, sagte Sigrun nun. Sie klang fast mütterlich. Ihre Ohrhänger baumelten und verhedderten sich in den Haarsträhnen. Die scharfen Kerben um ihre Augen schienen tiefer, als Nero in Erinnerung hatte. So sehen wir alle aus, dachte er. Und zusätzlich, ganz unerwartet, durchströmte ihn das Gefühl, dass dies alles mit ihm nichts mehr zu tun hatte. Nicht jetzt. Er saß, ein Sweatshirt über dem Pyjama, in dem Korbsessel in der Besucherecke und fühlte sich überraschend gut.

»Ihr könnt die Arbeit unmöglich zu dritt schaffen«, sagte er. »Du, Kröger und Roderick.«

»Wir kriegen Zuwachs. Das Team wird aufgestockt.«

»Klar.« Nero nickte versonnen. Alle waren ersetzbar. Niemand mehr eine Persönlichkeit. Jeder ein Betriebsmittel, einer, der es halt machte, damit es jemand machte.

»Ich habe jetzt nur noch Machos um mich«, fuhr Sigrun fort. »Woncka kriegt Schweißausbrüche vor lauter Testosteron, sobald er in seinen Mustang steigt, und Roderick hatte neulich auch die Karte eines Swingerclubs auf seinem Schreibtisch.«

Nero dachte an das Gespräch mit der Psychologin, das er heute Morgen hatte führen müssen. Man hatte ihn dazu gedrängt. Gesprächstherapie würde ihn in der Reha ohnehin erwarten. Besser er gewöhnte sich schon mal daran. ›Weshalb zwingen Sie sich, unerträgliche Situationen auszuhalten? Bedanken Sie sich und gehen Sie einfach‹, hatte die Psychologin gesagt.

Nero stand auf. »Danke für deinen Besuch, Sigrun.«

Sie sah enttäuscht aus. Kea hatte recht: Sie wollte immer noch etwas mit ihm anfangen.

53

Es war bereits dunkel, als wir endlich in meiner Klause saßen und über unsere Ermittlungsergebnisse sprachen. Mossbach hatte sich schon verabschiedet. Ich hatte kein gutes Gefühl, dass er soviel Einblick bekommen hatte, denn bei meinen Exkollegen von der Journaille wusste man nie. Immerhin hatte seine Anwesenheit Freiflug auf Trab gehalten. Der LKA-Kumpel kümmerte sich gerade um seinen liegen gebliebenen Wagen. Mir war ein Frauenteam sowieso lieber. Keine Typen, die komplizierte Erwartungen in den Raum stellten und ihre Tassen nicht abspülten. Normalerweise konnte ich mit Männern besser als mit Frauen. Hatte ich zumindest immer gedacht. Aber Juliane, Cyn und ich waren ein Dreamteam. Keine nervte, jede wusste, wo sie stand und was sie zu tun hatte.

Ich warf gerade die Mikrowelle an, als Cyn in meinem Arbeitszimmer laut aufschrie. »Ich habe ihn! Ich habe ihn!«

Ich drückte auf ›Stopp‹ und rannte zu ihr. »Und?«

»Ich habe rekinom.« Atemlos deutete Cyn auf meinen Laptop. »Er treibt sich gerade auf deinem Rechner herum. Wenn er lange genug bleibt, kriege ich ihn.«

»Ich denke, du *hast* ihn!« Es ging mir auf den Wecker, wenn die Leute sich nicht klar ausdrückten.

»Ich habe ein Programm geschrieben, das ihn beschattet. Das dauert aber ein bisschen. Muss eine Reihe von Programmzeilen lesen, bis es die Verfolgung aufnehmen kann.«

»Böhmische Dörfer«, sagte Juliane. »Mach dir nichts draus, Kea. Ich verstehe es auch nicht. Gibt's jetzt bald was zu essen? Mein Magen hängt auf halb acht.«

Als keiner reagierte, ging sie selbst in die Küche. Ich hörte das Piepen, als sie die Tasten der Mikrowelle betätigte. Mir fiel ein, dass ich heute nicht bei Nero gewesen war. Nicht einmal gedanklich. Und angerufen hatte ich ihn auch nicht.

»Wie funktioniert so ein Programm?«, erkundigte ich mich.

»Es rechnet nach, auf welchen Wegen rekinom zu dir auf die Platte gekommen ist. Wenn die Pfade nicht allzu verschlungen sind, kann es uns sagen, von wo der Kerl ins Netz geht.«

»Das hast du selbst geschrieben?«

»Eine Abwandlung einer anderen Software, die

ich vor Längerem gebastelt habe.« Cyn grinste. »Das Schauerliche an der modernen Kriegsführung ist ja, dass du weder weißt, wer der Angreifer ist, noch von wo er seine Attacken startet. Eigentlich weißt du nichts. Du kennst niemanden. Du siehst nur Phantome: Nicknames, Codes, Zahlen.« Sie wies auf den Bildschirm, auf dem die Ziffern sich nur so jagten. »Eigentlich wie im wirklichen Leben. Niemand weiß mehr so genau, wer er eigentlich ist. He, warte!« Sie beugte sich so weit vor, dass ihre spitze Nase beinahe gegen den Bildschirm stieß.

»Was? Sag!«

Cyns Finger rasten über die Tastatur. »Hier habe ich ja die Koordinaten.« Sie wühlte auf meinem Schreibtisch herum, der längst nicht mehr mir gehörte. Ich sehnte mich nach einem ruhigen Projekt. Danach, die Versatzstücke im Leben eines mir letztlich gleichgültigen Menschen zusammenzutragen. Ein Motto für sein Leben zu finden, die Ereignisse darum zu gruppieren, Motive und Schnüre zu entdecken, die einzelne Lebensabschnitte miteinander verbanden, Knoten zu lösen und in den Augen meines Kunden die eine oder andere Erkenntnis über sich selbst aufleuchten zu sehen. Das Projekt Dv0ttny war gestorben. Bastian Hut war zu jung gewesen, um ausgeprägte Lebensziele zu besitzen oder jene typischen Einkerbungen, die ab dreißig dafür sorgten, dass Menschen stur auf den eingefahrenen Gleisen unterwegs waren. Bastians Verwundungen waren noch nicht tief gewesen.

»Kea!«

»Was?«

»Schläfst du? Hörst du mich? Ich habe ihn. rekinom operiert von einem Hotspot in einer Kneipe in Pasing.«

»Und nun?«

»Nichts wie hin!«

»Soll ich Freiflug anrufen?«, rief ich, während ich in meine Jacke schlüpfte und nach einem Schokoriegel griff.

»Los!« Cyn klimperte mit ihren Autoschlüsseln.

Juliane nahm eine Schüssel mit geschmorter Kalbsleber und Kartoffelpüree aus der Mikrowelle, angelte Messer und Gabel aus dem Besteckkasten und folgte uns zu Cyns Transporter.

Der Schnee fiel so dicht, dass man kaum die Straße erkennen konnte. Ab Ohlkirchen war zwar geräumt, dennoch war vom Asphalt kaum etwas zu sehen.

»Die sparen schon Streusalz«, bemerkte Juliane und spachtelte Kalbsleber in den Mund. Die Schüssel balancierte sie auf ihren Knien. Der Duft drehte mir fast den leeren Magen um. »Es geht bergab, Deutschland.«

»Man fährt ohnehin besser auf Schnee als auf dieser halb geschmolzenen Matsche«, behauptete Cyn. Ich hackte auf meinem Handy herum. Endlich bekam ich Freiflug an die Strippe.

»Bist du in München?«
»Ja. In der Werkstatt.«
»rekinom sitzt im Absalom in Pasing. Fahr hin und nimm deinen Arsch mit.«
»Bist du sicher?«
»So sicher, wie man sein kann, wenn man von der Sache nicht die Bohne versteht.«
Cyn lachte dreckig. »Ich bin selbst nicht sicher. Ich verlasse mich auf meine Rechenkünste.«
»Also, bis gleich.« Ich unterbrach das Gespräch, weil ich keine Lust hatte, mit Freiflug über Wahrscheinlichkeiten zu diskutieren.

54

Markus Freiflug sprang aus dem Taxi und betrat das Absalom. Die Kneipe lag gegenüber dem S-Bahnhof. Sie drängte sich düster zwischen eine Bäckerei und einen Lottoladen. Ein handgeschriebener Zettel hing in der Tür: Kostenloser Hotspot.

Typisch, dachte Freiflug. Der Gratis-Hotspot ist so verlockend, dass die Kunden sich keine Gedanken darüber machen, eine ungeschützte Netzverbindung aufzubauen. Er fragte sich, was ihn dort drin erwarten würde. Ein bekanntes Gesicht?

Darauf, dass er zwei bekannten Gesichtern gegenübertreten würde, war er nicht vorbereitet.

Seine Kollegen Roderick und Kröger saßen an einem Tisch gleich bei der Tür und tranken ein Bier. Beide schienen genauso erschrocken wie Freiflug.

»Was ... macht ihr denn hier?«, stotterte Freiflug.

»Feierabendbier«, antwortete Roderick. »Ich wohne gleich um die Ecke.«

Freiflugs Blick fiel auf den bauchigen Rucksack, der zwischen den beiden auf dem dritten Stuhl am Tisch stand. Kröger stellte ihn auf den Boden. »Setz dich!«

»Ich ... muss mal eben telefonieren.«

Noch nie in seinem Leben war Freiflug dermaßen aus der Fassung geraten. Er ging zu den Toiletten und riss ein Fenster auf. Die eisige Luft tat ihm gut. Durch eine Tür mit der Aufschrift ›privat‹ trat er in den Hinterhof. Er wählte Keas Nummer. Zeit, um auf ihr ungeduldiges ›Ja, Markus?‹ zu reagieren, hatte er nicht mehr. Der Schlag traf ihn mit voller Wucht am Hinterkopf und löschte seine Gegenwart aus.

Wir rollten über den Mittleren Ring, als mein Handy klingelte. Freiflugs Nummer.

»Ja, Markus?«

Ich lauschte den knackenden Geräuschen am anderen Ende der Leitung. Dann war die Verbindung unterbrochen.

»Das war Freiflug. Aber er meldet sich nicht.«

»Funkloch?«, schlug Cyn vor, während sie mit Karacho einen Schneepflug überholte.

»Keine Ahnung.« Ich sah zu Juliane. Sie hatte ihr improvisiertes Kalbslebermahl beendet und blickte mich nachdenklich an.

»Nichts Gutes, wie?« Sie kannte mich lange genug.

Der Wirt fand Freiflug zehn Minuten später. Er hatte sich mühsam aufgerappelt und kniete im Schnee.

»Scheiße, Mann!«, krähte er. »Scheiße. Jetzt kriege ich die Bullen ins Haus.«

»Zu spät«, keuchte Markus und spuckte in den Schnee. Er zitterte am ganzen Körper.

»Willst'n Grog, Mann?« Der Wirt rüttelte Markus an den Schultern.

»Grog, Joint, Biersuppe, was immer du hast.«

»Joint ist nicht. Aber Grog. Okay, Grog. Flavia!«, brüllte er in die Gaststube. »Mach einen Grog heiß!«

Als wir das Absalom stürmten, hing Freiflug an der Theke wie eine Schnapsleiche.

»Was war denn das für eine Nummer!«, fuhr ich ihn an.

»Bin niedergeschlagen worden.« Finster sah er sich in der Kneipe um. Bis auf zwei Turteltäubchen an einem Ecktisch waren wir die einzigen Gäste.

Der Wirt musterte uns irritiert, während er seine

Gläser polierte. Soviel Weiblichkeit passte nicht in seine Spelunke. »Jemand hat ihm eine verpasst.«

»Wer?« Ich überflog die Speisekarte. »Bringen Sie uns viermal die Kartoffelsuppe.«

»Flavia! Viermal Kartoffel!«

»Wie ist das passiert?« Ich griff in eine Schale mit Goldfischlis.

»Ich komme hier rein und wen sehe ich?« Mit schmerzverzerrtem Gesicht tastete Freiflug über seinen Hinterkopf. »Roderick und Kröger in trauter Einigkeit beim Bier.«

»Roderick und Kröger?«

»Mach den Mund zu, Kea«, schlug Juliane vor. »Haben wir uns nicht ohnehin auf einen Insider eingeschossen?«

»Haben wir.« Freiflug stützte seinen Kopf in die Hände. »Roderick war bei der Pressekonferenz dabei. Er hat mitgekriegt, wie ich meinen Köder platziert habe.«

»Wo ist Ihr Router?«, fragte Cyn den Wirt.

»Mein – was?«

»Das kleine Kästchen, mit dem sich der Weg in die endlosen Weiten öffnet!«

»Hä?«

»Internet!« Juliane verdrehte die Augen.

»Flavia! Wo ist das Internet?«, rief der Wirt in die Küche.

»Router im ersten Stock!«, kam es zurück.

Ich musste lachen. »Ohne Flavia wären Sie aber ziemlich aufgeschmissen!«

Der Wirt knallte sein Handtuch auf den Tresen und stapfte zur Tür hinaus.

»Im Ernst, Markus: Willst du behaupten, dass einer deiner Kollegen dich ausgeknockt hat?«

»Was weiß ich! Ich bin mir jedenfalls sicher, dass ich es nicht selbst war.«

»Und dieser Vogel?« Juliane deutete mit dem Daumen in die Richtung, in die der Wirt verschwunden war.

»Vergiss es. Drei Gehirnzellen«, murrte Cyn. »Ich geh ein paar Sachen aus dem Auto holen.«

55

Er wusste, dass es aus war. Vielleicht war er nicht zum Überflieger geboren. rekinom spürte, dass der Gegenwind zu heftig wurde. Sogar eine gewisse Erleichterung stellte sich ein. Er würde suspendiert werden, seine Pension war im Arsch, aber vielleicht konnte ein guter Anwalt das Schlimmste ausbügeln. Entscheidend mochte sein, wie viele seiner Aktivitäten aufkamen und welche er seinem Vorgesetzten in die Schuhe schieben konnte. Wenn er es nur geschickt anstellte.

Seit Tagen hatte er die Chatrooms nicht mehr aufgesucht. Aus Angst, jemand könnte ihm dort auflauern.

Er nahm sein Handy, um Woncka anzurufen. Bei jedem Klingeln, das irgendwo von einem Mast zum nächsten geschickt wurde, klopfte sein Herz heftiger. Er war da so reingeraten. Bestimmt hatte er Nero nichts Böses gewollt.

Aber Woncka ging nicht an sein Handy. Als rekinom auflegte, brach ihm der Schweiß aus. Vielleicht gab es doch noch Hoffnung.

56

»rekinom ist definitiv über diesen Anschluss ins Internet gegangen und hat von hier aus deinen Rechner beobachtet. Und zwar über zwei Stunden heute am späten Nachmittag.« Cyn sah uns der Reihe nach an. Wir hockten da und schlürften eine hundsmiserable Kartoffelsuppe. Wenigstens war sie heiß.

»Lass mich das machen!« Juliane stand auf und ging in die Küche. Ihre Suppe ließ sie stehen. Ich zog ihren Teller zu mir heran.

Juliane brauchte keine drei Minuten, um herauszufinden, was wir wissen wollten. »Flavia sagt, keiner der Gäste wäre länger als eine halbe Stunde hier gewesen. Zur Rushhour kommen die Leute nur auf ein Bier oder einen Kaffee. Und es kann sein, dass sowohl Roderick als auch Kröger kurz rausgingen, und zwar genau um die Zeit, als Markus sich in den Hinterhof abgeseilt hat. Die gute Flavia versucht, ein Auge auf alles zu haben, werkelt aber meistens in der Küche.«

»Das Signal wirkt ja nicht nur hier in der Gaststube. Ein Haus weiter kommst du noch genauso ins Netz.« Freiflug schob seinen leeren Teller weg. Er schien sich berappelt zu haben.

»Dann spionieren wir in der Umgebung. Wo kann jemand gesessen haben, der dieses W-LAN benutzt hat, ohne von Flavia gesehen zu werden?«

»Roderick und Kröger.« Kopfschüttelnd starrte Freiflug in seinen leeren Teller. Er kam nicht drüber hinweg.

»Auf geht's, Leute!« Cyn schlug auf die Tischplatte. »Wenn einer von denen hier um die Ecke wohnt, steht unser nächster Termin ja wohl fest.«

»Bewegt euch hier nicht weg!« Juliane und Freiflug nickten gehorsam. Ich trat durch die Tür in den Gang. Links ging es zu den Toiletten, rechts zur Straße. Ich ging nach links. Cyn kam mir nach, mit einem Notebook unter dem Arm. Ein Stück den Gang runter führte eine Treppe in den ersten Stock. Die alten Holzstufen knarrten unter unseren Füßen.

»Spooky«, wisperte Cyn.

Im ersten Stock war es dunkel wie in einer Socke.

»Theoretisch könnte er hier gesessen haben!« Ich schaltete die Taschenlampe an meinem Handy an. Eine der besten Erfindungen der Firma aus Finnland.

»Immer sachte.« Cyn kniff die Augen zusammen. Wie Lederstrumpf spähte sie den Gang entlang. Wir fanden drei Türen. Eine war abgeschlossen. Die zweite führte zu einer versifften Toilette, und die dritte in einen tristen, aber sogar geheizten Raum mit einem Schreibtisch, einem Sessel und zwei Stühlen.

»Knallpeng!« Ich schüttelte den Kopf. »Wenn sie heizen, heißt das, sie wissen, warum sie das tun.«

Cyn stellte ihr Notebook auf den Tisch. »Warte, warte. Hier. Verfügbare Verbindungen. Na, was sage ich denn! Eine hervorragende drahtlose Connection ins Internet. Ungeschützt.« Sie klickte. »Bin drin.«

»Und rekinom? Meinst du, der hatte hier so eine Art Zweitbüro?« Schon hatte ich mein Handy am Ohr und rief Freiflug an. Ich schilderte ihm die Situation. »Fragst du beim Wirt nach?«

Sekunden später hörten wir ein wändeerschütterndes »Flavia!« durchs Haus gellen.

»Wenn ich Flavia wäre, würde ich Lohnerhöhung fordern«, murmelte Cyn. »Was machen wir jetzt?«

Ich zog spaßeshalber ein paar Schubladen auf. »Kontoauszüge, Kassenbuch, Rechnungsblock … unser Wirt macht hier seine Buchhaltung.«

»Lass uns gehen.« Cyn klappte das Notebook zu.

»Gib mir eine Minute!« Ich rief Sigrun an. Sie war die letzte Unverdächtige im Team.

»West?«, meldete sie sich gehetzt.

»Kea hier. Störe ich?«
»Ich war heute bei Nero zu Besuch.«
Die Hitze stieg mir ins Gesicht. Kaum drehte man dem Feind den Rücken...
»Schön. Sag mal, wie kommt ihr klar, jetzt, wo zwei wichtige Teammitglieder abgeschrieben sind?«
»Wir tun, was wir können. Woncka kugelt wie ein Gummiball durch die Korridore und will Ergebnisse sehen. Wir haben einen Journalisten hier, der uns das Wasser abgraben will.«
»Mossbach?«
»Ach, nee. Kennst du den? Wenn du uns Knüppel zwischen die Beine schmeißen willst ...«
»Würde ich nie tun. Ich kenne ihn aus meiner Pressezeit«, log ich.
»Komische Nuss. Fährt einen alten Peugeot, der fast auseinanderfällt, macht aber dermaßen auf dicke Hose, dass du meinst, er hat einen Porsche Cayenne in der Garage. Und 'ne Villa in San Tropez.«
»San Tropez ist out.« Fiebernd vor Aufregung hielt ich mir den Kopf. »Was für einen Peugeot denn?«
»So ein altes, klappriges, graues Monstrum.« Sie schwieg einen Moment. »Was wird hier eigentlich gespielt, Kea?«
»Frag mich was Leichteres.« Wieder tönte ein ungeduldiges »Flavia!« durchs Haus. Cyn war längst gegangen. Ich sollte auch machen, dass ich wegkam. »Kann ich Roderick oder Kröger mal sprechen?«
»Die sind längst abgeschwirrt. Haben die letzten beiden Nächte fast durchgearbeitet.« Sie seufzte.

»Wobei man ja nie weiß. Woncka hängt mit seiner neuen Freundin in Swingerclubs ab, habe ich mir sagen lassen. Und auf Rodericks Schreibtisch habe ich auch so eine Visitenkarte gesehen. Kontaktsauna. Da dreht sich mir der Magen um.«

Vielleicht solltest du einfach gelegentlich ein bisschen entspannen, meine gute Sigrun, dachte ich.

»Wann?«

»Was, wann!«

»Wann sind sie raus aus dem Büro?«

»Roderick war vor einer Weile noch hier. Kröger habe ich den halben Nachmittag nicht gesehen. Aber ich glotze sowieso nur noch auf Bildschirme.«

Bevor ihr Tonfall zu vorwurfsvoll werden konnte, bedankte ich mich und legte auf.

57

Juliane und ich klingelten bei Roderick. Er wohnte wirklich gleich ums Eck. Direkt über einer Apotheke. Im Treppenhaus roch es stechend nach Arzneien. »Ob so eine Wohnung auf Dauer gesund ist?«, murmelte Juliane.

Roderick öffnete die Tür. »Nanu?«, sagte er nur. Ich war jedes Mal überrascht, wie sehr er mit seinem spitzen Gesicht und dem weißblonden Haar einem der vormaligen bayerischen Ministerpräsidenten ähnelte.

»Können wir einen Moment reinkommen?«

Roderick sah aus, als habe er eben ein Nickerchen gehalten, aber er motzte nicht. »Bitte. Wie geht's Nero?«

Neugierig inspizierte ich seine Wohnung. Zwei Zimmer, die Küche ein Schlauch, das Bad vermutlich nicht größer. Eng, aufgeräumt, unsinnlich. Roderick im Swingerclub?

»Sie waren bei der Pressekonferenz«, begann Juliane beiläufig, »auf der Markus Freiflug diverse Andeutungen gemacht hatte.«

»Markus hat einfach Pech gehabt.«

»Wie meinen Sie das?«

Wir sanken auf niedrige Sessel vor einem Couchtisch.

»Er hat da eine ulkige Geschichte ins Rennen geworfen. x03! Jeder, der was auf dem Kasten hat, hat den Namen schon mal gehört.«

»Wirklich jeder?«

Er hob die Schultern.

»Wäre es so unwahrscheinlich, dass x03 ins LKA eindringt?«, fragte ich.

»Wo steckt Markus überhaupt?«

»Es war ein Insider, oder?«

Er sah mich aus kalten Augen an. »Glauben Sie, das werde ich weitererzählen?«

»Erzählen Sie es mir und ich erzähle es Nero.«

Er verzog die Mundwinkel. »Kein Kommentar.«

»Sie können so eine Anschuldigung, wie Markus sie vorgebracht hat, nicht ignorieren!«

»Unser Vorgesetzter muss über alles Weitere entscheiden«, wimmelte Roderick ab.

Ich hatte Durst von der salzigen Kartoffelsuppe. »Kann ich ein Glas Wasser haben?«

Roderick wies in Richtung Küche. Ich stand auf. Derweil versuchte es Juliane:

»Könnte Woncka jemanden decken? Könnte er Sie decken?«

Aus der Küche hörte ich, wie Roderick scharf einatmete. Ich fand ein Glas, hielt es unter den Wasserhahn und ging zu den beiden zurück.

»Ganz schön dreist.« Neros Kollege lehnte sich zurück. »Wirklich dreist, meine Damen.«

»Uns geht es ja nichts an«, sagte ich cool. »Aber Freiflug ist vom Platz gestellt, Nero hat einen Herzinfarkt vor lauter Stress, und …«

»Ich sage Ihnen was: Dieser Beruf ist mit ein paar Voreinstellungen verbunden. Wer die in Frage stellt oder sie zu missachten trachtet, wird Probleme bekommen. Sie müssen einfach hinnehmen, dass es einen Chef gibt, der die entscheidenden Denksportaufgaben löst und dann angibt, was zu tun ist. Klar?«

»Freiflug war vorhin im Absalom.«

Roderick lachte auf. »Spazierte da rein und kriegte fast einen Schwächeanfall! Kröger und ich waren ziemlich von den Socken, aber er wollte kein Bier mit uns trinken. Hätte sich ja wohl gehört, nach allem, was war!«

»Er ist aufs Klo und wurde zusammengeschlagen«, ließ Juliane die Bombe platzen. »Der Wirt hat ihn gefunden.«

Roderick wurde rot. Unter seinem Flachshaar sah das ungesund aus. »Zusammengeschlagen?«

»Bums, einmal auf den Hinterkopf«, bestätigte ich. »Seltsam, oder? Woncka und Nero gehen Kaffee trinken, Woncka zieht Leine, Nero hat einen Infarkt und hätte ihn um ein Haar nicht überlebt. Dann wird sein engster Kollege umgenietet. Noch Fragen?«

»Aber ...«

»Waren Sie es? Oder Kröger?«

»Keiner von uns beiden!« Irritiert sah Roderick uns an. »Wir haben noch zehn Minuten da gesessen. Dann sind wir gegangen. Ich wollte heim und Kröger hatte was vor.«

»Er war's nicht«, sagte Juliane lapidar, indem sie auf Roderick zeigte.

»Sind Sie rekinom?« Ich stellte mein Glas ab.

»Bin ich was?« Rodericks weiße Augenbrauen zogen sich zusammen. »Sind Sie noch ganz dicht? Mit Verlaub!«

»Du hast recht, Juliane. Er ist nicht rekinom.«

»Let's go.« Sie erhob sich und schritt zur Tür wie die Königin der Nacht, die von diesem flachsblonden Sarastro eindeutig genug hatte.

58

»Und Sie sind sicher, dass Sie keinen Peugeot fahren?«, bohrte ich nach.

Mossbach lachte. »Wie käme ich dazu? Ich stärke die deutsche Autoindustrie. Ein klein bisschen Patriotismus ... aber wenn es Sie beruhigt: Vor dem LKA in der Mailingerstraße habe ich dieser Tage ab und zu einen Peugeot gesehen. Ein Teil, dessen Fahrer ich den Segen des Herrn wünsche.«

»So klapprig?«

»Der Fahrer sah auch nicht besonders gesund aus. Ein Bleichgesicht. Weißes Haar, weiße Haut, spitzes Gesicht.«

»O Mann«, keuchte ich.

»Muss Ihnen das Sorgen machen?«

Blitzschnell überschlug ich meine Chancen. »Sie haben gute Augen, nehme ich an. Erzählen Sie mir mehr von dem Peugeot.«

»Ich war heute im LKA und bin ein paar Leuten auf den Senkel gegangen. Insgesamt kein sehr erfreulicher Nachmittag. Niemand rückte mit irgendwas raus. Aber so gegen halb fünf verließ Ulf Kröger das Amt, stieg in den Peugeot und brauste davon.«

»Und das Bleichgesicht?«

»Saß am Steuer.«

»Okay, okay.« In Cyns Transporter sitzend, der durch ein völlig verschneites München schwankte, versuchte ich herauszufinden, was meine nächste Frage sein musste. Ich hatte das Handy auf ›laut‹

gestellt. Freiflug formte mit seinen Lippen das Wort ›Rucksack‹.

»Hatte Kröger einen Rucksack dabei?«

»Ich glaube, ja.« Mossbach lachte amüsiert. »Was haben Sie Neues?«

»Im Moment zu viel«, wiegelte ich ab. »Mir schwirrt der Kopf.«

»Wenn man von Ideen überschüttet wird«, schlug Mossbach vor, »helfen zwei Dinge. Entweder Sie konzentrieren sich auf das Wahrscheinlichste oder auf das Unwahrscheinlichste.«

»Was ist erfolgversprechender?«

»Kommt drauf an. Fragen Sie Ihr Bauchgefühl.«

»So was habe ich nicht. Der Fahrer war aber nicht Bodo Roderick?«

»Vielleicht war er es, vielleicht nicht.«

Juliane schnappte sich Freiflugs Handy und tippte darauf herum.

»Danke!« Ich beendete das Gespräch.

Juliane hatte in derselben Zeit herausgefunden, dass Roderick kein Auto besaß. »Er sagt, er gibt dem MVV den Vorzug.«

»Und Sigrun behauptet, Roderick wäre heute länger im Amt gewesen als Kröger.« Ich seufzte. »Es hilft alles nichts: Ich muss Nero anrufen.«

59

rekinom verließ das Haus, weil er Zeit zum Denken haben wollte. Sein einziger Fehler war gewesen, den Namen x03 zu benutzen. Das hatte die anderen argwöhnisch gemacht. Dabei kannte rekinom den Namen gar nicht. Konnte ja sein, dass er ihn irgendwo mal gehört hatte. Der Name mochte sich unbewusst bei ihm eingeschlichen haben und er hatte ihn benutzt.

Wütend stieg er in die nächstbeste Tram. Bei dem Wetter waren weniger Menschen als sonst unterwegs. Hinter ihm schlüpfte ein Mädchen mit einer rosa Häkelmütze in den Wagen.

Er war eben nicht Klassenbester gewesen. Sie hatten rekinom schon früher veräppelt, weil er die entscheidenden Sachen nie mitkriegte. Irgendwie schienen alle anderen die Informationen geschickter zu filtern. Sie hatten unterschiedliche Voreinstellungen, die Wichtiges von Unwichtigem trennten. Was für andere zentral war, erschien rekinom häufig nebensächlich. Und umgekehrt.

Verdammte Scheiße. Er fühlte nach seinem Handy. Er sollte jetzt wirklich seinen Chef anrufen.

60

Nero saß in der Cafeteria. Der Ausschank war mittlerweile zwar geschlossen, aber am Automaten konnte man sich Tag und Nacht Getränke ziehen. Wieso gerate ich in einem fort an diese vermaledeiten Kaffeeautomaten, dachte er, aber er musste schmunzeln, während er sich selbst dabei zusah, wie er Münzen in den Schlitz steckte und auf ›Grüntee‹ drückte.

Sein Handy klingelte. Keas Rufton.

»Hallo, Kea!«, sagte er freundlich, aber ohne besonderen Enthusiasmus. Er musste wohl einsehen, dass Kea andere Prioritäten setzte als er. Schön, dass sie sich überhaupt meldete.

»Nero, pass auf: Ein Insider in eurem Team hat das Defacing veranlasst. Um dich zu kompromittieren. Wir können die Beweiskette rekonstruieren, aber wir wissen noch nicht, wer es ist. Hörst du mich?«

»Ich höre dich, aber ich weiß nicht recht, was ich dazu sagen soll!«

»Roderick oder Kröger. Oder Sigrun. Oder – Woncka?«

Nun wurde Nero blass. Er betrachtete den Grüntee und stellte fest, dass er die Farbe unangenehm fand. Sie erinnerte ihn an Urinbeutel, von denen er in den letzten Tagen für alle Zeiten genug gesehen hatte. »Woncka?«

Irritiert lauschte er Keas Fragen. Er verstand nur Bahnhof. Doch er musste nicht mehr durchblicken.

Vielleicht nie wieder. Die Aussicht war zum Fürchten – und eine große Erleichterung. Der Weg nach vorn, nach oben war verschüttet. Er würde vom Weg abweichen müssen, was ihn beflügelte, so unerwartet, dass er nach ein paar wenigen Ja und Nein einfach auflegte. Versonnen lächelnd goss er mit dem Tee eine Bougainvillea.

61

»Sie sind rekinom, oder?« Das Mädchen mit der rosa Häkelmütze setzte sich neben Kröger.

Ihm fiel einfach der Unterkiefer herunter. Sofort schoss ihm der Schweiß in Fontänen aus den Poren. Er könnte leugnen, einfach an der nächsten Haltestelle aussteigen. Er könnte den Ausländer mimen, der kein Wort verstand. Er könnte, könnte … In Krögers Mund sammelte sich ein säuerlicher Geschmack.

»Bastian war ein Freund.«

Er wollte sagen, er habe Bastian nicht umgebracht. Was ja auch stimmte. Die nächste Haltestelle war Ostbahnhof. Er stand einfach auf und ging zur Tür. Drückte auf Stopp. Die Türen öffneten sich und er stieg aus. Sie kam ihm nach.

»Ich will nur wissen, warum. Warum Sie das gemacht haben.«

Krögers Hände begannen zu zittern. Die Kälte schnitt ihm ins Gesicht, aber er zitterte vor Anspannung. Seine Muskeln entschieden sich, ohne sein Gehirn zu fragen. Ohne den Kröger zu fragen, der er einst gewesen war. Er schritt aus, hinaus in die Dunkelheit, und war erleichtert, als Häkelmütze ihm folgte. Im toten Winkel eines Bushäuschens drückte er zu. Er packte ihren Hals und hielt ihrem Zappeln stand, bis sie in sich zusammensackte und zu seinen Füßen liegen blieb. Jemand rempelte ihn von hinten an. Die Arme und Beine des Mädchens zuckten.

»Polizei! Hilfe!«, schrie jemand neben ihm. Alkoholdunst nebelte Kröger ein. Er hockte sich neben das Mädchen in den Schnee, nahm sein Handy aus der Jackentasche und rief seinen Vorgesetzten an.

62

18.12.2010

»Wie geht's Nero?«, erkundigte sich Claude-Yves beiläufig. »Hat er sich mit seiner Reha versöhnt?«

»Er gewöhnt sich langsam ein.« Mit einer gewissen Überraschung stellte ich fest, dass ich Nero vermisste, seit er in Salzburg war. Manchmal wenigstens.

»Ich bin ein Mann der Logik.« Mein Meisterkoch setzte sich zu mir an den Tisch. Das Méditerranée war am frühen Vormittag geschlossen. Wir hatten jeder einen Latte Macchiato vor uns stehen. Mein Kopf brannte von all den verschlungenen Ereignissen, Ängsten, dem Vertrackten und den Dingen, die ich nicht verstand.

»Mit unklaren Umständen komme ich auch nicht zurecht.«

»Bist du sauer auf Bastian? Immerhin hat er dich gelinkt. Er hat dir seinen Auftrag unter falschen Voraussetzungen erteilt.«

»Was spielt das jetzt noch für eine Rolle?«

Claude-Yves lachte leise. »Soll ich dir meine Version der Geschichte erzählen? Und danach koche ich uns eine Kürbissuppe. Machst du mit?«

»Schieß los.«

»Kröger ist eigentlich ein dickfelliger, friedliebender Kerl. Aber die Frau, die er sich da an Land gezogen hat, hat ihn mit ihrem unersättlichen Hunger nach Sex umgedreht.«

»Cherchez la femme. Es ist wirklich immer dasselbe mit euch Männern!«

»Quark. Kröger hat durch diese Tussi gelernt, was Gier ist. Er wollte mehr. Zuerst mehr Sex. Und dann mehr Macht, Einfluss, Anerkennung. Er bemerkte, dass er beim Swingen groß rauskam – die Frauen dort fanden ihn gar nicht so unattraktiv.«

»Er *ist* unattraktiv, Claude!«

»Sieh es nicht so eng. Mit 50 kriegst du keinen Adonis mehr. Da tut es auch ein Kröger, wenn er dich befriedigt.«

Diese Vorstellung brachte mich beinahe um. Ich trank meinen Latte leer.

»Kröger«, Claude holte mit dem Arm aus, »leckte Blut. Er bekam, was er wollte, und zwar mit Leichtigkeit. Wenn er die Frauen in der Kontaktsauna rumkriegte, warum sollte er nicht auch beruflich ein wenig mehr Glanz und Gloria einsacken?«

»Deine Wortwahl passt nicht. Glanz kann man nicht einsacken.«

Claude fuhr sich mit einer jovialen Geste durchs Haar. »Ich bin so frei. Mag meine eigenen Metaphern. Für Kröger muss Nero ein rotes Tuch gewesen sein. Einer, dem alles zufliegt. Einer, der groß rauskommt. Der von seinem Chef so gut wie immer kriegt, was er will.«

»Irrtum.«

»Ich weiß, Kea. Das sind alles nur Vorstellungen, die man sich von außen über Nero macht. Er ist nicht der perfekte Überflieger, weil niemand perfekt ist, weil jeder nur ein Mensch ist und gute und schlechte Tage hat. Jeder ist mal aggressiv, hat lausige Träume, unbestimmte Wünsche, schiebt den eigenen Stress auf andere ab und macht seine Mitmenschen zu Prellböcken.«

»Du triffst Neros Psychogramm ziemlich gut.«

»Und du unterstehst dich und verlässt ihn! Damit das klar ist.«

»Ich habe die Schnauze voll davon, mir unterschwellig ständig sagen zu lassen, dass mein Leben leichter ist als seins. Machst du mir noch einen Latte? Mit Karamell und Vanillezucker?«

Claude-Yves stand auf. Während er an der Kaffeemaschine hantierte, fragte er: »Ist dir mal aufgefallen, dass Nero kaum Freunde hat? Das liegt nicht nur an seinem Job. Die Leute brechen den Kontakt zu ihm ab, weil Neros Probleme ihnen unter die Haut gehen und ihr eigenes Leben zersetzen.«

»Warum bist du überhaupt Koch und nicht Psychotherapeut?«

»Chérie, ein Koch *ist* ein Psychotherapeut. Ein leckeres Essen hat Leib und Seele seit Anbeginn der Menschheit zusammengehalten. Was nichts anderes heißt, als dass der Mensch mit seinen Gefühlen im Einklang steht.« Er stellte den Latte vor mir auf den Tisch.

»Komm mir jetzt nicht mit Neros Trauma!«

»Sei ein wenig großzügig. Ihr habt beide eure Verwundungen. Aber denkst du nicht, dass es schlimmer ist, den liebsten Menschen zu verlieren, als sich selbst?«

»Vielleicht«, gab ich widerstrebend zu. »Egal. Komm zum Thema. Kröger.«

»Kröger also nimmt Neros Konflikte allenfalls unbewusst wahr. Er sieht die Oberfläche, den Werbefilm sozusagen. Dieser ist so bunt, so grandios, zeugt von Erfolg und einem Sieg nach dem anderen. Nero hat die Fortbildungen an den LKAs ins Leben gerufen, er betreut und entwickelt sie weiter. Er hat sich selbst ein Metier geschaffen, während Kröger ein Bürohengst ist: einer, der abarbeitet, was auf der Agenda steht.«

»Also haben wir nur ein Motiv: Neid.« Ich konnte mir nur nicht vorstellen, dass Missgunst solche Katastrophen auslösen konnte, wie wir sie erlebt hatten. Herzinfarkte, tote Hacker, krankenhausreif gewürgte Schülerinnen.

»Wer neidisch wird, verkrampft sich. Er steigert sich immer weiter in eine selbsterfundene Story hinein, grübelt, fühlt sich minderwertig, ist ängstlich und hat schlicht keine Ahnung, dass es im Leben auf Fairness ankommt.«

»Nero sagt oft, er könnte einfach nicht abschalten. Sein Kopf arbeitet immer weiter.«

»Er ist genauso verkrampft. Aber auf andere Weise als Kröger. Für den sind die großen Wahrheiten einfach: Er will eine Frau, die nach was aussieht, guten Sex, einen sicheren Job und eine Gehaltserhöhung in Aussicht.«

»Aber das hat ihm nicht mehr gereicht.«

»Er wollte Nero nur ein klein bisschen kompromittieren. Hat Bastian auf dich angesetzt, um eine

Verbindung zwischen dir und dem Defacing herzustellen, welches er ebenfalls bestellt hat: bei Bastian. Die Chance war günstig, weil Nero diesen Patch machen sollte.«

Ich seufzte. »Allerdings hat Kröger da ein Gebräu angerührt, dessen Nebenwirkungen er selbst nicht mehr standhalten konnte. Die ganze Geschichte ist ihm über den Kopf gewachsen. Und Woncka hatte damit nicht ein Jota zu tun. Kröger hat sich nur sehr geschickt verhalten! Er war an jenem Morgen, als das Defacing passierte, als erster im Büro. Er hat sich immer als loyal und verlässlich hingestellt. Hat Nero sogar Materialien auf den Tisch gelegt, die er für seine Fortbildungen heranziehen konnte.«

»Aber Woncka hat Nero doch angepisst, weil er Privates und Berufliches ...«

»Ja! Kröger hat ihm zwischen Tür und Angel gesteckt, dass ich einem Hacker die Biografie schreibe. So wie nebenbei. Woncka erinnert sich nicht mal an den Namen des Hackers. In all dem Gewusel im Büro hat er wohl nicht richtig hingehört und sich nur die Hauptaussage zurechtgezurrt: Hauptkommissar Kellers Lebensgefährtin rührt in der Cybersuppe!« Ich schnaubte.

»Kröger musste auf die harte Tour lernen, dass es nicht unbedingt erlösend ist, zu bekommen, was man will. Denk nach: Könnte Kröger Neros Aufgaben erfüllen?« Claude-Yves gab sich selbst die Antwort mit einem entschiedenen Kopfschütteln. »Wie geht es Sarah?«

»Sie hat sich erholt. Ihr Leben verdankt sie einem Penner, der Kröger von hinten in die Eier getreten ist, als er merkte, was da abging. Sarahs Meinung über die deutsche Polizei wird allerdings ihr Leben lang keine besonders hohe sein.« Ich rieb mir das Gesicht. »Sarah ist Decemwe.«

»Ach!«

»Cyn hat den Nickname geknackt. Decemwe – eine silbische Schreibung von DCMW.«

»Und?«

»Verrutsche die Buchstaben im Alphabet. Je zwei zurück.«

Verdattert starrte Claude-Yves mich an. »Kapier ich nicht.«

Ich schnappte mir einen Bierdeckel und schrieb DCMW. Direkt darunter notierte ich BAKU. »Klingelt's?«

»Ich bin zu alt für Schreibspiele.«

»Lass das aber nicht Juliane hören! Mit BAKU konnte Cyn nämlich nichts anfangen. Sie dachte, es wäre ein Tippfehler und sollte BALU heißen, wie der singende Petz aus dem Dschungelbuch. Juliane musste ihr auf die Sprünge helfen.«

Bevor Claude-Yves vollkommen in der Verwirrung versinken konnte, zerknüllte ich den Bierfilz. »Baku ist die Hauptstadt von Aserbaidschan. Sarahs Heimat.«

Still nippten wir an unseren Lattes.

»Wusste rekinom, dass sie ihn beobachtete?«, fragte Claude-Yves nach einer Weile.

»Er hatte keinen Schimmer. Sarah trat aus der Anonymität des Internets heraus – und wurde ein leichtes Opfer für Kröger. Er war einfach verzweifelt.« Ich schüttelte den Kopf. Irgendwie konnte ich das alles selbst nicht glauben. »Wie läuft's mit Lydia?«

»Sie ist in Hamburg bei ihrer Mutter. Die ist neunzig und ziemlich rabiat mit ihrer Tochter.«

»Klingt nicht gerade erfreulich.«

»Lydia trägt es mit Fassung.«

»Weißt du, dass Nero mal gedacht hat, du wärst schwul?«

Claude-Yves starrte mich an. »Dafür kriegt er eins auf die Nase, sobald er wieder auf seinen beiden Beinen stehen kann.«

»Übrigens: Der Peugeotfahrer – das war so eine Art Faktotum, den Kröger für die Geldübergabe vorgesehen hatte. Dieser Herr durfte auch das Modem in meinem Keller installieren. Für den Fall, dass das andere Spionenauge in meinem Rechner versagt. Sein Glück, dass es an jenem Abend schneite wie irr – sonst hätte ich, als ich mit Freiflug zu Fuß nach Hause eierte, die Reifenspuren in meiner Einfahrt gesehen. Derselbe Typ hat Freiflug in der Kneipe eins übergebraten.«

»Typisch für Kröger, dass er sich einen zweitklassigen Knilch aussucht.«

»Weil er Peugeot fährt?«, lästerte ich.

»Non, ma petite. Weil er einen *alten* Peugeot fährt.«

Ich lachte.

»Wie geht's Freiflug?«, erkundigte sich Claude.

»Er darf wieder malochen. Allerdings soll das Team langfristig total umstrukturiert werden.«

»Woncka sollte sich irgendwo ein Landhaus kaufen und dort einen privaten Du-weißt-schon-was einrichten.«

»Gute Idee. Ich werde es ihm zutragen!«

»Grins nicht so anzüglich!«

»Pardon, Monsieur!«

Ich verabschiedete mich eine Stunde später mit der köstlichsten Kürbissuppe im Magen, die ich je gekostet hatte, und fuhr zur Autobahn. Der vorweihnachtliche Verkehr war enorm; es schneite. Am Airport München waren etliche Flüge gestrichen worden, und die Bahn hatte Probleme mit stillstehenden Zügen. Im Winter war das eigene Auto immer noch das zuverlässigste Verkehrsmittel.

Mir war es egal, wie schnell ich vorankam. Ich hatte mich in Salzburg in einem Hotel einquartiert und würde die Feiertage mit Nero verbringen.

Und dann würden wir sehen. Meinen Besuch auf der Hallig hatte ich um zwei Wochen verschoben. Das Verkehrschaos war eine perfekte Ausrede. Auf Weihnachten zu sollte es auf den Straßen sogar noch schlimmer werden.

Ich freute mich darauf, faul auf einem Hotelbett zu liegen, Mozartkugeln zu lutschen und bescheuerte Soaps im Fernsehen anzuschauen. Ich freute mich auf die Kaffeehäuser, auf Heiligabend ohne nervige Verwandte und auf späte Frühstücksbüffets. An der Raststätte Irschenberg hielt ich an, um auf die Toilette zu gehen. Als ich an der Kasse anstand, um ein Päckchen Kaugummi und zwei Tüten Lakritz zu bezahlen, tippte mir jemand auf die Schulter. Mossbach.

»Ach du liebes Lieschen«, entfuhr es mir.
»Was für ein Zufall, Frau Laverde!«
»Sind Sie unterwegs in den Skiurlaub?«
»Exakt. Arntal, Südtirol. Und Sie?«
»Ich fahre in so ein kleines Nest mit einem komischen Namen. Irgendwas mit -öd hinten dran.«

Er kniff die Lider zusammen, dann lachte er. »Viel Vergnügen dann. Passen Sie auf Ihre Knochen auf. Auch ein Geist kann sich ganz schön wehtun.«

Ich starrte ihm nach. Riss die Lakritztüte auf und steckte mir eine Schnecke in den Mund. Das Zeug schmeckte einfach einmalig.

ENDE

NACHWORT

Danke. Ja. Allen. Ihr wisst schon.

Ein paar nützliche Einsichten, wie Hacker ticken, habe ich dem Buch ›Die Kunst des Einbruchs‹ von Kevin Mitnick und William Simon (Heidelberg 2008) zu verdanken.

*Weitere Krimis finden Sie auf den
folgenden Seiten und im Internet:
www.gmeiner-verlag.de*

Friederike Schmöe
Wernievergibt
978-3-8392-1135-9

»Frankens erfolgreichste Krimi-Autorin.« *Nürnberger Zeitung*

Die Münchner Ghostwriterin Kea Laverde nimmt einen Auftrag ihrer ehemaligen Agentin Lynn Digas an. Der droht ein Geschäft durch die Lappen zu gehen: eine Reportage über den Tourismus in Georgien nach dem Augustkrieg von 2008. Lynns Reporterin Mira ist zwar nach Tiflis gereist, hat sich aber von dort nicht mehr gemeldet.

Kea tritt die Reise an. Sie sucht Kontakt zu Mira, doch diese ist spurlos verschwunden. Ebenso wie die deutsch-georgische Mezzosopranistin Clara Cleveland, die als gefeierte Künstlerin der Bayerischen Staatsoper ein Konzert in Tiflis platzen lässt …

Wir machen's spannend

*Friederike Schmöe
Wieweitdugehst
978-3-8392-1098-7*

»Eine spannende Story.« *Bayern im Buch*

Auf dem Münchner Oktoberfest wird ein 14-jähriger Junge in der Geisterbahn ermordet. Ghostwriterin und »Wiesn-Muffel« Kea Laverde begleitet ihren Freund Nero Keller, Hauptkommissar im LKA, bei den Ermittlungen. Dabei trifft sie auf Neta, die beruflich Kranken und Trauernden Geschichten erzählt, um deren Schmerz zu lindern. Als auf Neta ein Mordanschlag verübt wird, versucht Kea den Hintergründen auf die Spur zu kommen. Sie stößt auf einen Sumpf aus Gier, Lügen und unerfüllter Liebe …

Wir machen's spannend

*Friederike Schmöe
Bisduvergisst
978-3-8392-1034-5*

»Von Anfang bis Ende spannend.«
Nürnberger Zeitung

Sommer 2009, während der »Landshuter Hochzeit«. Als die 82-jährige Irma Schwand die niederschmetternde Diagnose Alzheimer erhält, beauftragt sie die Münchner Ghostwriterin Kea Laverde, ihre Erinnerungen aufzuschreiben. Die Autobiografie ist für ihre Enkelin Julika bestimmt. Doch kurz nach dem letzten Interview mit Irma wird das Mädchen ermordet aufgefunden.

Während der Kokon des Vergessens sich immer enger um die alte Dame schließt, entdeckt Kea, dass Irma jahrzehntelang einen Mord gedeckt hat – eine Tat, die in den letzten Wochen des 2. Weltkriegs geschah …

Wir machen's spannend

Friederike Schmöe
Fliehganzleis
978-3-8392-1012-3

»Ungeheuer spannend.« *Die Tagespost*

Larissa Gräfin Rothenstayn, die in der DDR aufwuchs und 1975 in den Westen fliehen konnte, bittet Ghostwriterin Kea Laverde, ihre Lebensgeschichte aufzuschreiben. Dann wird sie in ihrem Schloss in Unterfranken von einem Unbekannten schwer verletzt. Die Polizei spricht von versuchtem Mord und fahndet nach dem geheimnisvollen Täter.

Kea arbeitet sich unterdessen durch das Archiv der Familie und steht vor einem Rätsel: Warum sammelte die Gräfin Berichte über ein Mädchen, das im Sommer 1968 in einem kleinen See auf der Insel Usedom ertrank? Wie es scheint, ist das Unglück fast 20 Jahre nach dem Mauerfall noch nicht geklärt, und Larissas Angreifer streckt auch nach Kea die Finger aus …

Wir machen's spannend

Friederike Schmöe
Schweigfeinstill
978-3-89977-805-2

»Mitreißend!« *BRIGITTE*

Ärger für Ghostwriterin Kea Laverde: Erst raubt ein Einbrecher all ihre Unterlagen und stirbt kurz darauf bei einem Verkehrsunfall; dann wird ihr Kunde, Andy Steinfelder, der nach einem Schlaganfall an Aphasie leidet und seitdem nicht mehr sprechen kann, des Mordes beschuldigt.

Doch wer die gerechtigkeitsliebende Ex-Journalistin einschüchtern will, sollte sich warm anziehen: Während die Polizei noch ermittelt, geht Kea den Dingen selbst auf den Grund. Gegen den Willen von Hauptkommissar Nero Keller nimmt sie im winterlichen München den Kampf gegen ihre unsichtbaren Feinde auf.

... Ein mysteriöser Unfall
... Ein dreister Diebstahl
... Eine kämpferische Ermittlerin
Ghostwriterin Kea Laverde in ihrem ersten Fall.

Wir machen's spannend

Friederike Schmöe
Rosenfolter
978-3-8392-1275-2

»Privatdetektivin Katinka Palfy ermittelt auf der Landesgartenschau in Bamberg«

Bamberg, kurz vor Eröffnung der Landesgartenschau im April 2012. Auf dem Ausstellungsgelände werden kurz nacheinander ein Ohr, ein Finger und eine Hand gefunden, jeweils gebettet auf einem Kissen aus roten Rosen. Ein Rachefeldzug? Als schließlich noch eine Leiche im Fischpass, dem Öko-Vorzeigeprojekt der Gartenausstellung, liegt, bricht endgültig Panik aus. Privatdetektivin Katinka Palfy, Hauptkommissar Harduin Uttenreuther und Reporter Dante Wischnewski ermitteln …

Wir machen's spannend

Friederike Schmöe
Spinnefeind
978-3-89977-782-6

»Schmöes junge, sympathische Heldin auf ihren Abenteuern zu begleiten, bietet fesselndes Lesevergnügen.«
Nürnberger Zeitung

Jens Falk, Mathematiklehrer und Hobby-Kryptoanalytiker, hat Angst um seinen Job: Im letzten Halbjahr sind nicht nur wichtige Klausuren und Schülerakten verschwunden, sondern auch sein Schüler Hannes Niedorf – während einer Exkursion mit Falk. Er sucht Hilfe bei Privatdetektivin Katinka Palfy. Da wird seine Ex-Verlobte ermordet, und der Lehrer ist dringend tatverdächtig. Katinka macht sich an die Aufklärung des Falls. Doch es scheint, als würde jemand gezielt versuchen, die einzige Person aus dem Rennen zu werfen, die an Falks Unschuld glaubt ...

Wir machen's spannend

Unsere Lesermagazine
2 x jährlich das Neueste aus der Gmeiner-Bibliothek

Alle Lesermagazine erhalten Sie in Ihrer Buchhandlung oder unter www.gmeiner-verlag.de.

24 x 35 cm, 32 S., farbig; inkl. Büchermagazin »nicht nur« für Frauen

10 x 18 cm, 16 S., farbig

GmeinerNewsletter
Neues aus der Welt der Gmeiner-Romane

Haben Sie schon unsere GmeinerNewsletter abonniert?

Monatlich erhalten Sie per E-Mail aktuelle Informationen aus der Welt der Krimis, der historischen Romane und der Frauenromane: Buchtipps, Berichte über Autoren und ihre Arbeit, Veranstaltungshinweise, neue Literaturseiten im Internet und interessante Neuigkeiten.

Die Anmeldung zu den GmeinerNewslettern ist ganz einfach. Direkt auf der Homepage des Gmeiner-Verlags (www.gmeiner-verlag.de) finden Sie das entsprechende Anmeldeformular.

Ihre Meinung ist gefragt!
Mitmachen und gewinnen

Wir möchten Ihnen mit unseren Romanen immer beste Unterhaltung bieten. Sie können uns dabei unterstützen, indem Sie uns Ihre Meinung zu den Gmeiner-Romanen sagen! Senden Sie eine E-Mail an gewinnspiel@gmeiner-verlag.de und teilen Sie uns mit, welches Buch Sie gelesen haben und wie es Ihnen gefallen hat. Alle Einsendungen nehmen automatisch am großen Jahresgewinnspiel mit attraktiven Buchpreisen teil.

Wir machen's spannend